KAMPENWAND
VERLAG

ISBN: 978-3986600495

© 2023 Kampenwand Verlag
Raiffeisenstr. 4 · D-83377 Vachendorf
www.kampenwand-verlag.de

Versand & Vertrieb durch Nova MD GmbH
www.novamd.de · bestellung@novamd.de · +49 (0) 861 166 17 27

Text: Andrea Micus
Bilder: ©Polina Katritch / Shutterstock, ©Orfeev / Shutterstock,
©krisArt / Shutterstock, ©Mendeed / Shutterstock,
©Elena_Medvedeva / Shutterstock, ©Yvette Stevens / Shutterstock,
Druck: CUSTOM PRINTING
Wał Miedzeszynski 217, 04-987 Warszawa, Polen

ANDREA MICUS

DIE KLEINE

Finca

AM MITTELMEER

TEIL 1
ORANGENDUFT
UND EIN
SEGELBOOT

Liebe Leserin,

sehnen Sie sich nach Palmen, goldgelben Endlosstränden und einem kuschelig warmen Mittelmeerwind? Dann gönnen Sie sich jetzt eine Auszeit im wunderschönen spanischen Valencia. Ich nehme Sie mit auf Inas unerwartete Reise in den Süden, die so ganz anders endet als geplant. Aber wer kennt das nicht …

Lassen Sie sich verzaubern, aber auch anregen und, wer weiß, vielleicht sehen wir uns bald dort.

Ich freue mich jedenfalls auf Sie – Ihre Andrea

KAPITEL 1

„Nicht jammern, aufstehen und
weitermachen, irgendwie"

Wir kommen ja heute richtig gut voran, Melanie!",
jubelte Ina und verschwand schnell hinter dem ed-
len Spiegel-Paravent, um sich im Blitztempo ihren creme-
farbenen Wollblazer, den Rolli und die Jeans auszuziehen.
„Wie fandst du denn die Statement-Kette dazu? Kommt
die auf den Videos gut rüber?" Ina faltete sorgfältig die
ausgezogene Kleidung und legte sie in einen Karton, bevor sie aus einem anderen ein grünes Stretchkleid zog. Sie
huschte schnell vor den Paravent und hielt das Kleid mit
beiden Händen hoch. „Hier, sieh mal, das nehmen wir als
Nächstes. Was meinst du? Die Farbe ist spitze, ein richtiger Hingucker, da muss dein Fotografinnenherz doch
Freudensprünge machen." Sie trug nur ihre schicke pet-
rolfarbene Unterwäsche und machte mit dem vorgehalte-
nen Kleid die typischen Laufstegbewegungen. „Das sieht
bestimmt sexy aus, findest du nicht?"

Melanie hatte noch keinen Satz dazu gesagt, als sich Ina
schon mit erhobenen Armen in das schlauchartige Kleid

schlängelte, beziehungsweise es versuchte. „Puuh, ist das eng", stöhnte sie genervt. „Hoffentlich habe ich die richtige Größe bestellt."

„Passt schon", meinte Melanie und nickte. Aber dann schloss sie die Augen und ließ sich auf das großzügige Ecksofa plumpsen. „Hey Süße, schalt erst mal einen Gang zurück. Du bist ja komplett aufgedreht!" Sie legte ihre Kamera auf den Couchtisch, zurrte sich das Gummiband vom Handgelenk und bändigte damit schnell ihr schulterlanges, feuerrotes Haar. „Mir ist total warm. Die Beleuchtungsanlage bringt mich heute noch um. Ich brauche erst einmal einen Kaffee." Sie sah auf ihre Smartwatch und seufzte. „Meine Liebe, wir sind mittlerweile schon fünf Stunden beim Shooten. Langsam habe ich genug."

„Ich auch", murmelte Ina kaum hörbar und bemühte sich immer noch, in das grüne Stretchkleid zu kommen. „Wenn ich bloß endlich in diesem verdammten Ding stecken würde. Warum ist das Biest nur so eng? Und wo sind die passenden Pumps dazu?"

„Die sind doch letzte Woche geliefert worden, glaube ich." Melanie stand auf und ging zur Küche. „Willst du auch einen Kaffee?"

„Später, ich hatte heute schon drei und ich soll mich ja beruhigen." Ina zwinkerte kess und warf ihrer Fotografin eine Kusshand hinüber. „Komm, mein Super-Auge, stärke dich und dann geht's weiter. Wir packen das."

Fünf Stunden Video-Shooting in ihrer Wohnung hatten auch sie ganz schön aus der Puste gebracht. Das Wohnzimmer stand voll mit aufgerissenen Kartons, aus denen alle möglichen Kleidungsstücke quollen, dazwischen lagen

Accessoires wie Schals und Schmuck, und garniert war das Ganze mit einer professionell aufgebauten Beleuchtungsanlage, die ein gekonntes Studioflair schuf.

„Du, ich weiß nicht mehr, wo ich die Kiste hingestellt habe", nahm Ina das Pumps-Thema wieder auf. „Hatte ich die Schuhschachtel eigentlich schon gestern mit hochgebracht? Oder ist sie noch im Keller bei den anderen Sachen? Weißt du das?" Sie lehnte jetzt am Türrahmen und sah fragend zu Melanie hinüber, weil sie keine Antwort bekommen hatte. „Melanie? Träumerle! Hast du sie gesehen?"

Melanie schob sich mit dem Kaffeebecher in der einen Hand und einem großen Snackteller in der anderen an Ina vorbei aus der Küche, stellte den Teller auf dem Wohnzimmertisch ab, zuckte mit den Schultern und schüttelte müde den Kopf. „Keine Ahnung. Es ist ja deine Wohnung und die Kiste wäre dir bestimmt aufgefallen. Ich tippe also auf Keller." Sie trank einen kräftigen Schluck aus dem Kaffeebecher und nahm ein Brotstück vom Teller, appetitlich belegt mit Avocado, Tomate und hauchdünnen Käsescheiben. „Mmh, die sind köstlich. Toll, dass du uns die kleine Nobel-Snack-Platte besorgt hast. Glaube mir, ich hätte sonst längst eine so heftige Hungerattacke bekommen, dass ich nichts mehr gesehen hätte."

Melanie setzte sich wieder auf das Sofa und verdrehte genießerisch die Augen, während sie kaute. „Mal etwas anderes", murmelte sie. „Ich frage mich, wie lange du das hier noch aushalten willst." Sie blickte erst auf die Uhr und dann auf den vor ihr ausgebreiteten Terminkalender. Mit dem Zeigefinger fuhr sie über die zahlreichen

Einträge. „Allein in dieser Woche hatten wir bereits vier Drehtermine für deinen Instagram-Kanal und fünf weitere Outdoor-Termine sind noch offen und hier, zwei davon sind mit ‚eilig‘ versehen." Sie blickte Ina mit großen Augen an. „Wie sollen wir das alles bloß schaffen?"

„Ich frage nicht ‚wie‘, sondern ich mache einfach", flötete Ina betont lässig und hatte es endlich geschafft, sich ins Kleid zu zwängen und sogar den Reißverschluss zuzuziehen. „Sieh mal, das Teil sitzt perfekt." Sie musterte sich in dem großen Spiegel und drehte sich zufrieden hin- und her. „Tolles Kleid, dafür bekommen wir jede Menge Klicks und garantiert auch neue Follower."

Melanie sah Ina bewundernd an. „Wow, das sieht aber echt klasse aus. Ich glaube, wenn du damit online gehst, ist das Kleid in einer halben Stunde beim Lieferanten ausverkauft." Sie nippte erneut am Kaffee. „Weißt du eigentlich, wie stolz du auf dich sein kannst? Du machst das richtig gut. Als du vor zwei Jahren mit deiner Idee kamst, einen Kanal „Happy 50" zu starten, um Mode für die Frauen dieser Altersgruppe vorzustellen, war ich schon ein bisschen skeptisch. Ich hätte nie gedacht, dass das Projekt so erfolgreich werden würde."

„Ganz ehrlich, ich auch nicht", sagte Ina. „Aber wir beide haben das bis jetzt gut gemacht. Täglich kommen neue Abonnentinnen dazu. Offenbar zeigen wir Mode, die gefällt."

„Nicht wir, du. Ich fotografiere nur, aber du bringst Stil und Pep in den Kanal."

Das Lob freute Ina und sie wusste, dass es ihrer Zeit bei einem Hamburger Frauenmagazin im Moderessort zu verdanken war, dass sie Farben neu kombinierte, figürliche Schwachpunkte wegmogelte, einfach eine Frau schön aussehen lassen konnte.

Melanie warf Ina einen anerkennenden Blick zu. „Außerdem hast du ja auch direkte Vorbilder gehabt und kennst sie alle: Armani, Westwood, Lagerfeld, die ganzen Stars. Kürzlich hat mir eine Kollegin erzählt, dass du sogar mit Naomi Campbell zu tun hattest. Stimmt das?"

„Zu tun haben? Nun ja, ich habe sie gesehen." Ina stakste jetzt im übertriebenen Modellgang durch die Wohnung, warf gespielt wild ihr dunkelblondes Haar und blickte selbstbewusst in die imaginäre Zuschauerriege. „Das war Naomi. Und was sie kann, kann ich auch", alberte sie ausgelassen.

„Es stimmt also? Du hast so wenig aus der Zeit erzählt. Ich kann mir gar nicht vorstellen, wie man es als Paderbornerin schafft, Naomi Campbell zu treffen. War das in Paris?"

„Nein, in New York. Ich habe sie auf der Fashion Week gesehen."

Melanie grinste. „Wow, die Fashion Week mit Naomi in New York, klar, davon kann unsereins hier in der Provinz nur träumen. Wie hast du das eigentlich hinbekommen?"

„Ich wusste eben schon immer, was ich wollte", meinte Ina lachend, während sie in den zahllosen Kartons weiter nach den Schuhen suchte. „Nach dem Abi habe ich in der Lokalredaktion unserer Paderborner Tageszeitung meine Ausbildung gemacht, das Volontariat aber von Anfang an nur als Sprungbrett in die große weite Welt gesehen. Mein Ziel war eine schicke Moderedaktion."

„Und dann?" Melanie nahm einen Snack und biss lächelnd hinein.

„Ich hatte einfach nur Glück, dass ich zur rechten Zeit am rechten Platz war und die Chefredakteurin mich bei meinem Vorstellungsgespräch offensichtlich mochte und mir die Arbeit zutraute."

Mit der Serviette wischte Melanie einen Krümel von ihrer Lippe. „Chapeau! Und dann kamst du direkt als Modejournalistin in die Hansemetropole?"

Ina saß jetzt auf dem Boden und hob triumphierend die Pumps in die Höhe, nach denen sie so lange gesucht hatte, hielt aber weiter am Thema fest. „Tja, das war schon spannend und ein kleines bisschen habe ich mich damals auch selbst zwischen den Top-Designern und Modells wie ein Star gefühlt und mich in eine Zukunft als die deutsche Vogue-Chefin hineingeträumt." Sie räusperte sich. „Okay, vielleicht mit einem anderen Führungsstil, aber ähnlich erfolgreich."

„Das kann ja noch kommen", sagte Melanie lächelnd. „Die rasant zunehmende Zahl deiner Abonnentinnen, die dein Know-how mit einem Like belohnen, machen dich bestimmt bald zum Instagram-Star. Du hast eben nicht nur das nötige Know-how, sondern zeigst auch eine sympathische Performance. Du hast die richtige Lässigkeit und natürlich die Traumfigur für Mode. Beneidenswert! Du kannst anziehen, was du magst. Es sieht alles super aus."

„Charmeurin, das kneift und spannt aber schon an der einen oder anderen Stelle", warf Ina ein und strich sich provozierend über den Bauch, der sich wie eine kleine

Kugel unter dem grünen Kleid wölbte. „Sieh mal, gerten-schlank ist das nicht mehr."

„Süße, du bist über fünfzig, da darf man auch ein Pöls-terchen haben. Ich bin zehn Jahre jünger und nicht so gut in Form. Dann sage ich es anders. Du weißt genau, wo du etwas an den richtigen Stellen kaschieren musst. Ich gehe jedes Mal mit einem tollen Tipp nach Hause, wenn ich mit dir gearbeitet habe. Aber schade, dass du nicht Modemagazinchefin geworden bist. Dann hätte ich noch lieber diese Shootings für dich gemacht." Melanie hatte die Beine angezogen, saß jetzt im Schneidersitz auf dem Sofa und fischte genüsslich mit zwei Fingern den Käse vom Schnittchen, um sich die Scheibe auf der Zunge zer-gehen zu lassen. „Wirklich köstlich", schwärmte sie mit geschlossenen Augen. „Ich bin hungrig und könnte heute ein Kind aus der Wiege essen."

„Tja, diese Traumkarriere habe ich verpasst." Lachend lief Ina in die Küche, um sich jetzt doch einen Kaffee zu holen. „Auf dem Weg zum Modeolymp war mir ja etwas Entscheidendes dazwischen gekommen." Vom Türrah-men aus zwinkerte sie Melanie zu. „Und das konnte in dem Alter nichts anderes sein als die Liebe. Du erinnerst dich an Christopher? Ich hatte dir doch schon von ihm erzählt. Er war derjenige, der damals alles durcheinander-gebracht hatte. Christopher war Gastronom gewesen und hatte in Paderborn ein Ausflugslokal geführt. Nach ein paar Nächten in seinen Armen waren Hamburg und die

Glitzerwelt weit weg und statt hinauf in den Modehimmel ging es für mich zurück in die vertraute westfälische Heimat."

„Nee, ausgerechnet wieder hierher? Was hast du dir damals eigentlich dabei gedacht?", wollte Melanie wissen.

„Nichts!" Ina stellte den Kaffeebecher auf den Tisch und setzte sich zu Melanie auf das Sofa. „Ich habe nichts gedacht, sondern nur gefühlt, und meine Gebärmutter hatte auch eine riesengroße Stimme. Jedenfalls bin ich als stellvertretende Lokalchefin in die Redaktion zurückgekehrt."

„Und den Rest kann ich mir vorstellen: Kinder, Küche, Vorortglück."

Ina nickte. „Genau, ich bin damals mit Christopher in ein Häuschen am Stadtrand gezogen und exakt neun Monate später kam unsere Leonie auf die Welt."

„Da du heute allein lebst, kann ich mir die Fortsetzung fast denken."

Ina lächelte. „Genau, wir erfüllten auch da das Klischee. Ich lebte für Kind und Redaktionskarriere und Christopher für seine Tripadvisor-Bewertungen. Die wenig familienfreundlichen Arbeitszeiten, mit denen wir jonglieren mussten, sorgten unweigerlich dafür, dass wir uns wirklich die berühmte Klinke in die Hand gaben. Die ersten Jahre steckten wir beide das mit unseren großen Gefühlen noch weg, aber dann kühlte die Beziehung stetig ab und wir hatten uns immer weniger zu sagen."

„Es ist wie so oft beim Vorstadtglück. Die Ehe trudelte ins Aus!" Melanie knabberte jetzt an den Pistazien, die Ina mit ihrem Kaffee aus der Küche geholt hatte. „Magst du auch?", fragte sie und hielt ihr die Schale hin.

Ina schüttelte den Kopf. „Nein danke, aber mit dem Trudeln ins Ehe-Aus hast du recht, und zwar trudelten wir so lautlos, dass wir beide es gar nicht mitbekamen. Irgendwann fuhr Christopher nach dem letzten servierten Salat nachts nicht mehr zu mir, sondern zu einer seiner natürlich wesentlich jüngeren Service-Mitarbeiterinnen, und als ich dahinterkam, tat es nicht einmal sonderlich weh."

„Seid ihr in Frieden auseinandergegangen?", fragte Melanie und griff unentwegt in die Pistazienschale.

„Ja klar, doch es ist kein wirkliches Auseinandergehen gewesen. Ich glaube, wir konnten uns irgendwann nicht mehr aneinander erinnern. Klingt flapsig, aber es war so."

„Wie lange ist das jetzt her?"

Ina sah nachdenklich in die Luft. „Sechs, nein, sieben Jahre schon. Wir beide kannten uns damals noch nicht. Hast du Christopher eigentlich mal gesehen?" Sie blickte fragend Melanie an, die aber sofort kopfschüttelnd verneinte. „Hätte sein können, denn ab und zu kommt er vorbei, meistens, wenn es etwas wegen Leonie zu besprechen gibt. Die erste Zeit nach der Trennung habe ich mich um die Redaktion und Leonie gekümmert, und als sie langsam flügge war, eben um den Kanal."

„Und die Redaktion meine Liebe, vergiss das nicht", betonte Melanie. „Und genau das ist das Problem, die Zweigleisigkeit. Es war damals zu viel und ist es heute auch. Irgendwann wird sie dir zum Verhängnis. Unser Programm ist schon belastend und du stemmst dazu noch die Redaktionsarbeit. Okay, du kannst einiges im Homeoffice machen, aber egal, das ist definitiv zu viel. Ich denke wirklich, du solltest dich langsam entscheiden."

„Ja, Melanie, du hast recht, ich bin fast ständig im Stress und weiß eigentlich morgens nie, wie ich mein Tagesprogramm schaffen soll." Sie seufzte. „Aber die Termine knubbeln sich ja nicht immer so wie im Moment. Das entspannt sich bald alles wieder."

Ina stand auf und schlüpfte in die atemberaubend hohen Pumps, die sie wie eine kostbare Trophäe vom Boden genommen hatte, und übte ein paar Schritte, um halbwegs standfest vor der Kamera zu sein.

„Entspannen? Davon redest du seit Wochen, aber das Gegenteil ist der Fall. Es wird immer stressiger." Melanie sah Ina ernst an. „Du darfst den Stress nicht verdrängen. Irgendwann reagiert dein Körper und dann entscheidet jemand anderes für dich. Aber jetzt komm, lass uns wenigstens für ein paar Minuten den Kaffee genießen", bat Melanie und zog Ina am Kleiderärmel zurück zu sich auf das Sofa. „Hier, nimm einen Snack!" Sie hielt ihr den Teller hin und griff auch selbst erneut zu.

„Was steht denn diese Woche weiter an", dachte Ina laut nach, sah dabei auf den Terminkalender in ihrem Handy, während sie ein Häppchen aß.

Auch das noch, durchzuckte es sie. Sie hatte heute einen Außentermin für die Redaktion, eine langweilige Ratssitzung, bei der sie aber unbedingt dabei sein musste.

„Verdammt, das sieht nach Chaos aus", murmelte sie und verdrehte die Augen. Das würde mal wieder wenig Schlaf geben, dachte sie und ihre einzige Auszeit, die wöchentliche Wander-Tour mit ihren Freundinnen, konnte sie dieses Mal getrost vergessen. Während die anderen Mädels am Samstag schnellen Schrittes den Teutoburger Wald erobern würden, präsentierte sie mit Melanie in irgendeinem Park die Farbe Gelb für die kommende Sommerkollektion. Na bravo, dachte Ina und machte, was sie immer in diesen Stresssituationen machte: Sie appellierte an sich, durchzuhalten. „Aufgeben gibt's nicht", zischte sie. „Auf, wir shooten jetzt das grüne Outfit und machen dann Schluss, okay? Anschließend komme ich noch recht bequem in die Redaktion. Ich bin für die Spätschicht eingetragen und danach habe ich im Rathaus die Sitzung und hoffentlich ein Interview mit dem Bürgermeister." Bevor sie aufstand, drückte sie Melanie einen Kuss auf die Wange. „Mach dir keine Sorgen, Sweety, ich packe das schon." Und lächelnd meinte sie. „Ich habe das doch immer geschafft." Sie biss noch einmal in ein Avocadobrot und stolzierte dann im besten Laufsteg-Rhythmus zur vorbereiteten Location. „Kann losgehen, vorausgesetzt ich fliege auf den Dingern nicht quer durch die Wohnung."

„Gib mir noch ein paar Minuten fürs Licht", bat Melanie und Ina warf einen kontrollierenden Blick in den Spiegel. Der schulterlange Bob stand ihr ausgezeichnet und seitdem sie das Haar in sanften Wellen trug, war sie rundum begeistert von der Frisur. Ihre seegrünen Augen hatte sie perfekt betont und der pastellfarbene Lippenstift rundete das Gesamtbild ab. Sie konnte sich zeigen und setzte ihr professionelles Lächeln auf. Klar war sie auch erschöpft, aber es brachte jetzt nichts, mit Melanie mitzujammern. Doch wie sehr sie unter Druck stand, erkannte sie daran, dass sie sich aus lauter Frust ziemlich haltlos einen crunchigen Nuss-Müsli-Riegel in den Mund schob und hektisch die Süßigkeit kaute. Eigentlich aß sie keinen Zucker, aber wenn die Termine so geballt kamen wie jetzt, waren alle guten Vorsätze dahin. Versonnen sah sie in ihren kleinen Garten. Das sanfte Sonnenlicht spiegelte sich auf dem Steinpflaster des Weges und an den Bäumen leuchtete das erste zarte Blattgrün. Ina öffnete die Terrassentür und lehnte sich in den Rahmen. Sie saugte tief die frische Luft ein und hoffte, dass ihr der Sauerstoff den dringend nötigen Energieschub geben würde. Sie liebte es, draußen zu sein, und noch mehr, dabei zu wandern, obwohl sie das nach Meinung ihrer Freundinnen so nicht länger sagen durfte. Es hieß jetzt ‚Hiking‘, was sich zwar moderner anhörte, aber an der Tätigkeit nichts änderte. Sie genoss es immer, unter freiem Himmel zu sein, das Rascheln von Blättern und Geäst unter ihren Füßen zu hören und den Wind im Gesicht zu spüren. Sie merkte jedes Mal von Schritt zu Schritt, dass sich in der Natur ihre Batterien aufluden und sie innerlich ruhiger, zuversichtlicher und lebensfroher wurde. Verdammt, dachte sie, warum nahm ihr das ständig zunehmende Arbeitspensum jetzt auch noch ihre größte Freude. Sie hatte genug, zumindest für den Moment.

„Ich bin so weit“, tönte Melanie. „Kommst du, und stell dich bitte, wie abgesprochen, vor den beigefarbenen Hintergrund. Das ist dann ein sehr harmonisches Farbspiel.“ Sie sah durch das Objektiv und dirigierte Ina dabei mit der rechten Hand an den passenden Platz. „Und einmal leicht nach links. Halt, ja so, nein, noch zehn Zentimeter. Perfekt. Jetzt stimmt das Licht. Wir können loslegen.“

Ina versuchte, ruhig durchzuatmen, blickte jedoch nervös zur Uhr. Viel Zeit blieb nicht mehr.

„Gib mir noch eine Minute, bitte." Ina griff nach ihrem Handy und schrieb der Redaktionssekretärin eine Whats-App-Nachricht: „Ich muss noch die Sitzung vorbereiten und komme etwas später." Klar war das gemogelt, aber egal. Klitzekleine Notlügen mussten manchmal sein. Sie gab Melanie das Startzeichen, setzte ihr bestes Lächeln auf und sah professionell entspannt in die Kamera.

„Jetzt bist du gut, richtig gut, weiter so", brachte Melanie sie in Bestform.

Aber als danach alles im Kasten war und sie endlich loskam, konnte sie sich kaum vorstellen, das vor ihr liegende Programm durchzuhalten, so müde und ausgebrannt fühlte sie sich. Doch in der Redaktion lief alles wie am Schnürchen und sie schaffte es anschließend auch, das Interview so routiniert zu führen, dass weder der Bürgermeister noch sonst jemand ihre Erschöpfung bemerkt hatte. Als sie kurz vor Mitternacht zurück nach Hause kam, erschrak sie beim Anblick der unaufgeräumten Wohnung, bahnte sich lediglich einen Weg durch das Chaos von Kartons und Modeständer zum Schlafzimmer, plumpste müde ins Bett und fiel innerhalb von Sekunden in einen tiefen Schlaf.

***

Am nächsten Morgen klingelte Punkt sieben der Wecker und Ina brauchte ein paar Minuten, um wach zu werden. Kaum die Augen offen, setzte sie das Arbeitspensum des vor ihr liegenden Tages erneut unter Druck. Würde sie alle Termine gut koordinieren können? Hatte sie eine Prioritätenliste? Was wäre, wenn etwas nicht klappte? Alle möglichen Szenarien drehten sich in ihrem Kopf. Sie schnappte nach Luft und musste sich beruhigen, herunterdrehen, sofort. Zum Glück hatte sie sich eine SOS-Methode für solche Situationen antrainiert. Sie legte sich auf den Rücken, zog die Beine an und atmete langsam durch die Nase, zählte dabei bis vier, hielt den Atem an, zählte bis sieben. Anschließend stieß sie die Luft kräftig durch den Mund aus, zählte bis acht und wiederholte die Übung mehrere Male, bis sie sich allmählich entspannte. Danach ging sie bewusst langsam in die Küche, drückte den Knopf des Wasserkochers und sah gelassen zu, wie die duftenden Kräuter in der Teekanne tanzten, als sie das heiße Wasser sprudelnd hineingoss. Zum Glück musste sie heute nicht ganz so früh in die Redaktion und konnte den Tag ruhiger angehen. Sie setzte sich in ihr kleines Paradies, einen wunderschönen Wintergarten, in dem rund ums Jahr die schönsten Blumen blühten. Besonders liebte sie den immer üppig wachsenden Jasminstrauch, der einen herrlich aromatischen Duft verströmte. Sie schnupperte wohlig, bevor sie es sich in einem der Korbsessel gemütlich machte, am Tee nippte und aus dem Fenster in den frühlingshaften Garten sah. Eine Amsel hüpfte fröhlich durch die Kirschlorbeerhecke und zwei Spatzen pickten munter in dem großen Topf mit Körnern, den Ina immer üppig gefüllt hielt.

„Dein Garten ist ja wie eine Voliere", hatte kürzlich jemand zu ihr gesagt und sie fand, dass es stimmte. Aber ihre gefiederten Freunde waren nicht zufällig da, sondern gekauft mit der zwar teuersten, jedoch offenbar auch besonders wohlschmeckenden Saatmischung, die in der Tierhandlung zu bekommen war. Freiwillig kam ja bald keiner mehr zu ihr, wenn sie ständig so im Dauerlauf war, dachte sie missmutig, beschloss aber im selben Moment, die Vögelchen aus der Misere herauszuhalten. Sie prüfte nachdenklich mit dem Finger, ob ihre wunderbar roséfarben blühende Orchidee ausreichend Wasser hatte. Warum kam ihr im Moment bloß alles so festgefahren vor? Ihr Leben rauschte in Bildern an ihr vorbei, doch im Grunde ging es ihr gut, war ihr immer gut gegangen. Trotz der privaten Niederlage, als die sie ihre Scheidung verstand. Sie dachte an das gestrige Gespräch mit Melanie. Seit sieben Jahren war sie jetzt schon Single. Anfangs auch ein freiwilliger. Sie hatte sich prüfen wollen, erleben, wie sie sich allein fühlte, aber dann hatte sie gespürt, dass sich alles in ihr nach einem neuen Partner gesehnt hatte, zumal die Zeit gedrängt hatte. Den Spruch, mit fünfzig sei es wahrscheinlicher, von einem Bus überfahren zu werden, als einen Mann zu finden, hatte sie immer für zutreffend gehalten und sich deshalb ziemlich eilig auf die Partnersuche begeben. Ein paar Mal war sie auch ein bisschen verliebt gewesen, aber die anfänglichen Gefühle hatten sich immer schnell im Alltagseinerlei verloren. Die Männer, die ihr bislang gefallen hatten, hatten keine Lust gehabt, ihre unregelmäßigen Arbeitszeiten mitzutragen, mit einem halbwüchsigen Kind zu leben oder ihre Freude am Wandern beziehungsweise Hiken zu teilen. Irgendetwas hatte immer nicht gepasst und so hatte Ina schließlich aufgegeben: Partnerbörsen, Facebook, Twitter, Instagram, in puncto Partnersuche stand alles auf Off.

„Jetzt ist Schluss! Das Thema Männersuche ist für mich erledigt", hatte sie damals ihren Freundinnen anvertraut und sich fest vorgenommen, nicht mehr angespannt nach rechts und links zu sehen, sondern sich ‚finden' zu lassen. Das hatte so herrlich gleichgültig geklungen und Ina hatte sich in der Rolle der richtig coolen, von Männern unabhängigen Frau gefallen. Während sich in ihren Augen nach wie vor alle ihre Freundinnen auf irgendwelchen Dating-Apps ‚zum Affen' gemacht hatten, hatte sie nur noch freundlich in die Welt gelächelt und war sich sicher gewesen, dass irgendwann der richtige Mann zurücklächeln würde. Sie brauchte nichts weiter als ein wenig Geduld. Und um sich die Zeit bis zum Liebes-Happy End zu vertreiben, hatte sie sich entschlossen, ihren Instagram-Kanal zu gründen. Seitdem kam sie mit dem fehlenden Partner besser zurecht und steckte die Kränkungen der mittlerweile viel jüngeren, dafür aber auch viel gehässigeren Kolleginnen lockerer weg.

Sie hatte sich daran gewöhnt, dass sie in den Augen der ‚jungen Hühner', wie sie die Mädels bei Dritten immer nannte, längst viel zu alt für den Job war, weil man ja in ihrem Alter sowieso nichts mehr kapierte. Ina hörte Begriffe wie „gruftig" und „gestrig" und bekam durchaus mit, dass man sie bei Walter, dem Chefredakteur, anschwärzte und immer dreister an ihrem Sessel sägte. Zwar unternahm Walter nichts gegen sie, aber auch nichts für sie. Das wiederum führte dazu, dass sich Ina von ihm mächtig im Stich gelassen fühlte. Doch den Job hinwerfen und nur auf die Instagram-Karte setzen, das traute sie sich eben auch nicht. Also musste sie – egal wie – durchhalten, und mal ging es ganz gut und mal eben weniger. Selbst im größten Stress war ihre Devise: Nicht jammern, aufstehen und weitermachen, irgendwie.

Ina stand aus dem Korbsessel auf, streckte die Arme nach oben und ging schnell so im Kreis herum. Kürzlich hatte sie gelesen, dass der Körper in dieser Haltung Glückshormone ausschüttete, und wollte es jetzt einmal ausprobieren. Glückshormone, sie wusste gar nicht mehr, was das war. Wann hatten die denn das letzte Mal ihren Körper durchströmt? Lag das ein Jahr oder schon zwei Jahre zurück? Und wenn es passiert war, musste es beim Wandern gewesen sein, zumindest auf keinen Fall in den Armen eines Mannes, wobei ihr das im Moment ganz besonders verlockend erschien. Sie schloss die Augen und in Gedanken passierte genau das, was sie sich schon so lange verwehrte: Leidenschaft. Sie sah muskulöse Männerarme, die voller Begierde nach ihr griffen, spürte heiße Lippen, die sich nach ihr verzehrten.

„Stopp! Kamera aus!", sagte sie laut zu sich selbst, unterbrach damit ihre ausufernde Fantasie und setzte sich wieder in den Sessel.

Nach einem weiteren Schluck Tee beschloss Ina, noch ein bisschen die Tierchen im Garten zu beobachten, die in immer größerer Anzahl an der lukullischen Futterkollektion pickten. „Schön, dass ich so zielgenau euren Geschmack treffe", sagte sie leise und freute sich über den wohltuenden Anblick der lebhaften Vogelschar. Sie würde das schon alles schaffen, irgendwie.

Ihr Handy surrte und sie öffnete die Nachricht.

„Kannst du mich anrufen bitte. Es ist dringend. Ich brauche hier deine Hilfe. Bernd musste ins Krankenhaus. Bitte melde dich! Helga"

Alle Gedanken an ihr bevorstehendes Programm an diesem Tag lösten sich für den Moment in Nichts auf. Ina war so baff, dass sie den Blick vom Display nahm und sich atemlos im Sessel zurücklehnte. „Mama!", wiederholte sie leise und umklammerte dabei mit beiden Händen die Lehne. Ihre Mutter wollte sie sprechen. Wie lange hatten sie nichts mehr voneinander gehört? Ina ging im Kopf die letzten Monate durch. Zwei? Nein! Ganze drei Monate herrschte bestimmt schon Funkstille. Ihr Herz raste und Ina strich sich zur Beruhigung mit beiden Mittelfingern entspannt über die Schläfen. Den Tipp hatte ihr eine Kollegin gegeben, die sich mit Akupunktur auskannte. Aber zumindest im Moment half es nicht. Es hüpften mal wieder zu viele Bilder in ihrem Kopf herum, die sie schlecht unter Kontrolle bekam und für die sie jetzt auch überhaupt keine Zeit hatte. Sie schüttelte sich, so als ob sie alle quälenden Gedanken loswerden wollte. Fast wie von einem unsichtbaren Band gezogen tapste sie auf Strümpfen zum Schrank, holte eine goldfarbene Schachtel heraus, öffnete den Deckel und sah die vielen Familienfotos, die unsortiert darin lagen. Nachdenklich nahm sie ein Foto in die Hand, auf dem sie mit ihrer Mutter ausgelassen in die Kamera blickte. Aufgenommen war es in einem der zahlreichen Urlaube in den bayerischen Alpen, bei denen immer die gesamte Familie dabei gewesen war. Drei Generationen, die miteinander wanderten, lachten, das Zusammensein genossen, einfach Spaß hatten. Aber dieses Foto war etwas Besonderes, denn es war die letzte Reise ,vor dem Knall', wie Ina immer den Tag des Auseinanderbrechens der Ehe ihrer Eltern und damit der Familie nannte.

Rasch legte Ina das Foto zurück in die Schachtel und stülpte den Deckel fast schon ungeduldig wieder darauf. Sie wollte sich nicht mehr mit den schwierigen Zeiten von früher belasten. Sie brauchte ihre Kraft für die Zukunft und den Rückruf.

KAPITEL 2

„Wo geht's denn hier ins Abenteuer?"

Ina sah auf die Uhr. Noch blieb Zeit für ein Frühstück und die innere Vorbereitung auf das Telefonat. Sie ging in die Küche, füllte Müsli in eine Schüssel, gab etwas Joghurt dazu und setzte sich damit erneut in den Wintergarten. Während sie die knackigen Flocken knabberte, dachte sie daran, dass sie damals einfach Bernd, dem heutigen Ehemann ihrer Mutter, die Schuld an allem gegeben hatte. In ihren Augen hatte er Helga den Kopf verdreht und dafür gesorgt, dass sie zu ihm zog und die Familie komplett zerstörte. Bernd! Ausgerechnet der beste Freund ihres Vaters und zudem noch der Jurist der Familie. Natürlich war die Affäre damals Stadtgespräch gewesen und zu allem Unheil war es kurze Zeit später zu ‚Komplikationen' in Bernds Kanzlei gekommen, wie hinter vorgehaltener Hand getuschelt worden war. Genaues hatte niemand gewusst, doch die Tuscheleien hatten ins Grenzenlose geführt. Mal war es um Geldwäsche gegangen, mal um Korruption. Keiner hatte dem seriösen Anwalt das wirklich zugetraut, aber alle hatten darüber gesprochen. Jedenfalls hatte Bernd ziemlich überstürzt seine Existenz abgewickelt und war nach Spanien ausgewandert, und weil Helga ihn dabei begleitet hatte, war das wie ein Tsunami gewesen, der nichts weiter hinterlassen hatte als Verwüstung. Ina hatte ihren Vater Klaus noch nie so verletzt und niedergeschlagen gesehen.

Damals, mitten in der Krise, hatte Ina nur den Plan gehabt, nach vorn zu sehen, und die Alltagsturbulenzen hatten rasch die Trauer überlagert. Der Spagat zwischen Job und Familie hatte ihr alles abverlangt. Christopher hatte seine Kraft im Restaurant gebraucht und Leonie war in der Schule gefordert gewesen. Klaus hatte sich um sein Unternehmen gekümmert, ein Möbelhaus, das er bis dahin mit Helga geleitet hatte, und recht bald auch um eine neue Frau, Petra. „Das ist nichts Ernstes", hatte Ina gern beiläufig gesagt, wenn sie mit Vertrauten zusammen gewesen und auf die neue Partnerin ihres Vaters angesprochen worden war. Das hatte allerdings nichts damit zu tun gehabt, dass sie Petra nicht gemocht hatte, sondern eher damit, dass sie keine andere Frau als ihre Mutter an der Seite ihres Vaters hatte sehen wollen.

Gedankenverloren rührte Ina in ihrer Müslischüssel und erinnerte sich daran, wie sauer sie damals gewesen war und mit ihrer Mutter nichts mehr hatte zu tun haben wollen. Aber das hatte Helga ignoriert und immer wieder gegen die Funkstille und frostige Eiszeit angekämpft. Sie hatte regelmäßig angerufen und später, nach ihrem Umzug nach Spanien, zusätzlich noch jede Menge Fotos aus ihrer neuen Heimat geschickt.

Bernd und Helga hatten sich in der Nähe der Mittelmeerstadt Valencia eine hübsche Finca mit Meerblick gekauft und dort, umgeben von üppig wachsenden Obst- und Olivenplantagen, eine Ferienhausvermietung gegründet. Finanziell kamen sie damit offenbar gut zurecht, denn ihr Haus war optisch ein einziger Finca-Traum. Helga hatte Ina unzählige Male eingeladen, aber sie hatte das immer kategorisch abgelehnt. Allerdings hatte sie ihre Mutter immer bei ihren Deutschlandbesuchen gesehen. Sie hatten dann den Unfrieden zumindest äußerlich ruhen lassen, sich zum Essen getroffen oder für einen gemeinsamen Spaziergang. Auch wenn sie sich dabei häufig angeschwiegen hatten, waren sie sich trotzdem jedes Mal wieder ein bisschen nähergekommen und hatten zumindest die wichtigsten Infos ausgetauscht, sodass sie grob auf dem Laufenden geblieben waren. Als Inas Ehe dann ebenfalls in die Brüche gegangen war, war Helga für sie weit, weit weg gewesen, und einen ehrlichen, vertrauten Austausch, wie ihn Helga immer gesucht hatte, hatte Ina nie wieder zugelassen.

Sie schaffte es nicht, ihre schlimmen Erinnerungen anders einzuordnen, als sich abzugrenzen und Helga abzulehnen, obwohl ihr ihre Blockade-Haltung längst selbst übertrieben vorkam.

Sie drehte den Löffel in ihren Händen und dachte an ihre Tochter, die die Situation von allen Beteiligten am besten gemeistert hatte. Leonie hatte sich von Anfang an konsequent aus allem herausgehalten und einfach weiterhin einen innigen Kontakt sowohl mit ihrer Oma Helga als auch ihrem Opa Klaus gepflegt, und da alle sich bemüht hatten, das Mädchen nicht in die Querelen hineinzuziehen, hatte das gut funktioniert. Bis heute düste sie jedes Jahr mehrmals zu ihrer Oma Helli und dem vertrauten Stiefopa Bernd nach Spanien und schien dabei noch nicht einmal ein schlechtes Gewissen zu haben, denn sie erzählte so selbstverständlich davon, dass sich Ina jedes Mal ganz unwohl in ihrer Haut fühlte. Ina selbst wäre ein Besuch bei den beiden immer wie ein Verrat an ihrem Vater Klaus vorgekommen. Ina konnte und wollte ihn nicht verletzen, indem sie sich mit Bernd an den Strand legte oder auf seiner Terrasse faulenzte.

Erneut las sie Helgas Nachricht und sah dann nachdenklich einer quirligen Meise zu, die gerade besonders raffiniert den Zugang zu den Leckerbissen gegen eine Taube verteidigte.

Ina knibbelte an ihren Fingernägeln. Mit einem Ruck stand sie auf und brachte die immer noch halb gefüllte Müslischale in die Küche, schenkte sich ein Glas Wasser ein und ging ins Wohnzimmer.

Sie könnte ihrer Mutter doch nicht die kalte Schulter zeigen, wenn sie sie brauchte. Mit schweißnassen Fingern griff sie zum Handy und hatte Sorge, vor lauter Nervosität nicht richtig sprechen zu können.

„Du, Liebling", hörte sie die vertraute Stimme ihrer Mutter. „Ich bin so froh, dass du dich meldest. Bei mir bricht hier gerade alles zusammen."

Ina zog das Sofakissen zu sich heran und knetete unruhig den Stoff. Sie bemühte sich, ihre Stimme unter Kontrolle zu halten. „Was kann ich denn für dich tun?", fragte sie, während sich ihr Herzschlag beschleunigte.

„Du musst mir helfen. Bernd hat eine schwere Gallenerkrankung hinter sich und ist jetzt zur Kur in Deutschland", sprudelte es aus Helga heraus. „Ich hätte das Geschäft natürlich problemlos weitermachen können, aber wie immer kommt ein Schicksal selten allein, jedenfalls bin ich vorgestern im Garten unglücklich gestürzt und habe mir den Mittelfuß gebrochen. Ich trage eine Orthese und kann mithilfe einer Krücke zwar vorsichtig auftreten, darf aber nicht Autofahren. So kann ich meine Kunden nicht betreuen. Ausgerechnet jetzt. Ich brauche Hilfe, die Frühlingssaison ist besonders lukrativ!"

Frühlingssaison? Glaubte ihre Mutter, Ina könnte einfach aus ihrem Leben zwischen Redaktion und Modekanal verschwinden und eine Zeit lang Interims-Ferienhausvermieterin werden? Was dachte Helga nur? Obwohl Ina sich überrumpelt fühlte, musste sie irgendetwas tun. In ihrem Kopf ratterte es. Zehn Tage könnte sie sich irgendwie freischaufeln und das müsste reichen, die drängendsten Probleme zu lösen.

„Was soll ich denn genau machen?", wollte Ina wissen und es fiel ihr selbst auf, dass ihre Stimme ungewöhnlich zugewandt klang.

„Es gibt eine Menge Arbeit", schoss es aus Helga heraus. „Gut, die Buchungen kann ich weiter vom PC aus organisieren, aber die ankommenden Gäste müssen begrüßt und eingewiesen werden, und bei der Abreise ist es wichtig, die Häuser und Wohnungen zu kontrollieren und abzunehmen." Sie holte kurz Luft, bevor sie weiter ins Detail ging. „Dabei geht es um die Reinigung, die absolut perfekt sein muss. Es darf kein Schnipselchen herumliegen. Ich habe gutes Personal, aber Kontrolle brauchen sie alle."

„Oh, das klingt ja nach einem Fulltime-Job", seufzte Ina. „Nicht ganz, aber schon zeitraubend", bestätigte Helga. „Wir haben in den zehn Jahren, seitdem wir hier leben, nicht auf der faulen Haut gelegen, das kannst du mir glauben."

Ina hörte genau zu. Sie liebte die warme Stimme ihrer Mutter immer noch und fühlte sich an ihre Kindheit erinnert. Es war immer so schön gewesen, wenn sie ihr Geschichten vorgelesen hatte. Dass sie später holterdiepolter mit dem besten Freund ihres Vaters durchgebrannt und aus der Familie ausgebrochen war, konnte ihr die Erinnerung an die vielen schönen Jahre nicht nehmen. Und jetzt brauchte sie Hilfe. Unmöglich, Helga das abzuschlagen, obwohl sich Ina selbst auch im Stich gelassen gefühlt hatte, als ihre Ehe zerbrochen und sie mit Leonie ganz allein zurückgeblieben war. Keine Helga, die sie unterstützt hatte. Klaus war damals mit seiner Petra beschäftigt gewesen und Ina hatte alles allein durchstehen müssen.

„Es geht um unsere Existenz, Ina", hörte sie Helga weitersprechen, und glaubte große Sorge herauszuhören.

„Wir betreuen fünfzehn Häuser und einige Ferienwohnungen in der Region und in den nächsten Tagen kommen viele Gäste. Wir haben einen guten Ruf zu verlieren. Die Gäste sind zum großen Teil Stammkunden und unsere Perfektion gewohnt. Wir dürfen uns keine Fehler erlauben."

„Wie lange wirst du denn nicht laufen können", unterbrach Ina den Redeschwall ihrer Mutter.

„Der Arzt meinte, in vier bis sechs Wochen werde ich wieder halbwegs fit sein."

„Aber so lange kann ich doch nicht bleiben", warf Ina sofort ein.

„Ich weiß", hörte Ina Helga seufzen. „Langfristig werde ich schon eine Vertretung finden. Im Moment ist, bis auf einen guten Freund, der eingesprungen ist, niemand da, dem ich vertraue. Der Freund kann leider nicht mehr helfen, weil er selbst Gäste erwartet."

Ina atmete tief durch. Sie musste also wirklich nach Valencia fliegen. Gegen alle Vorbehalte. Sie versuchte, ganz ruhig zu bleiben, aber ihr Herz puckerte immer schneller und sie hörte die Worte ihrer Mutter wie durch einen Wattebausch.

„Du musst mir helfen, bitte", bat Helga erneut und dann sagte sie einen Satz, der Ina direkt ins Herz traf: „Ich habe doch nur noch dich."

Ina schluckte und fand einen Moment lang keine Worte, um zu antworten, so sehr berührte sie das. Sie hätte es auch unpassend gefunden, Gegenargumente auf den Tisch zu bringen. Es war alles gesagt und mehr als eindeutig. Was blieb, war ein kurzes „Ich komme", bevor sie rasch auflegte. Mit leerem Blick starrte Ina aus dem Fenster, ohne wahrzunehmen, was es dort zu sehen gab. „Nicht jammern, aufstehen und weitermachen, irgendwie", murmelte sie. Nach ein paar Minuten stand sie kraftvoll auf, holte ihr Portemonnaie mit den Kreditkarten und legte los. Als Erstes sprach sie sich mit Melanie ab und stellte die bereits abgesprochenen Fototermine zurück. Zum

Glück hatte sie vorproduziert und musste ihre Instagram-Fans noch nicht vertrösten. In der Redaktion ließ sich tatsächlich auch alles fix regeln, ihre ach so flotten Kolleginnen bekamen Inas Termine aufs Auge gedrückt und der Chef persönlich wünschte ihr sogar eine schöne Zeit. Heuchler, dachte Ina und malte sich aus, wie die Mädels garantiert seine ganzen Abläufe durcheinanderbringen würden. „Viel Spaß", sagte sie zu sich selbst und grinste ein bisschen schadenfroh.

In einer kurzen Pause goss sie sich Wasser nach, und buchte sich noch über eine Reservierungsplattform ein kleines Appartement am Strand von Gandía, des nächstgelegenen größeren Städtchens. Klar hätte sie bei ihrer Mutter auf der Finca schlafen können, aber sie wollte nicht zu viel Nähe. Dafür war die Distanz in den letzten Jahren zu groß gewesen.

„Passt doch", murmelte Ina, als die Buchungsbestätigung auf dem Handy aufblinkte. Jetzt organisierte sie sich noch schnell über eine weitere App einen kleinen Leihwagen und wäre so komplett unabhängig.

Nachdem sie den Laptop zugeklappt hatte, atmete Ina kräftig durch und musste sich eingestehen, dass sie sich sogar über die unerwartete Auszeit zu freuen begann. Sie sah auf die Uhr. Noch blieb Zeit, also schrieb sie schnell ihrer Nachbarin und bat sie, sich um die Post zu kümmern.

Als Ina Helga via WhatsApp anrief, um ihr mitzuteilen, dass alles klappte, schaltete sie auf Video-Call. Meine Güte, von der Orthese mal abgesehen sah ihre Mutter umwerfend aus. Sie trug ein türkisfarbenes Sommerkleid, das ihre frische Bräune perfekt zur Geltung brachte. Mit den blond gefärbten Locken und der kunterbunten Glaskette wirkte sie wie ein Seniormodell.

Helga bedankte sich überschwänglich für Inas schnelle Reaktion und präsentierte ihr anschließend den herrlichen Meerblick. „Hier, sieh mal, morgen um diese Zeit serviere ich dir hier in dieser prächtigen Umgebung schon eine leckere Tortilla", freute sie sich. „Allerdings leider humpelnd."

„Nein, lass mal", bremste Ina die Vorfreude ihrer Mutter aus. „Ich habe mir ein kleines Appartement gebucht."

„Oh …"

Ina merkte sehr wohl, dass ihre Mutter diese Entscheidung überhaupt nicht verstand. Helga wirkte zwar überrascht, unterließ es aber, sich dazu zu äußern. „Ich lasse dich abholen. Du glaubst gar nicht, wie gern ich dich am Flughafen im Empfang nehme. Leider eben nur vom Beifahrersitz aus. Tut mir leid."

„Nein, nein", lehnte Ina auch diesen Vorschlag ihrer Mutter ab. „Ich habe mir einen Leihwagen gebucht und komme allein. Warte nicht auf mich. Ich melde mich, wenn ich angekommen bin."

„Okay, dann treffen wir uns eben erst hier."

Eigentlich wollte Ina das Gespräch jetzt beenden, aber Helga redete fröhlich weiter. „Ich bin übrigens dein treuer Follower. ‚Happy 50' – große Klasse", lobte sie Ina. „Du wolltest immer zurück in die Modebranche, das war dein Lebenswunsch. Toll, dass du das mit knapp fünfzig umgesetzt hast. Gratuliere!" Und richtig liebevoll schob sie nach. „Vielleicht berätst du mich auch einmal."

Ina schwieg einen Moment lang, genoss das Lob und die Anerkennung. „Ja, natürlich. Das macht mir doch Spaß. Also, bis morgen."

„Ich freue mich so sehr", schob Helga nach und als Ina das Gespräch beendet hatte, hielt sie einen Moment lang das Handy weiter in der Hand. Erinnerungen fluteten Inas Kopf. Noch gut erinnerte sie sich an einen Shoppingbummel mit ihrer Mutter in München. Ina war damals sechzehn Jahre alt gewesen und hatte sich aussuchen dürfen, was sie gewollt hatte, und sich schließlich für ein supertolles Outfit in Quietschgelb entschieden. Zurück zu Hause hatte sie später von allen Seiten Komplimente für ihre mutige Auswahl bekommen. Im Nachhinein war das in Inas Augen der Einstieg in ihr Modeleben gewesen.

Sie nippte noch einmal an dem Wasser, nahm erneut ihr Handy und scrollte in Gedanken versunken die Fotos durch, die sie in den letzten Jahren von Helga bekommen und alle in einer App gespeichert hatte. Ihre Mutter mit Bernd am Hafen der Urlaubsmetropole Alicante. Eigentlich waren sie ein hübsches Paar, das zufrieden in die Kamera strahlte, dachte Ina. Sie sah die beiden bei der Orangenernte im eigenen Garten. Bernd stand an einem Baum, während Helga die Leiter hielt. Die beiden genossen in Valencia leckeres Agua de Valencia. Ein erfrischendes Sommergetränk aus Orangensaft, Sekt, jeweils einem Schuss Gin und Wodka, sowie Eiswürfeln, wie Helga ihr beschrieben hatte. In einer Strandbar aßen sie offenbar mit sichtbar großer Freude eine Paella. Sie strichen gemeinsam ihr Landhaus in einem warmen Gelb und zeigten stolz einen neu angeschafften Geländewagen. Es war deutlich: Ina sollte sehen, wie gut es ihrer Mutter in ihrem neuen Leben ging. Sie sollte teilnehmen, dabei sein, wissen, was Helga bewegte, was ihr gefiel, was sie liebte. Zu jedem Bild gab es lange Texte, die Ina aber immer nur mit einem notdürftigen Smiley oder höchstens mal einem „wie schön" kommentiert hatte. Wehmütig schloss Ina die Augen und legte das Handy in den Schoß. Ihre Mutter hatte ihr in all den Jahren so viele Fotos und Nachrichten aus Spanien geschickt und sie hatte immer nur sehr spärlich darauf geantwortet, ihr quasi die kalte Schulter gezeigt. Anfangs war sie sich cool vorgekommen, später jedoch hatte sie sich gar nicht mehr wohl mit ihrem Verhalten gefühlt, aber keinen Ausweg aus der festgefahrenen Situation mehr gefunden. Im Nachhinein schämte sie sich sogar ein bisschen, dass sie immer so bockig gewesen war. Sie hatte doch auch viele wunderschöne Jahre mit ihrer Mutter gehabt. Sie war ihre engste Vertraute gewesen, bis …

„Na, du hast ein Glück. Urlaub an so einem ausnahmsweise mal schönen Sonnentag", riss ihre Nachbarin Sybille Ina aus den Gedanken.

Gerade hatte sie ihren Hund Henry, einen zuckersüßen Beagle, spazieren geführt und klopfte jetzt an die Scheibe von Inas Wintergarten. Seit ihrem Einzug vor gut sieben Jahren, Ina war gleich nach der Trennung von Christopher hierhergezogen, wohnte sie Eingang an Eingang mit Sybille im Erdgeschoß der schicken Wohnanlage am Stadtrand von Paderborn. Sie genoss das Zusammenleben mit ihr und auch der ganzen anderen Nachbarschaft. Denn hier gab es noch aktives Miteinander. Als Single schätzte sie es sehr, dass sie mal jemanden bitten konnte, etwas aus der Stadt mitzubringen oder ein Paket anzunehmen. In der Anlage lebten fast nur Alleinstehende und die hielten zusammen. Mit Sybille verband sie aber darüber hinaus längst eine innige Freundschaft. Sie hatten keine Geheimnisse voreinander und die Freundin kannte ihre ganze komplizierte Familiengeschichte.

„Komm schnell herein. Ich muss dir etwas sagen", rief Ina ihr zu und stand sofort auf, um die Haustür zu öffnen.

Aufgeregt heulte Henry, als er Ina sah und forderte so selbstbewusst seine Streicheleinheiten ein.

„Das ging ja jetzt schnell. Ich hatte dir doch gerade erst eine WhatsApp geschrieben, dass ich für zehn Tage weg bin", meinte Ina, während sie sich zu Henry hinunterbeugte und ihn liebevoll kraulte. „Vergiss bitte nicht, auf meine Post zu achten!", bat Ina und schob Hund und Frauchen dabei in den Flur. „Ich erwarte reichlich Lieferungen. Bist du so lieb?"

„Alles registriert. Ich bin ja zu Hause und stelle dir deine Pakete hinüber. Aber das heißt auch, dass du bei unserer Hiking-Tour am Samstag ausfällst", stellte Sybille fest. „Schade!" Sie seufzte. „Ich wollte dir so gern Ecken im Teutoburger Wald zeigen, wo du sicher noch keinen Fuß hingesetzt hast. Du glaubst gar nicht, wie gut ich mich vorbereitet habe. Ich kenne gefühlt jeden Baum dort", ulkte Sybille und lächelte. „Aber ganz ehrlich, eineinhalb Wochen Valencia im März sind bestimmt reizvoll. Ich beneide dich. Und weißt du, ich finde es gut, dass du deine

Mutter wiedersiehst. Irgendwann müsst ihr beide doch auch wieder zueinanderfinden."

Sybille blieb kurz am Spiegel im Flur stehen und zupfte sich die Haare zurecht. „Mensch, wie ich aussehe! Anders als du schaffe ich es nicht einmal zum Friseur. Wir machen ständig Überstunden. Ich sage dir: Sei froh, dass du in keiner Behörde arbeitest. Das ist einfach nur ein einziger Stress."

„Du Ärmste!", sagte Ina mitfühlend und strich ihr tröstend mit der Hand über den Rücken. „Du solltest dir auch mal eine Auszeit nehmen." Sybille stöhnte auf. „Wie denn? Wir haben Urlaubssperre." Sie zog sich ein paar Haarsträhnen ganz tief in die Stirn. „Wie findest du das? Vielleicht lasse ich mir einen Pony schneiden."

„Wag es …", drohte Ina spielerisch und zeigte auf einen der Stühle am Esstisch. „Setz dich erst einmal, so viel Zeit muss jetzt sein."

Sybille arbeitete als Sozialarbeiterin im Jugendamt und war mit ganzem Herzen dabei. Entsprechend belastet fühlte sie sich oft, obwohl sie auf den ersten Blick besonders resolut und widerstandsfähig wirkte. Aber in ihrem Inneren war sie sehr sensibel und häufig von den Schicksalen ihrer kleinen Schützlinge mitgenommen. In letzter Zeit schien auch ihr vieles über den Kopf zu wachsen, was Ina zusätzlich mit ihr verband.

Die Freundin zuckte jetzt schicksalsergeben mit den Schultern und zog sich einen Stuhl heran. „Hast du auch noch einen Kaffee für mich? Ich muss gleich zum Dienst und könnte vorher einen Aufputscher gut gebrauchen."

Ina nickte. „Ja klar, warte."

Barfuß lief sie in die Küche und kam mit einem Becher duftenden Kaffees zurück. „Hier, dann mach dich mal fit für den Tag", scherzte sie und reichte der Freundin das ersehnte Getränk.

„Wie schaffst du es überhaupt, immer so perfekt gestylt zu sein", erkundigte sich Sybille, während sie genüsslich an dem Becher nippte, aus dem es verführerisch dampfte. „Das macht ja so eine Durchschnittsfrau wie mich ganz verrückt. Sieh mal", sie schüttelte ihre braunen, mit vielen grauen Strähnen durchzogenen Locken, „bei mir ist noch nichts gerichtet. Da kommt gleich ein Haargummi herein und das war's für heute. An Make-up brauche ich gar nicht zu denken, es würde bei der ganzen Hektik und meiner Wechseljahreshitze sowieso sofort zerfließen. Aber du siehst schon frühmorgens so aus, als hättest du gleich das nächste Shooting." Sybille stand auf und schob Ina spielerisch vor den Spiegel. „Sieh dir das an, wie aus einem Modemagazin", meinte sie anerkennend. „Der schulterlange, wellige Bob steht dir übrigens ausgezeichnet und die vereinzelt eingesetzten weißblonden Strähnen in deinen dunkelblonden Haaren, einfach großartig, und das passt ganz ideal zu deinen Augen."

Ina lächelte und tätschelte Sybille liebevoll über die Wange. „Danke für die Blumen, meine Liebe. Doch das ist nichts als Training. Ich zeige ja im Netz, wie man das macht."

„Ich sehe es mir auch immer brav an, schaffe es aber trotzdem nicht, so perfekt auszusehen wie du! Nicht einmal, wenn ich abends vor die Tür gehe. Du bist sogar zu

Hause so durchgestylt." Sybille zwinkerte ihr zu. „Du hast eben unfassbar viel Disziplin."

„Stimmt, anders geht es auch nicht", gestand Ina. „Und mit jedem Jahr zusätzlich auf der Lebensuhr brauche ich mehr davon."

„Na dann", kommentierte Sybille lässig und verdrehte skeptisch die Augen. „Ich muss wohl mal sehen, wie ich das hinbekomme. Jedenfalls fühle ich mich immer, wenn ich deinen Kanal schaue, wie ein Trampeltier."

„Du? Das ist ja ein Witz. Wie falsch du liegst, zeigen die Reaktionen der Männer, die du anziehst wie die Motten das Licht." Ina summte den Welthit von Marlene Dietrich und ging zurück zum Tisch. „Du entsprichst offenbar dem Traumfrauenklischee: zart, Locken, tolle Figur. Perfekt! Aber bei mir nehmen sie alle Reißaus, egal ob ich, wie jetzt, ein paar Kilos zu viel habe, oder, wie noch im vergangenen Jahr, gertenschlank bin. Obwohl ich ständig im Netz präsent bin, hält sich niemand mit mir auf."

„Von wegen, du bist ein richtiger Hingucker." Sybille setzte sich zu Ina und trank von dem Kaffee. „Ein ‚europäischer Modelltyp', würde meine Freundin Gesine sagen."

„Aber ein Wesen, das offenbar niemand will."

„Papperlapapp, so ein Quatsch", unterbrach sie Sybille. „Du bist doch perfekt. Im Aussehen und in dem, was du sagst und tust. Du bist eben eine Superfrau und die meisten Männer trauen sich gar nicht, dich anzusprechen."

„Das ist bloß die halbe Wahrheit", entgegnete Ina seufzend. „Die Wirklichkeit schaut anders aus. Ich spreche sie schon an und sie nehmen nicht etwa Reißaus, aber sie wollen immer nur Abenteuer und zu Hause wartet die brave Ehefrau. Die sind in meinem Alter einfach alle vergeben."

„Vielleicht bist du zu anspruchsvoll, mit dir und den anderen?"

„Mag sein, aber wie du weißt, habe ich die Suche schon länger aufgegeben. Ich lasse mich finden, basta. Ich kann mittlerweile gut allein sein. Es ist mir nicht mehr wichtig, einen Mann zu haben."

Sybille lächelte Ina an. „Darfst du flunkern …", spöttelte sie und stupste ihr mit dem Zeigefinger an die Nasenspitze. „Aber warte mal ab. Im Urlaub könnte es funken. In Valencia ist es bestimmt ideal, jemanden kennenzulernen, vielleicht findest du einen gut gebauten Surfer und gönnst dir Spaß."

„Ich will keinen Spaß", protestierte Ina. „Mensch, Sybille, ich bin zweiundfünfzig und habe genug um die Ohren, abgesehen davon, dass es im März bestimmt kaum Surfer gibt. Egal, mir steht sowieso kein Sinn nach einem Urlaubsflirt und außerdem werde ich wahrscheinlich eh keine Zeit haben."

„Alt und grau bist du aber auch nicht und an das Thema Sex kannst du dich noch erinnern?", ulkte Sybille.

„Woran?", spielte Ina jetzt die Vergessliche.

„Warte mal, bis du den Richtigen triffst, dann läuft die Maschine schneller auf Hochtouren, als dir lieb ist." Sybille machte eine anzügliche Bewegung. „Erinnerst du dich, als ich im Karneval diesen Basketballer kennengelernt hatte …"

„… und ab Rosenmontag tagelang mit ihm im Bett geblieben bist. Oh ja, ich erinnere mich gut. Das ganze Haus hat deine nicht jugendfreie Performance mitbekommen. Wo ist er eigentlich abgeblieben, dein Sonnyboy?"

„Keine Ahnung, vergiss nicht, dass er halb so alt war wie ich." Sybille zuckte mit den Schultern. „Wer hat dir denn den tollen Wellen-Bob so akkurat geschnitten?", wechselte sie das Thema und wuschelte erneut in ihren Haaren. „Vielleicht sollte ich auch mal was ändern, … wenn ich Zeit dazu hätte."

Ina grinste. „Bei dem neuen Friseur am Bahnhof, ein richtig guter Typ. Und man konnte natürlich alles live im Video sehen. Hast du die Folge nicht geschaut? Du guckst doch sonst immer alles."

„Den Beitrag muss ich wohl verpasst haben. Die meiste Zeit bin ich unterwegs oder ich sitze im Büro." Sybille zwinkerte ihr zu. „Aber ich eifere dir einfach nach und lasse mir die Haare auch so schneiden."

Ina musste laut lachen. „Ach, du und deine Komplimente, ihr werdet mir fehlen in der Zeit."

„Ich bin gespannt, wie du mit Helga zurechtkommst. Denk dran, sie liebt dich."

„Bestimmt, aber eben nicht richtig." Einen Moment lang strich Ina abwesend mit der Handfläche über die Armlehne. „Weißt du", murmelte sie. „Wenn sie mich wirklich so geliebt hätte, dann wäre sie heute nicht mit diesem Bernd, von dem bis jetzt niemand weiß, ob er eine saubere Weste hat, in Spanien. Denk doch mal daran, dass Leonie auch ihre Oma gebraucht hätte, besonders während und nach unserem Auszug und meiner Trennung von Christoph. Das war schwer für das Mädchen. Aber das war ihr egal."

„Stopp", warf Sybille ein. „Das stimmt nur auf den ersten Blick. Du weißt garantiert nicht alles." Sie sah sie eindringlich an. „Ich erinnere mich gut, dass sie sich sehr um euch beide bemüht hat damals, aber du sie immer zurückgewiesen hast. Vielleicht steckt etwas völlig anderes dahinter. Gib ihr eine Chance. Man hat nur eine Mutter."

Ina lächelte zustimmend. „Genau, deshalb fliege ich ja auch hin. Aber ich habe mir ein eigenes, ganz süßes Appartement genommen. Dann fangen wir erst einmal langsam an."

„Findest du das nicht etwas übertrieben? Sie hat doch ein großes Haus. Du hast mir die Fotos gezeigt. Aber egal. Was weißt du denn von der Region? Im März ist es bestimmt ruhig dort." Sybille warf ihr einen neugierigen Blick zu, während sie einen letzten Schluck Kaffee trank. „Erzähl, wie ist es da? Du hast doch schon so viel darüber gelesen, seitdem deine Mutter hingezogen ist."

„Valencia ist eine Traumstadt. Aber meine Mutter lebt nicht direkt dort, sondern in den Bergen, ganz in der Nähe der Urlaubsorte Gandía und Dénia, von wo übrigens die Fähren auf die Balearen abgehen", ratterte Ina ihr Wissen herunter.

„Na bestens, notfalls haust du dann ab nach Ibiza."

„Nee, es soll wirklich herrlich da sein. Sehr grün und das Klima ist einfach fantastisch. Die Sonne scheint dort gefühlt immer und die ganze Region ist voller Orangenbäume. Die wachsen quasi überall, auf dem Land, mitten in der Stadt oder auch am Strand. Die immergrünen Bäume sehen nicht nur toll aus und tragen üppig, sondern sollen mit ihren zarten, weißen Blüten himmlisch duften. Ich habe gelesen, dass sich der betäubend-süße Duft über das ganze Land legt. Das möchte ich zu gern erleben."

„Ah, stimmt, meine Kollegin war zu ihrem fünfzigsten Geburtstag dort. Fällt mir gerade wieder ein. Sie hat auch so begeistert davon erzählt. Sie war im Winter da und meinte, die Orangenbäume seien die wahren Weihnachtsbäume, weil die Früchte wie Weihnachtskugeln daran leuchten. Man kann übrigens in der Region auch wunderbar ‚wandern', wie du sagen würdest. Vergiss nicht, deine neuen Wanderschuhe einzupacken, die du bei unserem letzten Trip mit der Hiking-Truppe in Südtirol gekauft hast."

Ina spähte auf die Uhr. „Hui, ich muss gleich los. Sorry. Um eins will ich in der Redaktion sein und die Übergabe regeln. Aber ich denke an die Schuhe. Danke für den Tipp."

„Passt ja ideal, denn ich muss auch los. Drück mir mal die Daumen, dass es heute etwas ruhiger wird. Ich kann nämlich bald nicht mehr. Seit Corona brauchen immer mehr Familien Hilfe. Seitdem ich die Leitung übernommen habe, hat man uns wieder zwei Arbeitsplätze gestrichen. Wir sind auf dem Amt völlig unterbesetzt und wissen nicht, wo wir zuerst eingreifen sollen." Sie stand auf. „Ich habe die Post im Auge. Wobei Post gut ausgedrückt ist. Sei ehrlich, mich erwartet eine Paketflut." Sybille zwinkerte Ina schelmisch zu. „Aber egal, grüß einfach Valencia von mir."

KAPITEL 3

„Wenn einem plötzlich das Leben wieder gehört"

Die Maschine kam pünktlich in Valencia an und Ina konnte schnell am Gepäckband ihren Koffer in Empfang nehmen. Sie brauchte nur wenige Schritte bis zur Autovermietung, wo der Schlüssel für den Leihwagen bereitlag. Nach den üblichen Formalitäten konnte sie den Motor eines weißen Kleinwagens anlassen und ihr Herz hüpfte dabei vor Freude. Vor ihr lagen garantiert mit Arbeit pickepacke vollgestopfte eineinhalb Wochen, aber es würde hoffentlich wunderbare Stunden in den Bergen und am Meer geben, und ja, sie freute sich auch darauf, ihre Mutter wiederzusehen. Hätte man ihr das vor Kurzem gesagt, hätte sie nur abweisend den Kopf geschüttelt. Aber jetzt spürte sie sogar etwas Sehnsucht nach der vertrauten Umarmung.

Sie stellte das Navi ein und die Route führte sie direkt an der Küste entlang, vorbei an malerischen Salzseen und pittoresken Reisfeldern, und sie genoss den spektakulären Blick auf das tiefblaue Mittelmeer. Das hügelige Bergland war üppig bewachsen und dichte Orangenbaum-Haine säumten die Straße. Es gab Hänge mit Weinreben, jede Menge Gärten und Ackerflächen und immer wieder sanfte Hügel, an die sich malerisch weiße Häuser schmiegten, die nun in der Mittagssonne schimmerten. Dazwischen lockerten im Meereswind wogende Palmen das Bild auf und gaben der ganzen Silhouette etwas unwirklich Märchenhaftes. Es musste ein Geschenk sein, hier leben zu dürfen. Sie summte den eingängigen Rhythmus der spanischen Liebeslieder im Radio mit und trommelte dazu mit den Fingern auf dem Lenkrad. An einer Ampel drehte sie die Scheibe herunter, sog die herrliche Luft ein und schnupperte tatsächlich den legendären Orangenblütenduft, den sie als einfach als betörend empfand. Ina stellte es sich großartig vor, hier in dieser traumhaften Natur zu wandern, den Wind in den Blättern rascheln zu hören und die Ruhe genießen zu können. Sie würde versuchen, ihre Aufgaben so zu erledigen, dass Zeit bliebe für ausgiebige Strandspaziergänge und Wanderungen durch das Gebirge. Die festen Schuhe hatte sie zuerst in den Koffer gelegt und eine wetterfeste Jacke eingepackt. Ob sie die brauchte? Der Blick in den wolkenlosen Himmel versprach ein Traumwetter. Es ging ihr so prächtig wie schon ewig nicht mehr. Wenigstens zehn Tage lang müsste sie keinen Chefredakteur mit Abgabeterminen vertrösten, keine drängenden Anfragen nach Kleidung herausschicken, keine Agentur nach Schnittterminen fragen. Sie würde sich zwingen, mal nicht nach Likes, Klicks und Kommentaren zu gucken. Es fühlte sich neu und sogar schon etwas fremd an, dass das Leben plötzlich wieder ihr allein gehörte. Sie könnte einfach den Tag genießen, abends Rotwein trinken und im Mondlicht die Sterne zählen und müsste dabei nicht daran denken, gut auszusehen und perfekt zu wirken. Sie hatte vergessen, wie leicht und beschwingt das Leben sein konnte, und auch, wie sehr sie sich danach sehnte. Wann hatte sie denn in den letzten Jahren ein paar zusammenhängende freie Tage gehabt? Sie konnte sich an keine Auszeit erinnern.

Es dauerte nicht lange und sie sah die Konturen von Gandía Playa, dem Badeort, in dem sie sich eingebucht hatte. Auf den Straßen war es ruhig in der Mittagszeit und das Navi ihres Handys führte sie unkompliziert zu der Adresse.

„Wow, ist das schön", murmelte Ina und war fasziniert, wie gediegen das Häuschen aussah, in das sie jetzt einziehen würde. Es war eines der klassischen Ferienhäuser in Strandnähe mit traditionellen Holz-Fensterläden, einer portalähnlichen Eingangstür und einer umlaufenden Terrasse, an der dichtgewachsene Bougainvilleen wuchsen. Die Vermieterin lebte in der Nähe, hatte jedoch eine Nachbarin gebeten, Ina aufzuschließen. Freundlich winkend stand sie bereits vor der Tür und führte Ina in das kleine, aber sehr stilvolle Appartement im ersten Stock.

„Wie süß ist das denn?", staunte Ina. Die Wände waren zitronengelb gestrichen, die hellbraun heruntergezogenen Holzfenster gaben den Blick auf das Meer frei und vor jedem wölbte sich ein kleiner Balkon. Ina konnte den

Strand sehen und, wenn sie sich etwas nach vorn beugte, auch die Berge.

Ein Traum, dachte sie sofort, stellte ihren Koffer ab, bedankte sich höflich bei der Nachbarin und schrieb Helga, die sie ab jetzt auch manchmal in Gedanken wieder Mama nannte, eine WhatsApp.

„Ich gehe gleich kurz ans Meer. Wann brauchst du mich?"

Die Antwort kam prompt. „Bitte komme heute noch zu mir. Ich schicke dir den Standort."

Ina wollte ihre Mutter nicht unnötig lange warten lassen; sie musste im Moment schon genug einstecken. Helga brauchte sie. Zudem hoffte Ina, dass sie sich beide in diesen zehn Tagen auch der Realität stellen würden. Endlich konnte sie fragen und Helga erzählen, was sie wirklich aus der Heimat getrieben hatte. So viel war unausgesprochen und jetzt gab es die Gelegenheit, sich auszutauschen und die Wahrheit zu sagen. Ina war bereit dazu. Aber bevor es zu diesem wichtigen Zusammentreffen käme, musste sie erst noch Meeresluft atmen. Sie hatte sich seit der Flugbuchung auf einen Strandspaziergang gefreut und wollte sich diese Stunde unbedingt gönnen. Ina tauschte die Ballerinas gegen Turnschuhe, den dunkelblauen Hosenanzug gegen ein weißes Shirtkleid. Die Haare kämmte sie sich schnell etwas zurecht und legte nur ein wenig blassroten Lippenstift auf. Noch einmal blickte sie in den Spiegel. Eigentlich hatte Sybille recht. Sie konnte sich auch ohne ihr aufwendiges videogeprägtes Topstyling sehen lassen.

Bevor sie die Füße in den Sand steckte, steuerte sie eine Bar an, die sie direkt am Hafen entdeckte.

„Was möchten Sie trinken?", fragte die Bedienung, eine superschlanke Frau um die dreißig mit dunklem Pferdeschwanz und perfektem Make-up, aus dem besonders die knallrot geschminkten Lippen herausstachen.

Ina war froh, dass sie in der Schule mal ein paar Brocken Spanisch gelernt hatte, und bestellte einen Kaffee, der ihr die Müdigkeit vertreiben sollte. „Bitte schwarz, ohne Zucker", sagte sie höflich und sah mit Herzklopfen auf das tiefblaue Mittelmeer, das sich wie ein kuscheliger Teppich vor ihr ausbreitete.

„Haben Sie sonst noch einen Wunsch?"

Ina schüttelte den Kopf. „Nein, danke!", meinte sie höflich. Ihr fehlte nichts. Sie fühlte sich seit Langem endlich mal wieder richtig gut.

Der leichte Wind war sommermild und ungeheuer würzig. Dazu die Sonne, der blaue Himmel, die vielen bunten Blüten. In Ferienstimmung summte sie genüsslich eines ihrer Lieblingslieder „Vamos a la playa, oh, oh, oh, oh, oh …"

Die nette Bedienung stellte ihr den Kaffee auf das kleine Tischchen und Ina lehnte sich zufrieden lächelnd zurück. Die Luft kribbelte ihr jetzt in der Nase. Es roch nach Meer und in der Ferne krächzten Seevögel. Direkt vor ihr fuhr gerade ein Fischerboot vorbei und am Kai gegenüber spazierten zwei Frauen mit ihren Hunden in der Sonne. So sahen Urlaubsträume aus. Ein blitzweißes Ausflugsschiff tauchte am Horizont auf, vermutlich kam es aus Ibiza. Alles war neu, spannend, schön und sie fühlte, dass sie mitten im Abenteuer angekommen war.

Nach dem Kaffeegenuss ging Ina ein paar Schritte auf eine der Holzbohlen, die in das Hafenbecken hineinragten, genoss den Wind, das sanfte Schaukeln und spürte nichts als Zufriedenheit. Die Redaktion? Die Videos? Die Drehtermine? Der Alltag war hier so weit weg.

In der Ferne glaubte sie, ein gewaltiges Segelschiff auszumachen, vielleicht eins, das sich auf einer Reise um die Welt befand. Es war herrlich, so grenzenlos zu träumen. Ina breitete die Arme aus und drehte sich ausgelassen im Kreis. Familienkonflikte, doofe Kollegen, kritische Follower, was sollte das alles, wenn man hier am Meer stand, die Salzluft atmete und man gleich barfuß am Strand entlanglaufen konnte. „Mittelmeer, ich werde dich erobern", rief sie hinaus auf das Wasser und es war ihr egal, was die Leute dachten. Sie machte sich Luft und es war, als würde eine riesengroße Last gerade ins Hafenbecken plumpsen und für immer verschwinden.

Kurz darauf stand Ina am sonnengelben Sandstrand, der sich wie ein breites Band kilometerlang vor ihr ausbreitete. Es waren nur wenige Urlauber am Strand und sie empfand die ganze Pracht ein bisschen als ihr Privatgelände. Mit beiden Händen zurrte sie sich den Schal um die Schultern und stapfte los, natürlich mit den nackten Füßen so tief im Wasser, dass es bei jeder Welle bis zu ihren Knien spritzte. „Hui, ist das schön!", rief sie in die Wellen und wurde immer schneller und mit jedem Schritt spürte sie, wie alles in ihr auftankte. Diese Stunde am Meer war wie eine riesengroße Vitaminspritze.

Wenig später, sie hatte sich in ihrer Wohnung noch den Sand von den Füßen gespült und eine Jeans angezogen, nahm sie unternehmungslustig den Wagen und machte sich auf den Weg zur Finca. Sie musste sich eingestehen, dass ihr mehr als mulmig zumute war. Wie würde es sein, ihrer Mutter nach so langer Zeit nicht nur gegenüberzustehen, sondern auch mit ihr viel Zeit zu verbringen und zu arbeiten. Sie stellte wieder ihr Navi an und ließ sich führen. Zwanzig Meter nach rechts, zweihundert Meter nach links, an der Ampel geradeaus. Die Bars und Lokale waren um diese Zeit nur wenig besucht und viele Geschäften noch geschlossen. Ina lenkte den Wagen heraus aus dem Ort Richtung Berge und fuhr vorbei an duftenden Orangenbaumfeldern, sattgrünen Weiden, auf denen Pferde grasten, an kleinen, idyllischen Gehöften und immer wieder Abschnitten, die sich am besten mit ‚Natur pur' beschreiben ließen. Dann stand sie vor der warmgelben Finca, die sie schon so oft auf einem der zahlreichen WhatsApp-Fotos gesehen hatte, und entdeckte Helga auf der Terrasse.

Ihre Mutter trug ein rotes Kleid, sie hatte ein Glas Saft vor sich stehen und hatte suchend ins Tal geblickt, um Ina nicht zu verpassen. Jetzt richtete sie sich etwas mühsam auf, schnappte sich ihre Krücke und humpelte zur Tür, um sie zu öffnen.

„Ich freue mich so", rief sie, küsste Ina, ganz spanisch, rechts und links auf die Wange und umarmte sie fest, sehr fest und sehr lange.

Ina spürte die Wärme ihrer Mutter, die Hand, die ihr weich über den Rücken strich, und sie hörte ihre sanfte Stimme, die ihr liebevoll „es ist so schön, dass du da bist" ins Ohr flüsterte. Die Situation überrumpelte Ina völlig und sie wusste nicht, wie sie sich verhalten sollte. Diese so innige und herzliche Begrüßung ihrer Mutter tat ihr einfach nur gut. Der Ärger über Bernd, die langen Jahre der mehr oder weniger konsequenten Funkstille, alles war plötzlich so weit weg. Aber Ina wusste nicht anders zu reagieren als mit Unsicherheit, und so verharrte sie wie eine Statue, festgewachsen und bewegungslos.

Helga stand vor ihr, stützte sich mit der einen Hand an der Krücke ab und hielt sich mit der anderen an ihrer Schulter fest. „Lass mich sehen, wie gut du ausschaust, meine wunderschöne Tochter", meinte sie liebevoll. „Meine Güte, glatt zehn Jahre jünger." Sie nahm jetzt Inas Hand und zog sie zu dem Tisch auf der Terrasse.

„Was magst du trinken?", erkundigte sich Helga, und als Ina nur ratlos mit den Schultern zuckte, winkte sie sofort ab und meinte: „Ich empfehle dir einen frischgepressten Orangensaft, er ist herrlich und wird dir schmecken."

„Sprichst du eigentlich Spanisch?", wollte Ina wissen, und war froh, dass ihr überhaupt ein Satz über die Lippen gekommen war.

Helga nickte sofort. „Ja natürlich, anders kann man sich hier keine Existenz aufbauen. Ich habe aber mächtig dafür büffeln müssen. Offenbar bin ich alles andere als ein Fremdsprachengenie."

Helgas unkomplizierte Erwiderung lockerte die Stimmung weiter auf und Ina versuchte an Leichtigkeit fortzuführen, was ihre Mutter begonnen hatte. „Das würde mir auch schwerfallen. Ich bewundere sowieso deinen Schritt, ins Ausland zu gehen, und dann noch den Sprung in die

Selbstständigkeit zu wagen. Aber wer träumt denn nicht davon?"

Helga setzte sich mühsam mit einer Karaffe Saft in der Hand auf das Korbsofa, das dekorativ vor dem Tisch auf der Terrasse stand, und schenkte schnell zwei Gläser ein. „Komm, setz dich. Dann können wir reden." Sie schob Ina das Glas und ein Tellerchen mit Erdnüssen hinüber und lehnte sich entspannt zurück. „Ja, das klingt schön", nahm sie das Gespräch wieder auf. „Aber es gibt auch viele Wermutstropfen. Ich fand ja mein altes Leben nicht unbedingt schlecht. Überleg doch mal: Ich war mehr als vierzig Jahre mit deinem Vater verheiratet, bevor wir uns getrennt haben. Es ging uns gut, in jeder Hinsicht. Wir haben ja auch eine wunderbare Tochter miteinander, mit der ich viel erleben durfte."

Ina bemühte sich, fair zu sein, unterließ jede Aggression und stieg ähnlich entspannt in das Thema ein. „Ich erinnere mich noch gut daran, wie intensiv du mich immer unterstützt hast", lobte sie das Engagement ihrer Mutter. Sie schob sich die Sonnenbrille ins Haar. „Tennis, Reiten, Ballett. Du warst wohl fast täglich irgendwo mit mir unterwegs."

Helga lachte. „Ja, es war tatsächlich so. Aber ich habe das alles auch geliebt und bin leidenschaftlich gern die engagierte Mutter gewesen." Sie seufzte. „Schade, dass die Zeit vorbei ist." Mit einem Lächeln griff sie nach ihrem Glas. „Nun lass uns erst einmal anstoßen. Ich heiße dich in diesem schönen Teil der Welt willkommen." Sie beugte sich nach vorn und stieß mit ihrem Glas an Inas. „Schön, dass du da bist", sagte sie mit sicherer Stimme und sah Ina dabei fest in die Augen. „Aber ich habe noch etwas Leckeres für dich vorbereitet."

Helga drückte sich vom Sofa hoch und nahm ihre Krücke. „Ach mein Kind, das ist alles doof, wenn man kaum mobil ist", schimpfte sie genervt, humpelte aber mit einem „ich schaff das schon" gleich weiter. „Bitte bleib sitzen", rief sie Ina noch zu. „Heute möchte ich nur deine Gesellschaft genießen. Die Arbeit kann warten. Die nächsten Gäste kommen erst morgen am Nachmittag."

Wenig später kam sie mit einem großen Teller zurück, auf dem eine goldgelbe Tortilla duftete. Sie stellte das Essen auf den Tisch, nahm Inas Hand und drückte sie fest. „Ich danke dir, dass du hier bist. Das bedeutet mir sehr viel."

Ina zögerte nicht und erwiderte den Händedruck ihrer Mutter, die sich wieder zu ihr an den Tisch setzte und genoss den Traumblick in ein herrlich grünes Tal und das angrenzende Meer. Ein warmer Wind umwehte ihre Haut und Ina fühlte sich wunderbar geborgen.

„Das musst du probieren!" Helga schnitt am Tisch ein Stückchen von der Tortilla ab und schob es auf ein Tellerchen. „Es ist mein Rezept, ich mixe die Ei-Zwiebel-Kartoffelmasse mit Kürbis."

Ina naschte sofort davon. „Einfach köstlich", lobte sie den Geschmack der Eigenkreation und verdrehte genüsslich die Augen. „Auch in Kombination mit dem Saft, aus dem man die Sonne Valencias schmeckt. Ich hatte übrigens keine Ahnung, dass hier so viele Orangen wachsen."

„Nirgendwo in Europa werden so viele angebaut wie hier."

„Und das kann man schmecken, sehen, riechen – toll." Ina zeigte mit der Hand ins Tal. „Es ist ein richtiges Orangenland, wunderschön. Aber jetzt mal zu der harten Realität", änderte Ina das Thema. „Was ist mit deinem Fuß?"

„Tja, ich bin über eine Treppenstufe gestolpert und habe beim Arzt erfahren, dass der Mittelfuß gebrochen ist. Aber es wird aller Voraussicht nach folgenlos verheilen."

„Was musst du beachten?"

„Der Bruch ist so, dass ich dank der Orthese und mit einer Krücke gehen kann, aber so wenig wie möglich. In vier Wochen muss ich zur Physiotherapie und langsam die Belastung ohne das Ding am Fuß lernen. Ganz ehrlich, drei Monate muss ich rechnen, bevor ich wieder hier so unbekümmert über meine Finca flitze wie bisher."

„Und noch zu Bernd. Du weißt ja, dass ich nicht gut auf ihn zu sprechen bin. Aber natürlich wünsche ich ihm keine Krankheit. Ist es denn ernst?"

Helga räusperte sich und schluckte, bevor sie weitersprach. „Du kennst Bernd seit deiner Kindheit. Hat er dich jemals enttäuscht?"

„Ja, als er mit meiner Mutter durchgebrannt ist!", entgegnete Ina direkt und ärgerte sich, dass sie mal wieder so einen aggressiven Ton angeschlagen hatte. Sie atmete tief durch, fuhr dann wesentlich milder fort. „Aber davon abgesehen nicht. Er ist als Papas bester Freund ja bei uns ein und aus gegangen und war zu mir immer supernett. Ich habe ihn geliebt wie einen Onkel, das weißt du. So gesehen gab es natürlich nie Probleme mit ihm." Sie druckste jetzt etwas herum. „Außerdem habe ich lange Zeit gedacht, dass er schwul wäre, weil er immer Single war. Ganz offen gesagt, ich bin wirklich nicht auf die Idee gekommen, dass er sich für meine Mutter interessiert. Deshalb war es auch so schlimm, als ausgerechnet er unsere Familie zerstörte."

Sie schloss die Augen, um wieder Ruhe zu finden, und hatte Sorge, dass ihre Stimme aufgewühlt und zickig klingen könnte. „Aber darüber wollte ich jetzt nicht mit dir sprechen", sagte sie deshalb versöhnlich. „Ich wollte eigentlich nur wissen, wie es ihm gesundheitlich geht und was überhaupt passiert ist."

Helga nickte. „Er hat seit Wochen über Schmerzen geklagt, wollte aber nie zum Arzt", seufzte sie. „Dann ist es so unerträglich geworden, dass ich ihn vor zwei Wochen endlich fahren durfte. Heraus kam eine Gallenkolik und er musste in der Klinik diverse Stents gesetzt bekommen, weil die Gallengänge verstopft waren. Das alles hat ihn so mitgenommen, dass man ihm eine Kur empfohlen hat. Vergiss nicht, Bernd ist weit über siebzig."

„Hättest du denn die Firma wirklich allein meistern können?", hakte Ina nach, genoss einen weiteren Schluck von dem Saft und knabberte von den Nüssen.

„Ja natürlich", bestätigte Helga und schenkte Ina noch einmal nach. „Das ist ja nicht sonderlich aufwendig. Das Problem begann erst, als ich mir den Fuß brach. So kann ich ja die Haus- und Wohnungsübergaben nicht mehr machen und auch keine Reinigung kontrollieren. Wenn jetzt etwas schiefgeht, hagelt es garantiert negative Kritiken im Internet und damit wäre unser guter Ruf passé und unsere Arbeit von all den Jahren umsonst. So weit darf ich es nicht kommen lassen."

Helga strich Ina erneut über den Arm. „Doch nun bist du ja da und nichts kann mehr passieren. Ich bin dir so dankbar." Sie legte sich ein Kissen auf einen der Stühle und hob ihr krankes Bein darauf. „Verzeih, aber so ist es besser", entschuldigte sie sich, bevor sie weitersprach. „Doch viel interessanter ist, wie es dir geht? Bist du noch allein? Oder hast du deinen Traummann inzwischen gefunden? Unser letztes Gespräch liegt schon etwas zurück."

Ina lächelte Helga vielsagend an. „Weißt du, man sagt so schön, auch ein blindes Huhn findet mal ein Korn. Für mich gibt es aber diese Weisheit nicht. Im Klartext: Ich bin nach wie vor Single."

„Also, als blindes Huhn habe ich dich noch nie eingeschätzt. Ich weiß nur, dass du bereits ziemlich lange auf der Suche bist."

„Nee, das stimmt nicht, oder besser nicht mehr. Ich habe aufgegeben und lasse mich finden." Ina räusperte sich. „Oder auch nicht."

„Oh, prima Konzept. Das ist ja dann garantiert eine erfolgversprechende Partnersuchmethode." Helga schmunzelte und ließ sich die Ironie deutlich anmerken. „Aber man kann dich ja leicht finden bei deinen vielen großartigen Videos. Bestimmt bekommst du jede Menge Zuschriften!"

„Ja, jedoch nicht mit der Absicht, mit mir ach so tollen Frau leben zu wollen. Wenn mir ein Mann schreibt, geht es um schnellen Sex und entsprechende Anzüglichkeiten. Aber eine ernst zu nehmende Partnerschaft?" Sie schüttelte den Kopf. „Fehlanzeige!" Ina lächelte. „Trotzdem leide ich nicht darunter, nicht mehr. Ich will mir einfach über

Männer keine Gedanken mehr machen. Die Videos sind wichtiger. Siehst du dir die alle an?"

„Aber Liebling, natürlich, das habe ich dir doch schon am Telefon gesagt, und das gleich aus doppeltem Grund: Ich sehe dich gern und ich liebe deinen Stil und kopiere ihn mit Freude." Sie rutschte auf dem Korbsofa etwas zur Seite. „Sieh doch mal, was ich heute für ein Kleid trage? Kommt dir das nicht bekannt vor? Du hast es vor ein paar Wochen empfohlen: als Stretchkleid mit Stil. Erinnerst du dich? Voilà, sieht richtig klasse aus. Ich habe es in Deutschland bestellt." Sie lehnte sich wieder zurück. „Aber wichtiger ist, dass ich meine Tochter gern sehe." Sie blickte Ina jetzt fest in die Augen. „Leider hatte ich ja in den letzten Jahren anders kaum Gelegenheit."

Ina durchfuhr es wie ein Blitz. Sie saß hier mit ihrer Mutter auf der wundervollen Terrasse, genoss das Flair des Südens, hatte es aber all die Jahre nicht geschafft, sie zu besuchen. Sie mussten wirklich dringend reden und für klare Verhältnisse sorgen.

„Ich habe übrigens heute noch etwas mit dir vor", unterbrach Helga ihre Gedanken. „Ich habe unten am Meer in einer einfachen, aber richtig zauberhaften Bar am Hafen einen Tisch für uns bestellt, da lassen wir es uns schmecken und haben viel Zeit für die besten Tapas der Region."

Ina zögerte. Eigentlich hatte sie vorgehabt, mit ihrer Mutter zu sprechen, ganz in Ruhe, und auszuloten, wie es mit ihnen weitergehen könnte. Aber jetzt fand sie einen entspannten Abend als Einstieg in eine neue Zeit auch gut.

Helga griff nach ihrer Krücke und Ina half ihrer Mutter, vom Sofa hochzukommen. „Leider musst du fahren, doch du bist mein Gast, denn ich will dich verwöhnen."

***

In Gandía Playa füllten sich die Bars zusehends und in den Straßen flanierten die Besucher. Ina hatte Helga fast bis direkt vor die Terrasse des Restaurants „Bei Ingo" gefahren, das im Klubhaus für Angler besonders urig untergebracht war. Sie hatte sie zu dem reservierten Tisch geführt und genoss jetzt den Blick auf das lebendige Treiben am kleinen Hafen und der benachbarten Strandpromenade. Viele spanische Urlauber, der Ort war besonders bei den Einheimischen sehr beliebt, schlenderten bei den milden Temperaturen gemütlich am Meer entlang, Kinder spielten auf einer Anlage, die dem Hafen nachempfunden war, und die Außenplätze der zahlreichen Restaurants waren gut besucht. Ab und zu knatterte ein Motorroller vorbei und ein Eisstand lud zum Schlecken ein.

„,Bei Ingo' klingt aber nicht spanisch", warf Ina ein.

„Nein, wirklich nicht. Der Eigentümer ist auch Deutscher", klärte Helga ihre Tochter auf. „Übrigens ein echtes Unikat."

„Was meinst du?"

„Du wirst ihn kennenlernen", meinte sie vielsagend. „Er ist eine Seele von Mensch, aber er lässt sich nie hinter die Kulissen blicken. Ich glaube, niemand hier kennt ihn wirklich."

„Oh spannend", schoss es aus Ina heraus und sie erkannte sofort ihr Journalistenherz, das immer auf der Suche nach einer guten Story war.

„Ingo ist nur nebenberuflich Gastronom, er führt seit vielen Jahren einen ganz berühmten Trödelladen, einen Rastro. Da findest du einfach alles, teure Antiquitäten, aber auch jede Menge alten Plunder. Die Stimmung bei ihm ist einfach großartig. Er serviert nämlich dort ebenfalls Tapas und Wein, und weil die Qualität sich schnell herumsprach und immer mehr Leute auf sein Anwesen kamen, um zu schlemmen, hat er vor zwei Jahren diese Bar hier übernommen, damit die Leute ihm nicht komplett die Ruhe stehlen."

„Ein Unternehmer, der vor Kunden wegläuft, das hat etwas", schmunzelte Ina.

„Aber bei dir ist es doch auch so", konterte Helga. „Dein Vater und ich haben uns früher über jeden Kunden gefreut. Die Unternehmer sind heute einfach anders."

„Nicht wirklich!", meinte Ina lachend, während sie die Karten-App auf ihrem Handy öffnete. „Sie arbeiten nur mehr hintenherum. Wo hat dieser Ingo seinen Trödelladen? Da würde ich gern mal vorbeifahren."

„Er lebt am Rande des Naturschutzgebietes im Hinterland, aber nicht weit von hier."

Ina schob Helga das Handy herüber und sie blickte suchend darauf. „Hier, in dieser Region ist es." Sie zog mit dem Daumen und dem Zeigefinger das Display größer. „Siehst du, in der Nähe der Burgruine. Wenn du dem Weg dorthin folgst, kommst du direkt dort vorbei."

Sie gab Ina das Handy zurück. „Ingo braucht die Einsamkeit des Hinterlandes. Es muss etwas in seinem alten Leben passiert sein. Ingo ist ein wirklich lockerer Typ, aber wenn es um ihn persönlich geht, ungeheuer verschlossen."

„Ich freue mich jetzt schon auf ihn", sagte Ina und sah auf einen Teller mit Köstlichkeiten, die am Nachbartisch verzehrt wurden. „Du, das sieht aber alles wirklich gut aus", staunte sie.

„Was meinst du, warum wir hier sind."

„Hallo Helga, schön, dass du uns mal wieder besuchst!" Ein kleiner drahtiger älterer Mann lächelte erst Helga und dann Ina freundlich an, streckte ihnen die Hand entgegen.

„Darf ich vorstellen: Juan, die Seele der Bar und das ist meine Tochter Ina aus Deutschland."

Er zeigte auf die Orthese. „Was hast du gemacht?" „Ein dummer Unfall. Deshalb kann ich meine Tochter nicht zu Hause verwöhnen."

„Dann werde ich das mal übernehmen", scherzte Juan und erzählte sofort auf, was er an Spezialitäten im Angebot hatte.

„Meine Tochter ist Vegetarierin, kannst du etwas empfehlen?"

Juan packte den Bestellblock weg und nickte. „Ich stelle euch was Passendes zusammen. Und zu trinken? Wein?"

„Sehr gern, mit reichlich Wasser."

„Perfecto." Juan nickte. „Dann kommt gleich dein Lieblingswein, Helga."

„Die Tapas, die sind alle prima, Ina. Du wirst sie lieben", versprach Helga, als Juan schon in der Küche verschwunden war. „Aber jetzt erzähl mal ein bisschen mehr." Helga richtete sich neugierig auf und fasste Ina an den Arm. „Ich möchte vor allen Dingen wissen, was du für Pläne hast. Bleibst du in Paderborn? Oder gehst du jetzt, bei dem Erfolg mit deinem Modekanal, doch wieder zurück nach Hamburg, wo du so glücklich warst?"

Leicht wehmütig blickte Ina auf das Meer. Die goldenen Strahlen der Abendsonne tanzten in den Wellen und gaben der Stimmung etwas Unwirkliches. Dann schüttelte sie den Kopf. „Nein, nein, ich bleibe in der Heimat. Ich lebe allein und möchte mein vertrautes Umfeld nicht aufgeben. Früher war das anders, aber heute, mit zweiundfünfzig, habe ich schon Angst vor der Einsamkeit."

Helga nickte zustimmend. „Das kann ich verstehen. Es ist klug, das zu bedenken. Paderborn ist deine Heimat, jeder Stein ist dir vertraut. Das muss man sich bewahren. Glaube mir, ich kenne Heimweh."

Ina war ein bisschen irritiert, wie ehrlich und offen ihre Mutter mit ihr plauderte. So als hätte es die jahrelange Distanz nie gegeben. Klar hätte sie jetzt verschlossen reagieren können. Aber was sollte das bringen? Also entschied sie sich, ebenfalls ehrlich zu sein und den bislang entspannten Abend weiter zu genießen.

„Ja klar, denke ich manchmal, mein Leben wäre anders verlaufen, wenn ich Christopher nicht kennengelernt hätte. Aber was soll das. Das ‚hätte' ändert nie etwas. Mein Leben war so und nicht anders. Es geht mir ja gut."

Als Juan die Getränke servierte und ein Schälchen Oliven und Weißbrot dazustellte, stützte Helga neugierig ihren Kopf auf die Hände. „Das stimmt. Genauso muss man es sehen."

Ina räusperte sich. „Du glaubst gar nicht, wie viele, sagen wir, gewöhnliche Zeiten ich hatte. Früher drehte sich immer alles um Kind, Familie und Job, aber das weißt du ja, und heute nur noch um den Job. Hektisch ist es erst wieder, seitdem ich den Kanal habe, aber auch spannend …" Sie gab zahlreiche Anekdoten zum Besten, lustige und absurde, die sie erlebt hatte, seit sie sich online als Modeberaterin profiliert hatte.

„Du glaubst gar nicht, wie hartnäckig mir Firmen unaufgefordert ihre Kleidung anbieten, damit ich sie vorstelle. Doch genau das will ich überhaupt nicht. Ich möchte den Frauen nur Sachen empfehlen, die mir auch wirklich gefallen."

Helga verdrehte amüsiert die Augen. „Das freut mich aber, dass ich nichts trage, was du furchtbar findest."

„Ich glaube, das ist letztlich das Geheimnis des Erfolges: Ich bin authentisch", führte Ina weiter aus. „Leider ist es viel mehr Arbeit, als ich vermutet hatte. Ich bin wirklich Tag für Tag viele Stunden damit beschäftigt, den Kanal in Schwung zu halten."

„Wie bist du denn darauf gekommen?"

„Ganz ehrlich, ich konnte es oft nicht mehr sehen, wie unvorteilhaft sich manche Frauen kleiden. Sie sind etwas rundlich und quetschen sich in die engsten Klamotten, nur weil die gerade im Trend sind. Oder sie hüllen sich in Gewänder, die sie so kastig aussehen lassen, als ob sie fünfzig Kilo mehr auf die Waage bringen würden. Und da ich ja in meinem Job etwas Erfahrung sammeln konnte, dachte ich mir: Jetzt gebe ich euch mal Tipps."

„Wolltest du das von Anfang an professionell machen?"
Ina schüttelte den Kopf. „Ach i wo, ich habe ein paar Videos aufgenommen, anfangs noch mit der Handykamera, und die auf Facebook gestellt. Dann war die Resonanz so enorm, dass ich einfach weitermachen musste, seit einiger Zeit eben professionell auf Instagram."

„Und jetzt? Es sieht so leicht und mühelos aus. Aber du sagtest ja schon, dass es viel Arbeit ist."

„Allerdings." Ina tat es gut, sich endlich mal aussprechen zu können. Dass dies ausgerechnet mit ihrer Mutter sein würde, hätte sie sich nicht träumen lassen, zumal Helga damit zeigte, wie viel ihr der Austausch bedeutete. Hätte sie den Kontakt zu ihr vielleicht doch eher wieder suchen sollen? „Es gibt Leute, die denken, ich gehe morgens an meinen Kleiderschrank, zupfe etwas heraus und halte es hoch." Nachdenklich drehte sie ihr Glas in der Hand, tupfte mit dem Finger einen Tropfen ab. „Aber es ist richtig hart. Allein die Vorbereitung, die Texte, die ganze Aufmachung, alles muss genau geplant sein. Da ist nichts zufällig und das kostet Zeit, Nerven und jede Menge Kraft. Zumal ich noch einen Job parallel dazu habe. Ich habe mir deshalb schon eine Agentur genommen, die die Aufnahmen für den Kanal schneidet."

„Bist du müde? Ich wollte nicht gleich mit der Tür ins Haus fallen. Aber du wirkst ziemlich gestresst. Ich sehe das an deinen Augenlidern, die ständig zucken."

„Was?", fragte Ina irritiert und ließ ihren Zeigefinger über ein Auge gleiten. „Meine Lider zucken? Das ist ja schlimm." Sie pikste eine Olive mit der Gabel auf und steckte sie sich in den Mund, bevor sie weitersprach. „Aber du hast recht. Ich bin wirklich gestresst, das stimmt", gab sie zu. „Ich weiß eigentlich nie, wie ich mein Tagespensum schaffen soll, und stehe schon müde auf. Heute liegt es auch daran, dass ich so früh rausmusste und der Flug, die Temperaturumstellung, alles eben." Ina trank einen Schluck Wein und nippte dazu am Wasser. „Es ist einfach viel", sagte sie nachdenklich und schaute wieder auf die Wellen, die im gleichmäßigen Rhythmus an den Strand plätscherten und für sie etwas ungeheuer Beruhigendes hatten. „In der Redaktion wartet man auf meine Texte und in der Agentur auf mein Filmmaterial. Dazu kommen Termine mit Lieferanten, mit meiner Fotografin oder Kamerafrau, je nachdem, was wir machen. Von allen Seiten gibt es Druck und ich träume davon, mal nichts zu hören, keine Anrufe, kein Piepsen der eintrudelnden WhatsApp-Nachrichten, nichts. Einfach nur, wie hier, das Rauschen des Meeres."

Ina sah den besorgten Blick ihrer Mutter und saugte die empfundene Fürsorge regelrecht auf.

„Und sagst du das auch mal jemandem?", wollte Helga wissen.

„Leider nein, und wem denn auch? Man kann schließlich bei Freundinnen nicht ständig jammern. Das bringt nichts. Man hat in jedem Business zu funktionieren, sonst ist man genauso schnell aus dem Geschäft, wie man reingekommen ist."

Helga nickte. „Ja, ja, die wichtigen Termine. Da kann ich mitreden." Sie zupfte etwas nachdenklich eine Weißbrotscheibe in kleine Stückchen und sortierte die Bröckchen gedankenverloren auf ihrem Tellerchen. „Bei uns war die Zeit früher auch immer knapp. Dein Vater war ständig in der Firma und brütete oft bis Mitternacht über den Papieren. Ich habe anfangs noch im Hotel gearbeitet und kam meist nachts nach Hause. Erst als du auf der Welt warst, bin ich joblich kürzergetreten und später stundenweise in Papas Firma eingestiegen."

„Für mich hattest du immer Zeit, Mama" sagte Ina und erschreckte sich etwas, weil ihr das Wort „Mama" plötzlich so leicht über die Lippen gekommen war.

„Das stimmt", pflichtete ihr Helga bei, „das war mir auch wichtig. Aber es ist jetzt nicht entscheidend, was früher war. Lass uns zurück auf deinen Kanal kommen. Wie schätzt du denn die Zukunft ein? Bleibt das so spannend für die Kunden, was auf Instagram passiert?"

Das fragte sich Ina selbst oft. „Da bin ich überfragt. Was mir bei meinen Followern negativ auffällt, ist: Sie sind schnelllebig. Sie blättern durch das Angebot, abonnieren recht wahllos Kanäle, sehen zu, schreiben auch gern, beurteilen und bewerten, sind aber immer auf vielen anderen Kanälen gleichzeitig unterwegs. Man muss sie beharrlich fesseln und bei der Stange halten, sonst sind sie blitzschnell verschwunden, irgendwo in den Dunkelheiten des Netzes, und dein Kanal verschwindet recht schnell ebenfalls dort."

„Das klingt anstrengend", stellte Helga fest.

„Ja, und das ist die Misere im Social-Media-Geschäft. Ob Männer oder Frauen, die wenigsten folgen jemandem wirklich, sondern springen hin und her und tauschen dich und deine Themen sofort gegen die nächste Plattform aus. Es wird einfach nur oberflächlich konsumiert und genauso oberflächlich abgestraft. Das ist auch so ein Punkt: Die Leute glauben, sich im Netz alles erlauben zu können."

„Das ist auch immer unsere Angst, wenn Gäste eine Bewertung abgeben. Die bleiben dabei ja meist anonym."

„Ganz klar. Die Anonymität lässt die Leute frech und verletzend sein."

Ina holte ihr Handy heraus und rief ihren Kanal auf. „Hier, schau." Sie hielt Helga das Handy hin. „Lies mal! Das sind die Kommentare, die ich normalerweise sofort löschen lasse. Das Netz gaukelt dir vor, dass du toll bist. Aber dann gibt es diese Hater, die dich auf das Übelste beleidigen."

„Das heißt, du wirst beschimpft?" Helga schüttelte ungläubig den Kopf und betrachtete sichtlich betroffen einen der Kommentare, den Ina ihr hinhielt.

„Das ist aber richtig mies. Der beleidigt dich ja persönlich."

„Das ist harmlos. Ich bekomme alles Mögliche zu lesen. Dass ich eine hässliche Kuh bin und einen widerlichen Hintern habe und man mir einen Müllsack überwerfen sollte, und, und, und …"

Erschrocken sah Helga sie an. „Aber wie steckst du das denn alles weg?"

„Tue ich nicht wirklich", gab Ina zu. „Weißt du, man gewöhnt sich nur bedingt daran. Wenn dann noch andere Kränkungen dazukommen, fühlt man sich richtig schlecht und möchte sich am liebsten in Luft auflösen." Sie seufzte. „Auch das gehört zu meinem ach so begehrten Instagram-Alltag."

„Perdón", unterbrach sie Juan und platzierte einen großen Teller mit in Olivenöl gebratenem Gemüse auf dem
Tisch.

„Hui, sieht das appetitlich aus", schwärmte Ina, steckte
das Handy wieder in ihre Handtasche und spießte eine
angebratene Champignonhälfte auf. „Sorry, ich konnte
nicht widerstehen", entschuldigte sie sich. „Ich verdiene
mit der Filmerei gut und kann etwas auf die Seite legen.
und das möchte ich nicht missen. Also halte ich durch.
Das Leben ist nicht immer nur vergnüglich."

„Das stimmt", entgegnete Helga. „Die meisten Leute
sprechen bloß nicht darüber, weil es ihnen peinlich ist,
und erzählen allen, dass ständig alles bestens ist. Totaler
Quatsch!"

Ina naschte weiter an den Zucchini-Scheiben und ver-
zog genießerisch das Gesicht. „Die allein sind schon den
Besuch hier wert", meinte sie, kam aber schnell zurück
zum Thema. „Ich finde, der Vergleich mit der Ware trifft
es genau. Man sieht sich jemanden an, bewertet ihn, klickt
ihn weg und guckt beim nächsten. Wie in einem Waren-
haus stöbert man durchs Angebot, ist begeistert, klickt auf
das Abo, aber nur kurz, zweifelt, löscht alles wieder, gibt
einen Daumen runter, schreibt noch hässliche Sachen und
macht beim nächsten weiter."

Helga hatte sich Eiswürfel bringen lassen, ließ zwei davon in ihr Weinglas fallen und drehte das Glas vorsichtig
hin und her. „Ich liebe das Klackern", warf sie ein, sah
aber sofort wieder Ina aufmerksam an. „Ehrlich, es ist unfassbar. Die Leute wollen immer gefallen, und wehe, wenn

nicht. Das muss ein fürchterlicher Druck sein. Ein falsches Teil, ein falscher Satz und schon droht ein Shitstorm."

Ina nickte. „Genauso ist es. Und so einer kann dich einfach von der Bühne fegen."

Helga stellte das Glas ab und blickte Ina ganz ernst an. „Das muss doch entsetzlich an dir zerren, wenn du darauf wartest, ob der Daumen hoch oder runter geht. Wie hältst du die dauernde Beurteilung aus?"

Manchmal nur schwer, dachte Ina. „Ja, das nagt ordentlich am Selbstbewusstsein. Man will auch immer perfekt sein, nicht angreifbar, damit es nicht wehtut."

„Hast du schon mal gedacht, aufzugeben?" Helga naschte jetzt ebenfalls vom Gemüse und bestellte noch eine Portion Aioli.

Ina seufzte. „Es gab durchaus Momente, in denen ich daran gedacht habe, weil mir alles über den Kopf wuchs."

„Und, was hast du gemacht?"

„Ich habe mich nicht beirren lassen. Wer online arbeitet, braucht ein dickes Fell, und das habe ich mir wachsen lassen."

Ina lehnte sich im Stuhl zurück und strich sich das Haar hinters Ohr. „Weißt du, am Anfang war ich irritiert und überrascht, aber danach immer entspannter. Ich habe mir eine Maske zugelegt, eine Fassade, hinter die niemand sieht. Mit dieser Einstellung kann so ein Job sogar Freude machen." Sie wusste, ihre Worte klangen leichter, als sie es auf ihrem Weg tatsächlich erlebt hatte.

Helga staunte. „Inwiefern?"

Ina sah zum Wasser. Es war dunkel geworden. Das Meer schimmerte nachtschwarz, nur die Lichter von zwei

Schiffen glitten langsam am Horizont entlang. In der Ferne leuchtete die Skyline eines weiteren Badeortes und an der Promenade von Gandía Playa waren die Fenster zahlreicher Hochhauswohnungen beleuchtet. An den Geschäften, Bars und Restaurants glitzerten Werbeinfos und all das zusammen gab der Stadt etwas Mondänes.

Sie beugte sich nach vorn und musterte unentschlossen die Tapas auf dem Tisch. „Nun ja, man lernt neue Menschen kennen, gewinnt Freunde, hat einfach Abwechslung. Das finde ich insgesamt schon gut."

„Freunde? Du meinst Follower. Das ist doch etwas anderes. Freunde haben auch Verständnis, wenn man nicht immer perfekt ist", folgerte Helga, während sie ein Stück krosses Weißbrot mit Öl beträufelte.

„Da hast du recht. Das Netz verzeiht nichts und hat nie Verständnis. Du musst funktionieren, perfekt sein, jeden Tag, jede Stunde." Ina tupfte sich die Lippen mit der Serviette ab und griff nach dem Weinglas. „Weißt du, bei mir hat sich der Perfektionismus so ausgebreitet, dass ich immer, also auch jenseits der Kamera, wie aus dem Ei gepellt aussehen will."

Sie lächelte, als sie an ihre Ankunft dachte, und endlich mal seit langer Zeit genau das hatte lassen können. „Ich unterscheide nicht mehr zwischen On und Off. Ich bin immer im On, dann muss ich mich nicht groß umstellen."

„Willst du dir das wirklich dauerhaft antun?", hakte Helga nach und stupste mit den Fingern einige Krümel von der Tischdecke.

„Möchtest du es genau wissen?"

„Aber ja. Ich bin deine Mutter!"

Ina versetzte der Satz einen Stich und sie nippte am Wasser. ‚Ich bin deine Mutter‘, wie lange hatte sie das nicht gehört. Sie schüttelte den Kopf, so als wollte sie die Gedanken loswerden und blickte an den Strand und entdeckte zwei Spaziergänger, die sich in der Dunkelheit an der Brandung erfreuten.

„Ich möchte immer wissen, wie es dir geht", sprach Helga ruhig weiter.

Ina sah ihrer Mutter jetzt fest in die Augen. „Ganz ehrlich – zu Frage eins: Keine Ahnung, ob ich das dauerhaft kann, und zu Frage zwei: so lala. Ich habe mich im Flugzeug dabei ertappt, dass ich Angst hatte, mein Arbeitspensum nicht zu schaffen. Hatte sogar kurz ein schlechtes Gewissen, weil ich nicht die passenden Farben der einzelnen Styles im Koffer eingepackt hatte. Das ist doch schräg." Sie spürte, dass es ihr guttat, sich einmal Luft machen zu können.

Ina sah Helga weiter eindringlich an. „Glaub mir, manchmal weiß ich nicht, wie ich tatsächlich aussehe und wer ich wirklich bin. Ich bin einfach nur noch fremdbestimmt."

„Para las señoras!" Juan platzierte lächelnd weitere Tellerchen auf dem Tisch, an denen sich beide bedienen konnten. Es roch verführerisch nach Knoblauch und Olivenöl und Ina schnupperte sich durch die Köstlichkeiten. Es gab Meeresfrüchte und Hackfleischbällchen für Helga, Pilzkroketten und aromatischen Käse für Ina. Sie naschte zuerst von den besonders krossen Kroketten.

Mitfühlend streichelte Helga Ina über den Arm. „Du musst auf dich aufpassen. Ich male mir das richtig schlimm aus. Du stellst dich quasi täglich dem Wettbewerb und verlierst dich dabei."

„Genauso ist es. Weißt du, ich möchte endlich mal wieder so aussehen, wie ich wirklich bin, ohne Filter, die jede Falte und jeden Pickel wegmogeln. Auf meinem Kanal bin ich ein Kunstwesen, so retuschiert, dass ich keine Angst haben muss, dass mich jemand erkennt, wenn ich ‚in echt‘ auf der Straße herumlaufen würde. Aber das lasse ich ja gar nicht mehr zu. Ich bleibe die Mode-Ina, egal wo, sogar in der Badewanne habe ich meine Mimik unter Kontrolle."

Helga musterte Ina fragend. „Meine Güte, das klingt richtig beunruhigend. So schlimm habe ich mir das wirklich nicht vorgestellt. Aber", sie holte Luft, „da ist noch was, was dir zu schaffen macht. Ich weiß das."

Ina spürte, wie Wärme sie durchströmte. Ihre Mutter hatte noch den gleichen innigen Draht zu ihrer Gefühlswelt wie früher.

„Nun spann mich nicht so auf die Folter", hakte Helga nach.

Ina blickte kurz zu Boden, spürte, wie das zerrissene Band der Vertrautheit wieder eine zarte Verbindung einging, und ließ sich darauf ein. „Ich werde auch noch in der Redaktion gemobbt."

„Was? Warum denn?"

„Ich bin für die Mädels zu alt."

„Zu alt? Du bist im besten Alter", warf Helga irritiert ein. „Tja, wenn man fünfundzwanzig ist, ist das eben richtig alt."

„Und wer steckt dahinter?"

„Ach ich weiß nicht, ob das organisiert ist. Die finden mich einfach schrumpelig und denken, dass sie alles besser können und ich die jüngeren Leser gar nicht mehr verstehe."

„Nach allem, was du erlebt hast?"

„Ja, aber das zählt ja nicht. Lebenserfahrung ist unwichtig. Es geht darum, dass man ein paar digitale Handgriffe besser hinbekommt oder sich besser auf TikTok auskennt. Traurig"

„Das ist doch Unsinn. Immerhin bist du sonst auf Social Media sehr präsent. Außerdem, was hat das mit deinem Job als Journalistin zu tun. Du lieferst die Storys, die Interviews, und um alles Drumherum sollten sich andere kümmern." Ina verkniff sich ein Grinsen, weil ihre Mutter sich so echauffierte.

„Also, wie reagierst du auf diesen Mist?"

„Eigentlich ignoriere ich es. Ich habe keine Lust, zu beweisen, dass ich durchaus noch weiß, wie mein Job geht. Das bringt doch nichts und ist mir zu viel Aufwand. Ich will nicht immer sagen müssen, was ich kann, damit man mich ernst nimmt."

Helga atmete tief durch. „Meine Güte, ist das kompliziert! Es tut mir leid, dass dein Alltag so hart geworden ist."

Sie bestellte etwas Brot nach und sah Ina ganz besorgt an. „Du genießt jetzt erst einmal deine Zeit, weg von Mode und Redaktion. Du wirst es nicht glauben, aber hier fällt alles von den Menschen ab. Heute schläfst du noch mal schlecht und morgen sind deine Sorgen weit, weit weg, versprochen."

Den Rest des Abends ging es um leichte Themen und Ina entspannte mehr und mehr bei den Gesprächen darüber, welche Freundinnen mit welchen Partnern liiert waren, was für Neuigkeiten es in der entfernteren Familie gab und wie sehr Helga und Ina ihre Gärten liebten.

Als Helga schließlich Juan um die Rechnung bat, war es bereits Mitternacht, und wenig später gingen sie fröhlich plaudernd zum Auto. Auf der einen Seite die Krücke, hakte sich Helga auf der anderen bei Ina unter und erzählte ihr Anekdoten aus vielen Jahren Ferienhausvermietung.

Die Fahrt durch die immer noch belebten Gassen mit all den gut gelaunten Besuchern und die entspannte Tour zurück in die Berge tat Ina gut. Nachdem sie Helga in ihrem Zuhause abgesetzt und sich versichert hatte, dass sie prima allein zurechtkäme, fuhr sie zu ihrem Appartement. Die kunstvolle Beleuchtung ließ das kleine Haus in der Dunkelheit wie einen Palazzo schimmern.

„Hier ist wirklich alles prächtig", frohlockte Ina und setzte sich nach einer herrlich entspannten Dusche mit einem Badetuch umwickelt auf den Balkon. Die Luft war immer noch mild. Sie blinzelte in die Sterne, überlegte, ob sie erkennen könnte, wo der nachtschwarze Himmel auf den nachtschwarzen Ozean traf, und machte tatsächlich ein Schiff aus, das mit einer sanften Beleuchtung durch die Dunkelheit glitt. Irgendwann hatte sie Mühe, die Augen aufzuhalten, und legte sich zufrieden ins Bett.

KAPITEL 4

„Orangensaft und jede Menge Träume"

Ich wünschte, du hättest heute mal nicht recht gehabt, Mama!", murmelte Ina und zupfte sich zum wiederholten Mal die Bettdecke zurecht. Sie blickte zur Uhr. Halb vier. Verdammt, wie sollte sie am Morgen entspannt sein, wenn sie die ganze Nacht kein Auge zubekam? Wohin war die Müdigkeit von vorhin verschwunden? Schäfchen zählen und Zahlenspiele hatte sie schon versucht. Ohne Erfolg! Sie hatte sich auch einen Podcast über Spanien angehört und war zweimal dabei eingenickt, aber immer nach wenigen Minuten wieder aufgewacht. Es war quälend.

Ina starrte an die Decke und hatte erneut den Satz ihrer Mutter im Ohr. „Heute schläfst du noch einmal schlecht!" Es stimmte. In ihrem Kopf drehten sich Gedanken an die letzte Zeit in Paderborn. Gesprächsrunden mit den Kolleginnen blitzten auf, dazu Besprechungen mit dem Chefredakteur, der an ihren Texten herummäkelte. Sie hatte so die Nase gestrichen voll von diesem Hickhack.

Mit offenen Augen lag sie im Bett und bekam die Bilder und Wortfetzen nicht unter Kontrolle. Sie warf die Bettdecke zurück, stand auf, öffnete die beiden Türflügel zum Balkon und trat hinaus. Die frische Luft war herrlich würzig und tat ihr gut. Ein wahres Meer von Sternen blitzte wie Kristalle und ließ den fast nachtschwarzen Himmel unwirklich funkeln, gab ihm etwas Fernes, ja, Heiliges.

In einem der Nachbarhäuser bellte ein Hund, ein Fensterladen rasselte und in einiger Entfernung knatterte ein Motorrad über das unebene Pflaster. Ganz aus der Ferne waberte Musik zu ihr, und Ina glaubte, ein paar Partygänger ausgelassen lachen zu hören. Auf der gegenüberliegenden Straßenseite waren zwei Frauen unterwegs und schnatterten miteinander wie Gänse, und einem älteren Mann sah sie am Gang an, dass er zu viel Wein getrunken hatte.

Ina liebte es, dieses nächtliche Treiben zu beobachten. Sie trug nur ihre Shorts und ein Sleepshirt, holte sich aber schnell den dünnen Strickmantel aus dem Schrank, um sich noch länger auf dem kleinen Balkon aufhalten zu können. Es war herrlich, hier auf einem Stühlchen zu sitzen und auf der einen Seite zum dunklen Strandabschnitt zu blicken, und wenn sie sich drehte, in die Straßen dieses hübschen Küstenstädtchens. Weil es ein ganz besonderer Abend für Ina war, plünderte sie die Minibar und öffnete einen Piccolo. Sie gab das prickelnde Getränk in ein Wasserglas und stieß mangels Gesellschaft mit dem Mond an. „Hallo Luna, meine Liebe! Prost und pass auf, dass ich eine schöne Zeit hier haben werde." Danach nahm sie einen kräftigen Schluck, zog den Strickmantel noch etwas fester zu, setzte sich wieder und schloss kurz die Augen. Irgendwie war alles ziemlich viel im Moment, aber auch ungeheuer spannend. Zwei Insekten tanzten um ihr Glas. Ina sah ihnen so aufmerksam zu, dass sie die Zeit vergaß.

Es müsste schön sein, im Süden zu leben, dachte sie und fühlte sich auf einmal ein kleines bisschen angekommen. Sie freute sich auf Überraschungen statt Routine, auf Herausforderungen statt des ständigen Einerleis. Alles war plötzlich aufregend und neu. Hätte ihr jemand vor einer Woche, ach vor einem Tag gesagt, dass sie sich spontan ins Flugzeug setzen und nach Valencia zu ihrer Mutter düsen würde, hätte sie nur amüsiert gelacht, so abwegig wäre ihr das erschienen. Sie nippte erneut am Glas und merkte, wie ihr Kopf schummerig wurde. Aber der erste Abend im Süden war dank der vor ihr liegenden Perspektive so besonders, dass er dieses prickelnde Getränk brauchte. Ina nahm noch einen extra großen Schluck und genoss die Kühle auf der Zunge. Sie schloss erneut die Augen, fühlte den Mittelmeerwind und dazu eine herrliche und lang vermisste Entspannung.

Ihr Mail-Eingang surrte. Helga hatte geschrieben und Inas Herz pochte, als sie die Zeilen las.

„Schlaf gut und es war heute genauso schön wie früher. Ich bin so froh, dass es dich gibt."

Ina war überrascht. Entweder die Nachricht war viel zu spät zugestellt, oder ihre Mutter konnte auch nicht schlafen. Sie las die Zeilen mehrmals hintereinander, so liebevoll fand sie sie, und fühlte sich mit jedem Mal noch ein kleines bisschen seliger.

Sie drückte das Handy an ihre Brust und versuchte, diesen wohligen Moment der Mutter-Tochter-Zweisamkeit festzuhalten. Deshalb saß sie noch lange auf dem Balkon und genoss das Mondlicht, das Sternenmeer und die Stimmung dieser für sie so einzigartigen Nacht. Irgendwann war der Piccolo ausgetrunken, Mond und Sterne antworteten nicht mehr und Ina ergriff eine lähmende Müdigkeit. Sie hatte nur noch den Wunsch, sich ins Bett zu legen, und schlief endlich entspannt und wohlig ein.

***

Der Himmel strahlte azurblau und Ina hatte sich zeitig ins Auto gesetzt und war zur Finca zu ihrer Mutter gefahren. Dort hatte sie bereits ein duftender Kaffee erwartet, den sie mit Helga in der Küche getrunken hatte. Jetzt telefonierte ihre Mutter mit einem Kunden und wollte sich danach duschen und anziehen, während Ina auf der Terrasse stand, fest entschlossen, einen wunderbaren Tag zu verbringen. Sie genoss den Ausblick auf die hügelige Berglandschaft, den milden Wind und die sanften Sonnenstrahlen, die durch das Baumgeäst flirrten. Direkt vor ihr blühten Oleanderbüsche in prächtigem Rosaton und an einer Bananenpflanze raschelten die großen Blätter und sangen die Melodie des Windes mit.

Ina schloss die Augen. Sie hatte erneut das Gefühl, alles hier könnte nur ein Traum sein. Was war bloß alles in den vergangenen zwei Tagen passiert. Sie stand nicht wie häufig morgens um zehn Uhr in Paderborn in der Redaktion, sondern auf der Terrasse einer Finca in den valencianischen Bergen und hatte sich im Rekordtempo mit ihrer Mutter versöhnt. Zu viel, zu unwirklich. Sie musste das alles erst einmal verarbeiten und brauchte ein bisschen Ruhe, damit ihre Seele auch mitkommen konnte. Aber nun stand Arbeit auf dem Programm. Helga hatte einiges für sie vorbereitet und Ina war bereit für den ersten Arbeitstag unter spanischer Sonne. Sie trug ein leichtes blaues Strickkleid, dazu goldfarbene Ballerinas und passenden Modeschmuck. Um die Schultern hatte sie sich ein geblümtes Tuch geschlungen. Es war März und in den Bergen um diese Zeit noch ein bisschen kühl. Ina breitete ihre Arme weit aus, atmete bewusst ganz tief durch und zählte dabei bis zehn. Eine Übung, die sie immer gern machte, wenn sie sich auf etwas vorbereitete und dafür entspannt sein wollte. Dann setzte sie sich auf einen der Stühle und genoss einfach nur die Ruhe, die Stille, die ganze entrückte Stimmung.

„Du machst es richtig", hörte sie plötzlich eine tiefe Männerstimme. „Der Ausblick ist wunderbar. Als ich das erste Mal hier oben saß, wusste ich, dass ich vor Anker gehe, dauerhaft."

Ina drehte sich irritiert um.

„Oh Verzeihung, ich bin Aaron", sagte der Mann, der lächelnd vor ihr stand, und ihr fiel sofort der englische Akzent auf, mit dem er flüssiges Deutsch sprach.

Er kam direkt auf sie zu, und als Ina aufstand, begrüßte er sie mit einem Küsschen rechts und links auf die Wange. „Du bist bestimmt Ina. Helga hat mir von dir erzählt.

Wo ist sie eigentlich?" Aaron sah sich um und ging kurz Richtung Küche.

„Sie ist im Bad und braucht noch eine Weile", entgegnete Ina und blickte ihm interessiert nach. Aaron wirkte wie einem Katalog für Weltenbummler entsprungen. Er schien in ihrem Alter zu sein, trug eine lässige weiße Jeans, ein schwarzes Sweatshirt und passend dazu schwarze Sneaker. Sein muskulöser Körper wirkte makellos. Aber zum absoluten Hingucker machte ihn seine Frisur. Er hatte grau meliertes, gewelltes Haar, das locker auf seine Schultern fiel und lässig sein Gesicht umspielte. Die tief gebräunte Haut ließ seine stahlblauen Augen und die perfekten schneeweißen Zähne noch intensiver blitzen.

Er wies mit der Hand auf das Panorama, bevor er zurückkam und es sich wie selbstverständlich auf Helgas Korbsofa bequem machte. „Das hier ist wirklich das Paradies. Jeder Tag ist ein bisschen wie Urlaub. Helga hat mir erzählt, dass du bei einer Zeitung arbeitest und einen eigenen Kanal hast."

Ina nickte und setzte sich an den Tisch. „Stimmt, ich pendele zwischen den Welten, einmal der realen in der Lokalpolitik und dann der Scheinwelt eines Modekanals, und immer öfter überschneiden sich die Welten und manchmal weiß ich nicht mehr, was noch Schein ist und was nicht."

„Oh, das klingt ein bisschen spooky, aber auch sehr spannend." Aaron sah auf die Uhr. „Lust auf einen kleinen Spaziergang?"

Ina zögerte. „Du wolltest doch zu Helga."

„Wie ich sie kenne, dauert das im Bad noch ein bisschen. Wir bleiben ja nicht lange. Komm, lass uns gehen."

Aaron spazierte mit Ina die Terrasse hinunter durch den Garten und führte sie auf einen kleinen Feldweg.

„Helga hat offenbar von mir erzählt. Hat sie auch gesagt, warum ich hier bin?"

„Ja klar, du bist gekommen, um ihr zu helfen." Er schob einen Ast zur Seite, damit Ina ungestört weitergehen konnte, und kickte mit dem Fuß zwei Steine vom Weg. „Ich weiß auch, dass ihr Probleme habt. Helga meinte, alles sei zwar nur ein großes Missverständnis, aber eben ein bislang unausgesprochenes. Sie leidet sehr darunter und hat sich riesig darüber gefreut, dich zu sehen."

„Und woher kennst du meine Mutter?"

„Ich helfe deinen Eltern schon lange. Oder besser, wir helfen uns gegenseitig."

Den *Eltern* widersprach sie erst einmal nicht. „Und wie?", hakte Ina nach. „Vermietest du auch Ferienhäuser?"

„Nee, nee, aber so ähnlich, ich biete Segeltouren an."

Ina sah ihn begeistert an. „Das klingt ja spannend. Da ist ja jeder Tag ein Abenteuer und du hast richtig viel Spaß."

Aaron schüttelte den Kopf, blieb an einem Rosenstrauch stehen und pflückte eine lachsrot schimmernde Blüte, die er Ina lächelnd überreichte. „Für dich! Und zum Spaß, der ist begrenzt, ich mache es ja beruflich. Ganz ehrlich, alles, was man immer und regelmäßig macht, verliert seinen Reiz."

Innerlich stimmte sie ihm zu. „Wie willst du das verhindern?" Ina setzte sich an einen kleinen Bach, der sich durch die Wiese schlängelte, legte die Blume beiseite und hielt ihre Hände in das plätschernde Nass.

„Ich versuche so frei wie möglich zu sein und so zu leben, dass es sich gut anfühlt, nicht immer, aber überwiegend."

„Klingt prima, doch ist das nicht ein bisschen weltfern?"

„Findest du? Ich denke, das sollte stets das Ziel sein. Bist du mal gesegelt?", wollte Aaron wissen und strahlte sie dabei so an, dass es Ina einen Augenblick lang ganz warm ums Herz wurde. Sie schüttelte den Kopf.

„Nein, nur mal auf dem Chiemsee in Deutschland, aber das meinst du bestimmt nicht."

„Nein", er lachte, „wirklich nicht. Echte Begeisterung habe ich bei meinen großen Törns, die ich mir mit den Touren hier finanziere. Ich liebe es, wenn ich frei und ohne Gastgeber-Rolle auf meinem Schiff über das Meer gleite. Das ist Freiheit, die mich glücklich macht. Es hat fast etwas Magisches."

Er reichte ihr die Hand, und als Ina danach griff, zog er sie zu sich hoch und einen Moment lang standen sie sich eng gegenüber. Ina schluckte nervös. Sie ließ seine Hand los, hob die Blume vom Boden auf und ging zurück auf den Weg.

„Aber es kann ja nicht jeder Tag traumhaft sein. Es muss auch Alltag geben, ich weiß", sprach er weiter und pflückte im Vorübergehen eine Mandarine vom Baum, pulte die Schale ab und zerteilte die Frucht in zwei Teile.

„Hier, koste mal, die sind herrlich."

Ina wollte ihm die Hälfte aus der Hand nehmen, doch Aaron hielt sie ihr direkt an den Mund.

„Du wirst schon nicht beißen", frotzelte er. „Aber zurück zum Segeln. Vielleicht begleitest du mich mal und ich zeige dir, was ich meine."

„Klingt reizvoll", murmelte Ina und schmeckte die intensive Süße der Mandarine. „Wie helft ihr euch eigentlich gegenseitig? Ihr macht doch etwas völlig anderes."

„Nicht wirklich, wir haben alle mit Urlaubern zu tun. Ich schicke deinen Eltern meine Kunden und sie mir ihre. Wir sind ein Business-Team und darüber hinaus springe ich ein, wenn die beiden etwas brauchen. Ich bin ja noch ein ‚Jungspund', so sagt ihr in Deutschland." Er zwinkerte Ina zu. „Das hat mir übrigens Helga beigebracht", ergänzte er und lachte dabei so herzerfrischend, dass es Ina warm ums Herz wurde.

„Ach, dann bist du derjenige, der meine Mutter in den letzten Tagen gefahren hat. Sie hat das gestern erwähnt."

„Ja genau, allerdings geht es nicht regelmäßig, leider. Ich war mit Gästen auf Ibiza. Morgen reisen die nächsten aus London an, da habe ich auch keine Zeit. Aber ja, die anderen Tage davor war ich für sie da. Es war schon heftig mit Bernd und es hat deine Mutter ganz schön umgehauen."

„Das glaube ich. Sie war bestimmt in all den Jahren kaum einen Tag ohne ihn."

„Genau", bestätigte Aaron. Er fasste in einen Baum, und pflückte eine Orange ab. „Die nehmen wir mit. Für später."

„Danke! Es ist herrlich, solche Früchte einfach vom Baum nehmen zu können. Ich beneide dich um dieses Umfeld."

„Es ist wirklich schön", stimmte er ihr zu. „Ich liebe den Süden und es sind diese Momente, die mir das immer verdeutlichen." Von einem Mandelbaum zog er einen Ast mit rosafarbenen Blüten zu sich heran. „Schnupper mal, ist das nicht zauberhaft? Aber sag mal, wie lange bleibst du denn?"

„Zehn Tage."

„Oh!" Aaron ließ den Ast los und schnappte nach Luft. „Das ist ambitioniert und ziemlich, sagen wir, positiv."

„Positiv? Wie meinst du das?"

„Na ja, ich kann mir kaum vorstellen, dass Helga damit zurechtkommt. Die beiden haben sich ein florierendes Unternehmen aufgebaut. Da ist täglich Arbeit vor Ort."

Ina sah nachdenklich zu zwei farbenfrohen Finken, die fröhlich durch die Äste hüpften. Das Gespräch tat ihr gut, machte sie aber auch ratlos. Was stellte sich Helga bloß vor?

Aaron prüfte im Vorübergehen, ob an einem Orangenbaum Ungeziefer war. „Das sieht nicht gut aus", meinte er besorgt. „Man merkt, dass Bernd fehlt. Er ist derjenige, der sich immer sehr um das Grundstück kümmert."

„Wo bleibt ihr denn!", hörte Ina plötzlich Helgas Stimme und sah ihre Mutter fröhlich winkend auf der Terrasse stehen. „Ich sehe, ihr habt euch schon bekannt gemacht?"

Aaron winkte zurück. „Komm, wir gehen", meinte er zu Ina und hakte sie vertraut unter. „Lass einfach alles auf dich zukommen", sagte er leise. „Du bist ja gerade mal erst einen Tag hier."

„Noch nicht mal!"

Helga kam ihnen entgegen und Ina fand, dass sie auch heute wieder hinreißend aussah. Sie schien in Spanien ihre Liebe zu Farben entdeckt zu haben, denn sie trug ein zitronengelbes Kleid, das ihr hervorragend stand.

„Du hast mir gar nicht gesagt, dass du so eine zauberhafte Tochter hast", sagte Aaron, als er Helga mit Küsschen begrüßte.

„Oh doch, das habe ich, und dir sogar ihren Kanal gezeigt. Aber in natura ist sie viel hübscher."

Fast errötete Ina über das Lob.

Helga sah auf die Rose in Inas Hand. „Oh, da hat dir bereits jemand den Hof gemacht?"

Bevor Ina zu einer Erwiderung ansetzen konnte, sagte Aaron: „Schöne Frauen muss man feiern. Und ich *durfte* die hübsche Blüte pflücken. Sie ist von dem Strauch, den ich vor zwei Jahren mit dir gepflanzt hatte."

„Richtig", bestätigte Helga und knuffte ihm in die Seite. „Du darfst sowieso alles, du gehörst doch zur Familie. Aber jetzt kommt."

Auf der Terrasse nahm sie mit einer Hand den Laptop von einer kleinen Anrichte und stellte ihn auf den Esstisch. „Ich muss Ina bitten, etwas zu arbeiten. Ich habe ein paar Buchungen hereinbekommen und heute auch zwei Übergaben. Es wäre toll, Ina, wenn du das machen könntest."

Ina holte die Lesebrille aus der Tasche und setzte sich an den Tisch. „Dafür bin ich ja hier. Dann will ich mal sehen, was zu tun ist."

„Und ich bin dein Chauffeur", warf Aaron ein und spielte mit der Orange, die er immer noch in der Hand hielt. „Ich kenne die Objekte und kann dich herumfahren. Bei der Gelegenheit kann ich dir gleich einiges zu den Häusern und Wohnungen sagen."

Helga sah ihn überrascht an. „Wirklich? Das ist ja ein Traumservice. Danke!" Aaron hatte sich einen Becher Kaffee aus der Küche geholt und setzte sich an Inas Seite an den Tisch. „Für so tolle Frauen kann man sich auch mal freinehmen."

„Rose, Obst, Chauffeurdienst, meine Güte, ich werde auf einer Sänfte getragen. Aber gern, es ist super, wenn ich einen Guide habe, der sich auskennt. Wie lange bist du denn bereits hier?"

Aaron sah gedankenverloren in den Himmel. „Ich muss rechnen, oder besser nicht, aber fünf, sechs Jahre bestimmt schon."

„Und wie kommt ein Engländer an diesen Küstenabschnitt?", wollte Ina noch wissen, während sie Stift und Block auf dem Tisch parat legte.

„Es war ein Sturm, der mich in den kleinen Hafen hier trieb. Ich war eigentlich auf dem Weg zu den Kanaren. Ja, und dann wurde aus einem Tag eine Woche. Ich wollte die Gegend kennenlernen, habe mir ein Auto gemietet und …", er blickte jetzt zu Helga, „habe die charmanteste Frau der Region kennengelernt."

„Nun mach mal halblang, du Charmeur", konterte Helga. „Sag lieber, du hast gemerkt, dass du hier ganz gut verdienen kannst."

Er lachte. „Das auch." Und zu Ina gewandt erklärte er: „Es kommen viele segelfreudige Urlauber in die Region und deshalb führe ich hier mein Geschäft. Früher war ich in der Firmenleitung eines Kunststoffunternehmens, aber das ist mir schnell über den Kopf gewachsen. Nach meinem Ausstieg geht es mir prima. Meer statt Stress, Sonne statt Boni. Ich habe nichts bereut."

Ina packte die Neugier und die Fragen sprudelten nur aus ihr heraus. „Warum warst du dir so sicher, dass die Gegend richtig für dich ist? Hattest du den Job damals noch? Oder warst du schon ausgestiegen und hattest einen anderen, einen geübteren Blick auf das Leben, auf deine Wünsche und das, was du vom Leben noch erhofftest?"

„Letzteres", bestätigte Aaron sie. „Weißt du", fuhr er fort und stützte sein Kinn lässig auf seine Hände. „Ich war damals in einer Krise und wusste, dass es mir helfen würde, eine Zeit lang weit weg von allem zu sein, was mir nicht gutgetan hatte. Mir hat immer Abstand geholfen. Wenn uns Menschen oder bestimmte Dinge festhalten, man sich im Kreis dreht, plädiere ich für Distanz. Denn Distanz schafft Klarheit."

„Wie meinst du das? Das klingt ein bisschen nach Weglaufen."

„Nein, Weglaufen wäre falsch, aber Dinge aus einer anderen Perspektive zu betrachten, das ist meines Erachtens gut und wichtig. Weißt du, der Spruch ‚Man sieht den Wald vor lauter Bäumen nicht' trifft es eigentlich. Man sieht nichts, weil der Blick verstellt ist. Die Lösung ist nur folgerichtig. Da man die Bäume nicht beseitigen kann, muss man sich selber wegbewegen."

Das hörte sich vernünftig an und Ina wünschte, das ebenfalls auf ihr Leben übertragen zu können. „Distanz schafft Klarheit, ein kluger Satz. Ich glaube, den überneh-me ich."

Aaron lächelte. „Du musst ihn auch anwenden, und das ist keine Flucht, sondern eine Methode."

„Und so leicht nachzumachen", stimmte Helga zu und vielsagend ergänzte sie: „Das gilt für jeden von uns."

„Ihr meint also beide, ich müsste einfach aus allem he-raus", ging Ina weiter darauf ein. „Ich bin ja gerade dabei und berichte, wie mir das bekommen wird."

„Unbedingt, sofern die Distanz nicht bedeutet, dass du sofort nach Deutschland fliegst." Aaron sah sie fast schon besorgt an. „Das habe ich damit nicht erreichen wollen."

Ina schüttelte den Kopf. „Nein, keine Sorge, das ist das Allerletzte. Ich bleibe hier, aber ich glaube, Ablenkung, eine neue Umgebung, die so prächtig ist, das ist genau das Richtige. Und toll, dass du Zeit hast und mir etwas von meinen Aufgaben erklären kannst."

„Sehr, sehr gern!"

„Warum sprichst du eigentlich so gut Deutsch?", wollte Ina wissen.

„Meine Mutter war aus Hamburg und hat großen Wert darauf gelegt."

„Hat sie gut gemacht!", meinte Ina und wandte sich dann Helga zu, die ihr am Computer noch einige Details erklärte.

Aaron war aufgestanden und hatte sich an das Geländer gestellt. Er schob sich entspannt eine Hand in die Hosen-tasche und zeigte mit der anderen in die Ferne. „Siehst du die weiße Finca da hinten?", rief er Ina zu.

Ina stand neugierig auf und stellte sich neben ihn. „Die große? Die liegt ja malerisch."

„Genau. Da fahren wir heute auch hin. Man fühlt sich dort dem Himmel ganz nah."

Er hatte Ina seinen Arm um die Schulter gelegt und sie an sich herangezogen. Sie schnupperte sein angenehmes Aftershave und als sein Atem ihre Wange streifte, spürte sie plötzlich ein längst vergessen geglaubtes mulmiges Gefühl im Magen. Fast schon erschrocken machte sie einen Schritt zur Seite und sah versonnen auf die üppig grüne Berglandschaft, die um diese Zeit malerisch unberührt wirkte. „Es muss herrlich sein, da oben zu leben", lenkte sie schnell ab. „Ich bin froh, dass ich hier sein darf." Aber dann blickte sie Aaron von der Seite an und konnte sich nicht verkneifen zu sagen: „Zumal ich gleich noch meinen persönlichen Coach um die Ecke habe."

„Coach? Na, ob ich da der richtige bin", meinte er lachend.

„Ich höre dir wirklich gern zu und deine Lebensweisheiten klingen schon danach." Sie fühlte sich wohl in seiner Nähe. Nur wohl?

„Das ist lustig mit dem Coach, eigentlich möchte ich bloß Segler sein."

„Das lässt sich gut miteinander verbinden. Du merkst es doch gerade. Hast du noch einen Tipp?"

„Für deinen Dauerstress?"

„Nein, für alle Krisen", antwortete Ina.

„Ja, klar. Segel-Coachs wissen immer etwas zu sagen", scherzte er. „Also, bevor du aus der Haut fährst, zähle grundsätzlich bis zehn. Das habe ich erprobt und es wirkt verlässlich."

„Das kenne ich und es funktioniert bei mir auch", warf Helga ein.

„Na also, dann haben wir schon Gemeinsamkeiten", scherzte Aaron. „Wenn dich etwas auf die Palme treibt, ganz tief durchatmen und bis zehn zählen. Und erst danach handeln. Das sollte wirklich jeder beherzigen." Er sah Ina augenzwinkernd an. „Bei dir ist das vielleicht überflüssig. Du wirkst sehr diszipliniert."

Wenn er wüsste, wie oft sie schon bis zehn gezählt hatte. Ina verkniff sich ein Grinsen.

Er blickte zurück zu Helga, die fleißig weiter am Laptop arbeitete.

„Hat deine Tochter die Disziplin von dir? Hast du sie so erzogen?"

Ina nahm Helga die Antwort ab. „Diesen Teil kann man nicht anerziehen, das macht das Leben schon selbst. Ich habe mir wirksame Mechanismen überlegen müssen, die mich Krisen meistern lassen, und Disziplin ist ein Teil davon."

„Das kenne ich", warf Helga jetzt ein, war aber mit ihren Gedanken bei der Arbeit und tippte in Windeseile Nachrichten in die Tastatur.

Aaron wurde plötzlich ernst und drehte sich zu Ina herüber. „Du, Spaß beiseite, du musst aufpassen. Ich weiß, wovon ich spreche. Disziplin ist klasse, aber manchmal verleitet sie dazu, in seinem eigenen Stress-Strudel unterzugehen. Pass auf, dass du die Kontrolle über dich und dein Leben behältst."

Ina nahm sich die Sonnenbrille vom Kopf, schob sie ins Dekolleté und betrachtete nachdenklich weiter die faszinierende Landschaft. Aaron hatte mit seinem Appell ins Schwarze getroffen. Sie fixierte ihren Blick auf das entfernt liegende Nachbargrundstück. Zwei Pferde grasten dort friedlich und wehrten mit ihren Schweifen entspannt die Fliegen ab. Auf der Terrasse des Hauses spielten Kinder ausgelassen Fußball. Sie hörte das dumpfe Aufdotzen eines Balles, das sich mit Hundegebell abwechselte. Dann schloss sie die Augen und murmelte leise: „Ich weiß, im Moment bin ich ein bisschen überfordert." Sie seufzte und fühlte sich plötzlich hilflos und aus dieser Stimmung heraus lehnte sie ihren Kopf an Aarons Schulter. Der legte ihr erneut den Arm um und Ina genoss die Nähe und empfundene Fürsorge.

„Solche Momente sind doch normal, aber du weißt auch, dass der Mensch Selbstheilungskräfte besitzt, die dafür sorgen, nicht an diesen Erfahrungen zu zerbrechen."

Ina nickte. „Ich bin jemand, der immer positiv nach vorn sieht. Ich atme hier noch ein wenig durch, dann schüttele ich mich und steige wieder ein ins Leben."

„Abwarten", zweifelte Aaron. „Ich weiß nicht, ob es so leicht geht." Er seufzte. „Aber heute kümmern wir uns erst einmal um Helgas Häuser und Wohnungen und bringen ihre Kunden perfekt darin unter. Und zwischendurch trinken wir etwas zusammen und ich zeige dir die Gegend. Ich muss dich ja schulen. Morgen bin ich wieder auf See und du musst ohne mich zurechtkommen."

Ina freute sich über Aarons Angebot und genoss es, wie offen und vertrauensvoll sie miteinander umgingen, obwohl sie sich gerade erst kennengelernt hatten. Sie nahm ihren Mut zusammen, fasste ihn am Arm. „Was hattest du eigentlich …", fragte sie direkt. „Ich meine, was ist dir ‚über den Kopf gewachsen'? Warum hast du die Firma verlassen und bist auf das Segelboot gegangen?"

Er blickte ernst. „Ein Burn-out und das mit allem Drumherum. Das Leben ist häufig stürmisch, damit konnte ich umgehen, aber manchmal gibt es Unwetter, die alles zusammenreißen. Das habe ich erlebt. Ich war ein wirklich trainierter und robuster Londoner Manager, bis mich eine Stresswelle auf einen imaginären Felsen gedrückt hat. Ich war gerade fünfzig geworden und habe erst die Kontrolle und dann symbolisch das Bewusstsein verloren und, ja, das war's."

Geschockt schüttelte Ina den Kopf. „Das tut mir leid, das ist wirklich schlimm. Und was hast du konkret gemacht?"

„Die Notbremse gezogen. Den Job gekündigt, alles verkauft und mir ein schickes Segelschiff zugelegt, und dann", er schnipste mit den Fingern, „habe ich die Welt erobert."

Aaron lachte Ina an und sein offener Blick brachte ihr Herz zum Stolpern.

„Ich bin nicht nur bis Valencia gekommen, sondern einmal über den großen Teich bis in die Karibik gesegelt. Aber davon hatte ich bald genug und den Rest der Geschichte kennst du ja."

„Zum Glück hast du es geschafft, die Kurve zu kriegen", warf Ina anerkennend ein.

„Das stimmt", entgegnete Aaron. „Ich spreche wenig über meine Vergangenheit. Es ist nicht die angenehmste

Erinnerung. Schöner ist das Hier und Jetzt." Er nahm seine Sonnenbrille ab und fuhr sich kurz mit der Hand über die Augen. „Verzeih", murmelte er leise. „Es war spät gestern. Ich hatte Probleme mit einer Buchung und habe mir die halbe Nacht um die Ohren geschlagen."

„Du hast eine ganz besondere Geschichte, Aaron", sagte Ina mitfühlend. „Es ist wirklich berührend, was du erlebt hast und, vor allen Dingen, wie entschlossen du das Ruder herumgerissen hast."

„Allerdings, das Leben erfordert Wenden. Das muss man wissen und damit zurechtkommen."

Helga räusperte sich ungeduldig. „Kommt ihr, ich habe noch etwas Wichtiges vergessen", meinte sie.

Ina nickte ihr zu. „Klar, ich muss mir die tolle Tour mit meinem Superguide ja erst verdienen." Sie hakte Aaron unter. „Aber noch eine letzte Frage: Hast du deinen Ausstieg schon mal bereut?"

„Keine Sekunde, obwohl mein neuer Job, ehrlich gesagt, eine ganz schöne Plackerei ist."

Aaron setzte sich direkt neben Helga, streute Zucker in seinen mittlerweile kalt gewordenen Kaffee und rührte gedankenverloren mit dem Löffel in dem Becher. „Aber auf der anderen Seite ist es wunderbar, wenn man für sich arbeitet und etwas gestalten kann. Das ist mir schon sehr, sehr wichtig."

Er legte den Löffel zur Seite und nahm einen großen Schluck Kaffee. „Zusammengefasst kann ich sagen: Ich bin wirklich happy hier."

„Auch ganz ehrlich: Man sieht es dir an."

Helga stimmte sofort zu. „Genau das sage ich auch immer, aber er glaubt es nicht."

„Warum?", rätselte Ina.

Mit der rechten Hand nahm sie die Orange vom Tisch, die Aaron dort abgelegt hatte, hielt sie sich an die Nase und schnupperte daran. „Du strahlst so viel positive Energie aus. Ich bin sicher, dass deine Gäste nicht allein wegen des großartigen Schiffs, sondern …", sie lachte, „… das hört sich an wie in einer Werbeveranstaltung, ich weiß. Also, dass sie nicht nur wegen des einmaligen Schiffs hierherkommen, sondern wegen des Kapitäns." Sie atmete tief durch. „So, das war es, das du wissen solltest. Aaron, du bist einfach klasse."

„Hui, das ist eine geballte Ladung Komplimente", frohlockte er. „Da bin ich kurz davor, verlegen zu werden."

„Es ist die Wahrheit. Also darf man es auch aussprechen."

„Ich danke dir, das ist lieb."

Er setzte sich die Brille wieder auf und nahm sich ein Stückchen von der Tortilla, die Helga vorbereitet hatte. „Glaub mir, ich könnte dir noch stundenlang zuhören und mich von Komplimenten überschütten lassen, aber wir müssen jetzt leider ans Werk. Helga rutscht schon leicht nervös auf dem Sessel hin und her, schließlich wollen die Gäste, die nachher anreisen, auch hier glücklich werden." Er zwinkerte Ina zu. „Hast du noch einen Wunsch? Dann heraus damit! Bevor dein Chauffeur es vergisst."

Als Ina verneinte, beugten sie sich beide mit Helga über den PC und organisierten die Woche und die würde es in sich haben.

Neun Häuser hatte Helga vermietet, die in der Zeit alle kontrolliert, übergeben, abgenommen und gereinigt werden mussten. Dazu kamen ein halbes Dutzend Ferienwohnungen, für die sie auf Buchungen hoffte. Ina würde dafür viel im Auto unterwegs sein, sich aber bestimmt auch Zeit zum Wandern nehmen können, das hatte sie gerade mit Helga besprochen. Auf die Wandertouren freute sie sich jetzt schon riesig. Die würzige Luft kam ihr vor wie ein Aufputschmittel. Wenn sie wieder zu Kräften kommen würde, dann hier. Der Ort war ideal für Menschen, denen das Wasser hinter den Augen zu stehen schien. Die Sonne, die Farben und die Wärme, das alles zusammen wirkte wie ein Heilpflaster. Sie sah auf die Uhr. Sie mussten sich auf den Weg machen. Denn die nächsten Gäste standen bald vor der Tür.

KAPITEL 5

*„Unerwartete Schmetterlinge
und ein Hund zum Verlieben"*

D ie Tour in Aarons Geländewagen war für Ina un-
vergesslich. Er achtete darauf, dass zwischen all den
Terminen noch Zeit blieb, die Landschaft zu genießen. Er
zeigte ihr zwar brav alle Häuser, die heute belegt werden
würden, und gab ihr Tipps, worauf sie bei jeder Übergabe
achten müsste: Mülleimer kontrollieren, unter die Mö-
bel sehen, Spiegel auf Schlieren prüfen. Aber er machte
auch immer wieder kurze Stopps, damit sie aussteigen und
faszinierende Ausblicke genießen konnte. Ina atmete dabei jedes Mal die Mittelmeerbrise intensiver ein, schnupperte genießerisch den Duft der Orangenblüten, der
wirklich alles zu umhüllen schien, und konnte sich nicht
sattsehen an den malerischen Häuschen, den weitflächi-
gen Obstbaum-Plantagen und den imposanten Küsten-
formationen. Nahezu hinter jeder Kurve erwartete Ina ein
spektakulärer Blick auf das tiefblaue Meer. Sie fand diese
Gegend bezaubernd und dank Aarons aufmerksamer Art
fühlte sie innerlich wohlig warm und aufgehoben. In dem

Fischerdörfchen Oliva Playa gönnte sich Ina einen Café con leche in einer Bar direkt am Strand, während Aaron schnell etwas Olivenöl bei einem Freund kaufen wollte. „Bis gleich" hatte er ihr zugerufen, bevor er in einer kleinen Gasse verschwunden war. Ina sah jetzt den Strandbesuchern zu, die ausgelassen den sonnigen Frühlingstag genossen. Es war ein heiteres Bild. Paare dösten nebeneinander in der Sonne, Kinder spielten, Großeltern rieben ihre Enkel mit Sonnencreme ein. Eine schöne Stimmung, doch was ihr gestern noch gutgetan hatte, machte sie heute traurig. Denn das fröhliche Miteinander der anderen führte ihr vor Augen, wie allein sie tatsächlich war. Ihr Herz verkrampfte sich und plötzlich fühlte sich gar nichts mehr gut an. Von wegen, das Alleinsein wäre kein Problem, wie sie es Sybille und ihren Freundinnen immer weiszumachen versuchte. Die Einsamkeit setzte ihr seit Langem zu, und es waren solche Momente, in denen sie besonders quälend war. Sie kannte dieses Gefühl nur zu gut. Es kam an den Sommer-Sonntagen, wenn sie allein in einem der vielen Parks in Paderborn spazieren ging und gefühlt ausschließlich Paaren begegnete. Es erwischte sie aber auch an kalten Winterabenden, wenn sie zu Hause saß und die sie umgebende Stille wie einen Sack voller Steine auf dem Rücken trug und ihn nie abnehmen konnte. Das quälende Gefühl der Einsamkeit hatte sie darüber hinaus noch in vielen Momenten, in denen es sich auf ihr Leben legte wie eine schwere, dunkle Decke. Oft verursachte dieser Druck sogar körperliche Schmerzen.

Sie erinnerte sich an höllisches Kopfweh, für die ihr Arzt keinen Grund gefunden hatte, aber Sybille sofort. „Wir gehen jetzt mal eine Pizza essen", hatte sie damals gesagt, und nach einem fröhlichen Restaurantbesuch waren die Kopfschmerzen verflogen gewesen. Sie hatte einfach nur Geselligkeit gebraucht.

Ina rührte melancholisch mit dem Löffel in ihrer Tasse und ihr Herz fühlte sich an wie eine zentnerschwere Last. Seit einiger Zeit wusste sie, dass ihr das zunehmende Alter stetig intensiver vor Augen hielt, wie sehr sie sich nach Zugehörigkeit sehnte. Ihre Jahre ließen sich nicht ändern. Aber die Zukunft, die konnte sie beeinflussen. Sie würde schon gern in einer Partnerschaft leben, ganz sicher, und sie war auch immer bereit gewesen, viel dafür zu tun. Leider hatte sie das Schicksal nicht mehr dauerhaft in die Arme eines Mannes geführt, und nach den vielen Flops hatte sie resigniert und sich mit der albernen Ausrede getröstet, gefunden zu werden. Irgendwann. Bis jetzt war aber nichts passiert. Oder?

Unruhig legte sie den Löffel zurück auf den Unterteller und beobachtete weiter das Strandleben. Eigentlich hatte sie die Nase gestrichen voll vom Alleinleben. War das der Grund, weshalb sie sich so intensiv in die Arbeit gestürzt hatte? Klammerte sie sich an die Videos, weil sie befürchtete, sonst in einer quälenden Leere zu landen? Sie bekam Angst vor sich selbst und ihren Reaktionen. Sie konnte doch nicht aus Verzweiflung ihr Leben vergeuden?

Ihre Lieblingsaussage, sich finden zu lassen, die ihr in letzter Zeit als Booster diente, verpuffte ohne Wirkung. Was wäre denn, wenn es bei einer Illusion bliebe und es einfach keinen Mann gäbe, der sie finden wollte? Was dann? Vielleicht kam lediglich noch ein Hund oder eine

Katze als Partnerersatz für sie infrage. Davor schreckte sie zurück. Nicht vor dem Hund oder der Katze, sie liebte Tiere, sondern vor der Vorstellung, woanders nicht mehr andocken zu können. Das heitere Zusammensein mit Aaron, die Schönheit der Landschaft hier, die vorsichtige Annäherung an ihre Mutter und das ganze Drumherum hatten sie aufgebaut. Die Reise war kein Flop. Im Gegenteil. Schließlich hatte sie sich von Stunde zu Stunde wohler gefühlt, bis zu den trüben Gedanken beim Blick zum Familienglück am Strand. Schluss damit, außer vielleicht … Sie dachte an Aaron und sein ungemein gewinnendes Lächeln. Ina traute sich nicht, den Gedanken weiter zu spinnen. War sie möglicherweise doch auf dem Weg, gefunden zu werden?

„Was träumst du Schönes?"

Sie hörte Aarons angenehme Stimme und spürte zeitgleich seine warmen Hände an ihrer Schulter und Sekunden später seine Lippen auf ihrer Wange.

„Sorry, dass du warten musstest", flötete er, zog sich einen der Stühle herüber und setzte sich direkt an Inas Seite. „Ist das nicht herrlich? Ich liebe diesen Strandabschnitt. Man fühlt sich hier so ganz weit weg von allem, was einen jemals im Leben belastet hat!" Aaron trommelte mit den Fingern auf der Tischplatte und wirkte fröhlich und unbekümmert.

„Das stimmt, es ist zauberhaft", entgegnete Ina, während ihre Gedanken in anderen Gefilden ihre Kreise zogen. Sie wollte es sich nicht wirklich eingestehen, aber ihr gefiel dieser Mann. Er hatte so eine offene Leichtigkeit, küsste und herzte sie, als wären sie die ältesten Freunde und vielleicht auch ein bisschen mehr. Ina spürte eine Wärme, die ihr einfach guttat.

„Komm, lass uns gehen. Ich möchte dir noch jemanden vorstellen", meinte Aaron und zog wie selbstverständlich sein Portemonnaie aus dem Hemd, um Inas Kaffee zu bezahlen.

„Du musst nicht …", warf sie ein und griff nach ihrer Tasche, aber Aaron stoppte ihre Bewegung.

„Komm, lass mal gut sein" und er sagte es in einer Art, die keinen Widerspruch zuließ, und legte ein paar Münzen auf den Tisch und Ina genoss es, eingeladen zu werden. Auch wenn es nur ein paar Cent waren, es zahlte jemand für sie. Das kannte sie nicht mehr.

„Was haben wir denn noch vor?", wollte Ina wissen.

„Wir fahren zurück in die Berge, aber auf dem Weg zu einem der Häuser, die du künftig betreuen wirst, machen wir einen kleinen Schlenker und ich stelle dir einen Freund vor." Aaron stand auf und reichte Ina die Hand. „Komm, schöne Frau, ich bringe dich zum Auto", meinte er sanft und ging dann tatsächlich händchenhaltend mit Ina die wenigen Schritte zum Wagen.

Ohne zu wissen, wie sie das einordnen sollte, ließ sie es geschehen, spürte nur, dass es ihr guttat, an der Hand dieses tollen Mannes am Strand entlang Richtung Parkplatz zu gehen. Wie lange hatte sie das nicht mehr erlebt: Zugehörigkeit, Zweisamkeit.

Ihr Herz begann leise zu pochen und sie musste zugeben, dass ein paar winzig kleine Schmetterlinge erste Flugübungen in ihrem Bauch unternahmen.

Die Fahrt mit dem Geländewagen führte sie durch endlos wirkende Orangenhaine. Rechts und links der Straße leuchteten die Früchte in üppiger Pracht an den grünen Bäumen. Sie hatte das Fenster geöffnet und genoss den intensiven, süßlichen Duft. „Ich habe noch nie so viele Orangen gesehen", sagte sie beeindruckt.

„Valencia ist der Orangengarten Europas", erklärte ihr Aaron. „In nahezu jedem Garten wachsen sie und die Menschen hier lieben sie, essen sie täglich. Sie sind seit vielen Generationen davon überzeugt, dass die Vitamine der Orangen sie vor allen möglichen Krankheiten schützen. Sie setzten sie sogar als Naturmedizin ein."

„Das ist ja spannend. Wie werden sie denn genutzt?"

„Vermutlich gegen alles, als Beruhigungsmittel und bei Verdauungsbeschwerden, die Schale soll vor Sonnenbrand schützen, gemischt mit Creme die Haut klären. Jede Familie hat wohl ihr kleines Geheimrezept."

Das hätte Ina der Orange nicht zugetraut. Sie sah zur Seite aus dem Fenster. „Wachsen die denn das ganze Jahr?"

„Im Prinzip schon. Es sind verschiedene Sorten mit unterschiedlichen Erntezeiten, aber überwiegend von Oktober bis April. Danach werden es weniger."

Aaron stupste sie mit dem Finger an. „Ich habe eine Idee, wenn wir demnächst einmal zusammen essen gehen, setzen wir uns in der Stadt an einen Tisch unter einem Orangenbaum. Das ist wirklich großartig."

„Kann man sie auch einfach pflücken?", fragte Ina weiter.

„In der Stadt in der Regel nicht. Das sind meistens Bitterorangen." Er zwinkerte Ina zu. „Die Leute hier kennen ihre Pappenheimer. Aber im Feld ist das kein Problem. Solange du für dich zwei Orangen mitnimmst, stört das niemanden. Doch die Eigentümer sind nicht begeistert, wenn die Leute mit Geländewagen vorfahren und Säcke auspacken. Das siehst du leider auch ab und zu."

„Das ist ja frech." Ina sah sehnsüchtig in einen kugelrunden großen Baum, an dem vermutlich hundert Früchte wuchsen. „Übrigens hat deine Mutter auch reichlich davon, wie du heute Morgen gesehen hast."

„Dann war der Saft gestern wohl eigene Ernte?", fragte Ina.

„Aber klar, jeder der ein Haus hat, hat eine eigene Ernte. Nur ich muss mich durchschnorren. Als Bootsbewohner habe ich ja keinen Garten."

„Willst du Mitleid?", meinte Ina kess.

Aaron schüttelt den Kopf und lachte herzerfrischend. „Nee lass mal, eigentlich geht es mir gut."

Er lenkte den Wagen über eine Schnellstraße Richtung Norden und bog an einer Kreuzung in eine kleine Seitenstraße. Der Jeep ruckelte durch eine weite Sumpflandschaft, in der üppige Gräser wuchsen, bis er vor einem großen, schneeweiß gestrichenen Landhaus mit zahlreichen Nebengebäuden parkte. Ina las auf einem Eisenschild mit kunstvoll geschnörkeltem Rahmen „Casa Ingo".

„Sag mal, heißt dein Freund Ingo?", fragte sie jetzt völlig überrascht.

Aaron sah sie an. „Ja, kennst du ihn etwa schon?"

Sie schüttelte den Kopf. „Nein, nein, aber Helga hat gestern von ihm erzählt. Wir waren in seiner kleinen Hafenbar."

„Du warst am Hafen und hast mich nicht besucht? Na warte", drohte er ihr spielerisch mit dem Zeigefinger. „Aber es stimmt, Helga und Ingo sind auch gut befreundet. Du wirst ihn mögen."

„Ich bin so gespannt, meine Mutter hat so lieb von ihm erzählt."

Aaron sah auf die Uhr. „Um diese Zeit ist er in der Regel hier. Ich freue mich schon, euch miteinander bekannt zu machen."

Fast zeitgleich sprangen sie aus dem Auto und Ina blickte sich neugierig auf dem Gelände um. Eines der Nebengebäude war zu einem Geschäft mit großzügiger Fensterfront umgebaut und hatte zur Seite eine große Freiterrasse, auf der neben zahlreichen Ausstellungsstücken auch eine knallrote Holzbestuhlung die Gäste anlockte.

Ina sah sich interessiert um. Ihr Blick fiel auf einen bestimmt zwei Meter großen schwarzen Hasen, der seitlich der Eingangstür stand und aufzupassen schien. Sie fand die Skulptur „hinreißend" und „witzig", wie sie Aaron sofort erzählte. Aber sie mochte auch die afrikanischen Trommeln, die nach Größen sortiert aufgestellt waren und den marokkanischen Paravent, dessen rote Farbe in der Sonne leuchtete „Wenn ich hier leben würde, wäre ich ständig hier", meinte sie lachend. „Ist Ingo dein bester Freund?", wollte sie wissen, als sie an Aarons Seite die Tür zum Geschäft und der angrenzenden Bar öffnete.

„Na, zumindest einer der besten, und er wird dir gefallen. Ihr habt übrigens auch eine berufliche Ähnlichkeit. Ingo war ein namhafter Modefotograf in München. Aber seit zehn Jahren lebt er hier sehr zurückgezogen im

Hinterland, führt diesen mittlerweile bis nach Madrid bekannten Trödelladen und bewirtet zudem noch seine Kunden exzellent mit den besten Tapas, hier und am Hafen. Aber das wusstest du ja bestimmt schon von Helga."

„Allerdings, und er rundet das Angebot mit seiner schrillen Art perfekt ab – Helgas Worte."

„Stimmt!"

„Lebt er allein?"

„Mas o menos", meinte Aaron. „Er hat einen Freund, der mehrmals im Monat kommt, und ich glaube auch den einen oder anderen Geliebten. Aber darüber spricht er nicht."

In diesem Moment kam der Chef des Hauses heraus. Ingo sah genauso aus, wie man sich einen Modefotografen vorstellte. Er trug eine enggeschnittene Jeans und ein weißes Shirt mit türkisfarbener Weste. Seine Haare waren weißblond gefärbt und üppig gegelt und dazu schmückte er sich mit einer wasserblauen Sonnenbrille.

Ina war angetan, so einen Paradiesvogel hier in der weitläufigen Natur zu finden, und als auch er sie offen mit einem Küsschen rechts und links auf die Wange begrüßte, fühlte sie sich sofort gemocht.

„Na Sweety, magst du einen Kaffee?", zwitscherte Ingo, legte Ina den Arm um die Schulter und führte sie sanft auf die Terrasse.

Ina setzte sich auf einen der roten Holzstühle und blickte sich fasziniert um. Sie sah von der hoch gelegenen Terrasse in eine atemberaubend schöne Küstenlandschaft voller seltener Pflanzen, die durchzogen war, von vielen kleinen Kanälen, in denen sich laut Aaron jede Menge Getier tummelte. In der Ferne glitzerte das Meer und zahlreiche rot blühende Bäume leuchteten wie prächtige Farbtupfer. Die Luft roch herrlich frisch und Ina beneidete Ingo, der in dieser Natur leben konnte.

„Kaffee? Saft? Was magst du?", fragte Ingo und lächelte sie freundlich an.

Ina entschied sich für einen Café con leche und bekam wenige Augenblicke später einen herrlich duftenden Kaffee, dazu ein paar Oliven als Snack. „Habt ihr Appetit? Soll ich euch was bringen?"

Ina schüttelte den Kopf und bat Ingo, sich zu setzen. „Schenk uns lieber ein bisschen deiner Zeit. Du lebst hier so wunderbar. Ich beneide dich."

Ingo ging sofort darauf ein. „Ich weiß, das tun alle", sagte er selbstbewusst. „Aber man muss den Rückzug auch mögen."

„Und tust du es?"

Ingo strahlte sie an. „Oh ja, ich bin ganz bewusst hier herausgezogen und glaub mir, ich habe es noch keine Sekunde bereut, muss aber meine Ruhe auch wirklich verteidigen."

„Bei den schönen Sachen kommen bestimmt viele Kunden."

„Sollen sie ja, nur nicht rund um die Uhr." Er kramte einen Fächer aus einer Anrichte und fächelte sich frische Luft zu. „Mon dieu, ich möchte bloß, dass man meine Geschäftszeiten einhält, aber das ist für einige meiner Kunden schon zu viel verlangt. Sie wollen nicht begreifen, dass ich nur an drei Tagen geöffnet habe. Am Wochenende habe ich gern ein volles Haus, unter der Woche möchte ich bitte, bitte meine Ruhe."

„Du warst vorher in München. Da war es bestimmt auch hektisch."

Ingo blickte Aaron an. „Hast du erzählt, was ich früher gemacht habe?"

„Ja, durfte ich doch, oder?"

„Ja klar, ich war Modefotograf und auch ein recht erfolgreicher. Aber dann schrieb das Leben eine andere Geschichte und ich habe meine Kamera weggestellt und bin hierhergezogen. Und soll ich dir etwas sagen: Ich finde mein Leben zwischen Einsamkeit, Trödel und Gastronomie prima. Man lernt viele Menschen kennen und man macht sie froh. Das ist ein aufbauendes Gefühl."

„Gab es einen Auslöser für deinen Wechsel?", fragte Ina in alter Journalistengewohnheit nach.

Doch anstatt ihr eine Antwort zu geben, stand Ingo auf. „Ein kleiner Snack geht immer. Bin gleich wieder da", rief er im Gehen und war schon um die Ecke verschwunden.

„Er spricht nicht darüber, Ina", erklärte Aaron. „Wenn jemand fragt, weicht er aus."

Ina sah Aaron betroffen an. „So ein Mist, ich war mal wieder zu neugierig. Ich schäme mich richtig. Hoffentlich ist er mir nicht böse."

„Ach i wo, Ingo will nur sein Geheimnis wahren. Ich habe auch keine Ahnung, was ihn aus München vertrieben hat."

„Eine Kleinigkeit für den Gaumen", hörte Ina Ingos flötende Stimme. Er stand mit zwei kleinen Tellern vor ihnen, auf denen einige Stückchen Tortilla lagen. „Mit

Auberginen und Möhren, eine Hauskreation. Ich verspreche, du wirst sie lieben", meinte Ingo lachend und stellte sie auf den Tisch.

Ina nahm die kleine Silbergabel, die er dazugelegt hatte, und probierte ein Häppchen. „Die leckerste Tortilla, die ich jemals gegessen habe und das ist nicht übertrieben", versicherte sie und ließ sich gleich ein zweites Stückchen schmecken. „Mmh, ist das eine gelungene Mischung", schwärmte sie, während sie nach einem Weg suchte, sich für ihre Neugierde zu entschuldigen.

Als Ingo noch einmal in die Bar ging, um einen zweiten Kaffee für Aaron zu holen, huschte Ina hinterher. Angeblich wollte sie zur Toilette, nutzte so den Moment, Ingo allein sprechen zu können, während er hinter der Bar an der professionellen Kaffeemaschine hantierte. „Meine Neugier tut mir leid. Ich hätte merken müssen, dass du nicht darüber reden möchtest."

Ingo legte das Kaffeesieb zur Seite und breitete seine Arme weit aus. „Komm mal her, guapa. Es ist normal, dass du gefragt hast, und nicht du hast ein Problem, sondern ich, vale?" Er drückte sie so fest an sich, dass sie sein Herz pochen hörte. Dann schob er sie mit beiden Armen etwas zurück, um ihr in die Augen zu sehen. „Du bist doch Helgas Tochter und du musst wissen, dass ich deine Mutter liebe. Sie ist eine ganz wunderbare Frau. Irgendwann vielleicht erzähle ich dir alles, aber der Moment ist noch nicht gekommen."

Da selbst Aaron Ingos Vergangenheit in diesem Punkt nicht kannte, rührte sein Vertrauen Ina so sehr, dass sie ihn jetzt ebenfalls in ihre Arme nahm. „Ich danke dir und wir sehen uns bald wieder. Ich vertrete meine Mutter und Aaron zeigt mir die Häuser, die sie verwaltet. Aber ich komme zurück und dann bringe ich dir meine Spezialität mit, ich mache nämlich wunderbaren Topfkuchen. Du wirst überrascht sein."

Ingo tätschelte ihr die Wange. "Ich freue mich darauf und Öffnungszeiten gibt es für dich nicht. Du bist immer willkommen."

"Ich liebe übrigens Trödel, und was du hier vor die Tür gestellt hast, das ist so schön, dass ich am liebsten alles kaufen möchte. Aber Aarons Wagen ist zu klein und die Fluggesellschaft wird sich weigern, wenn ich mit all diesen außergewöhnlichen Sachen am Gate auftauche."

"Obwohl …" Ingo legte den Zeigefinger nachdenklich auf die Lippen. "Wenn du das Häschen nimmst, sorgst du wenigstens für gute Laune im Flieger."

"Das Häschen ist knapp zwei Meter groß. Ich bin mir nicht sicher, ob das Riesentier wirklich die Stimmung der Crew hebt."

"Stimmt, aber es gibt eine Lösung. Du ziehst hierher und ich richte dich ein. Was meinst du? Dann kann Hasi bei dir wachen."

Ina lachte, weil das so abwegig war.

"Gute Idee, wenn ich in den Ruhestand gehe, realisieren wir das Projekt."

Ingo sah in die Luft und schien zu zählen. "Dann sehen wir uns in dreißig Jahren wieder. Passt doch!"

"Warum sind die Männer hier immer so charmant?" Sie grinste breit.

"Das macht die Sonne!"

Er brachte sie nach dem Kaffee zum Auto und als Aaron wieder den Motor startete, stand Ingo in der Einfahrt und winkte ihnen nach.

„Er ist wirklich klasse", meinte Ina. „Du hast einen tollen Freund."

Aaron lächelte. „Und du scheinbar auch, so wie er dir nachsieht, hat es ihn aber richtig erwischt."

„Ich denke, er ist schwul", warf Ina ein.

„Na und, das heißt doch nichts. Das Herz schlägt schließlich immer gleich."

Nach weiteren zwei Stunden unterwegs brachte Aaron sie am späten Nachmittag wieder zurück zu ihrer Mutter.

„Grüß Helga, ich muss jetzt wieder auf mein Schiff. Morgen habe ich einen Törn." Er stupste Ina mit dem Zeigefinger an die Nase. „Mach's gut, meine kleine Vermietungsexpertin, und fahr nicht so spät durchs Land. Wenn du dich verfährst, ruf mich an. Ich rette dich dann."

Ina lächelte und schämte sich ein bisschen, weil sie sich das Retten besonders bildlich vorstellte, sogar an eine lange Mund-zu-Mund-Beatmung dachte.

***

Als sie ins Haus kam, saß Helga am PC und Ina berichtete noch schnell von ihrem ersten Arbeitstag, gab ihr die Unterlagen und machte sich auf den Heimweg, wobei ihr das Wort Heim gar nicht mehr behagte. Sie hatte insgeheim längst bereut, sich dickköpfig das Appartement gemietet zu haben. Es wäre viel schöner gewesen, bei Helga zu wohnen. Sie hatte zwei prächtige Gästezimmer und

Ina ärgerte sich, dass ihre Bockigkeit solche albernen Auswüchse zuließ. Sie sagte fast schon wehmütig ihrer Mutter Tschüss, setzte sich in den Leihwagen und fuhr nach Gandía Playa in ihre Unterkunft.

Zurück im Appartement überfielen sie die Gedanken an das, was sie an Arbeit in Deutschland zurückgelassen hatte. Viel zu viele Filme musste sie mit Melanie abdrehen, sobald sie zu Hause war, und hatte überhaupt keine Vorstellung, was in der Redaktion auf sie wartete. Würde sie das alles schaffen? Selbst hier stand sie gerade unter Druck. Morgen waren zwei Anreisen eingetragen. Wie würde sie die Häuser vorfinden? Und klappte das mit der Reinigung? Wieder erfasste Ina diese quälende Unruhe und sie hörte ihr zunehmend wilder pochendes Herz.

Doch dieses Mal wollte sie die Unruhe nicht einfach hinnehmen und aushalten, sondern sie bekämpfen. Sie sah auf die Uhr, es war halb fünf, ideal für einen Spaziergang. Sie nahm sich ihren Strickmantel von der Garderobe, zog die bequemen Laufschuhe an und ging los. Die frische Luft, das Meeresrauschen, der Blick auf das Mittelmeer, all das würde ihr guttun, sie aus den quälenden Gedanken holen und vom Druck befreien.

Ina ging durch den kleinen Badeort und nach wenigen Straßen direkt in einen Orangenhain. Das Bild der in der Nachmittagssonne leuchtenden Früchte hatte es ihr angetan und sie liebte es, als der Weg besonders schmal wurde und sie sich zeitweise sogar ducken musste, um nicht vor einen Ast zu laufen. Sie konnte es kaum glauben, aber bis zum Horizont sah sie nur Orangen und ganz am Ende blitzte eine Felswand in der Sonne. „Was für eine Natur", murmelte Ina und nahm sich vor, mindestens eine Stunde unterwegs zu sein und dabei ihre belastenden Gedanken abzuschütteln.

Was war das? Sie blieb stehen und lauschte. Es klang wie das Wimmern eines Babys. Ein ausgesetztes Kind, durchschoss es sie. Nach allen Seiten sah sie sich um, aber es war niemand in der Nähe und so beschloss sie, allein unter die Bäume zu kriechen, um das wimmernde Wesen aufzuspüren. Sie musste sich mächtig ducken, um unter den Ästen durchzukommen. Aber zum Glück wurde das Wimmern lauter und sie war sich sicher, bald ein Leben retten zu können. Ina erschrak. Vor ihr lag gar kein Baby, sondern ein kleiner, winselnder Hund, der sie jetzt mit verzweifeltem Blick anstarrte. Er war fest an einen Baum gebunden und hatte bereits so heftig an dem Seil gezogen, dass sein Hals blutete. Ina zerriss es das Herz, das arme Tier so leiden zu sehen, und langsam realisierte sie, was hier passiert war. Man hatte den Hund bewusst ausgesetzt, damit er allein an einem Baum im Dickicht des Orangen-hains elendig zugrunde ging.

„Verdammte Tierquäler", zischte sie leise und setzte sich auf den Boden. Der Hund war sichtbar geschwächt und voller Panik. Aber er hatte offenbar keine Kraft mehr, sich zu wehren oder gar aufzustehen. Sie streckte ihm vorsich-tig ihre Hand entgegen und sprach beruhigend auf ihn ein. Der kleine Kerl leckte dankbar ihre Finger und wim-merte so leise, dass es sich für Ina wie Weinen anhörte. Sie versuchte, das Seil zu entknoten. Ein schweres Unterfan-gen, weil das Tier in seiner Verzweiflung sehr daran gezo-gen haben musste. Aber sie gab nicht auf, das Seil zu lösen, sprach dabei weiter beruhigend auf den Hund ein, kraulte ihm zwischendurch den Bauch und konnte sehen, dass er langsam Vertrauen zu ihr fasste. Sie musterte ihn genau. Er war etwa kniehoch, hatte sandfarbenes, struppiges Fell und trotz seines Stresses hellwach blickende Augen. „Du hast bestimmt Durst und Hunger, mein Kleiner", meinte sie liebevoll. Endlich hatte Ina den Strick gelöst. „Ich versorge dich gleich, versprochen!", redete sie beruhigend auf ihn ein. Sie zog ihren Strickmantel aus und legte ihn um den Hund, um ihn besser hochnehmen zu können. „Es ist vorbei, jetzt bist du in Sicherheit", sagte sie leise und strich ihm weiter mit der linken Hand über den Kopf, während sie unter die Äste gebückt den Weg erreichte. Sie spürte die Dankbarkeit des Tieres, der sich Schutz suchend fest an sie schmiegte. Mit dem Fellbündel im Arm steuerte sie zuerst einen kleinen Bach an, damit der Hund trinken konnte. Lechzend tappte er mit den Vorderfüßen ins Wasser, soff ausgiebig das frische Nass, und dann passierte etwas, das Inas Herz rührte, denn er stellte sich danach so selbstverständlich an ihre Beine, als wären sie schon immer ein Team gewesen. „Jetzt brauchst du aber auch etwas zu essen", murmelte Ina, nahm ihn wieder hoch und machte sich auf den Weg zu einem kleinen Supermarkt, in dem sie Hundefutter einkaufen konnte.

„Ojo Señora", hörte sie plötzlich eine scharfe Männerstimme und im selben Moment quietschten Bremsen.

Starr vor Schreck blieb Ina stehen, begriff, dass sie gerade fast vor ein Auto gelaufen war. Der rote SUV war knapp einen Meter vor ihr zum Stehen gekommen. Zuallererst dachte sie an den Hund in ihren Armen und drückte das kleine Wesen noch fester an sich, aber dann sah sie den Fahrer, der sie mit einer Mischung aus Verärgerung und Sorge anblickte. Der Mann war circa Mitte fünfzig, hatte kurz geschnittenes schwarzes Haar mit grauen Schläfen, einen Dreitagebart und trug eine Sonnenbrille.

Mit einem Satz sprang er aus dem Auto. „¿Se encuentra bien?"

Ina zuckte mit den Schultern.

„Do you speak English?", wollte der Mann wissen.

„Yes", antwortete Ina einsilbig, denn der Schock hatte sie noch im Griff.

„Sie sind Deutsche?"

Ina nickte.

„Ist Ihnen etwas passiert? Sie sind mir direkt vor das Auto gelaufen!", sagte er jetzt in perfektem Deutsch.

„Ja, ja, ich weiß, bitte verzeihen Sie. Das war meine Schuld. Ich habe einfach nicht auf den Verkehr geachtet. Es war dumm von mir."

„Dumm ist unwichtig, wichtig ist, ob Ihnen etwas fehlt?"

Ina schüttelte den Kopf. „Nein, nein, ich habe mich nur erschrocken, es ist alles gut."

„Und wie geht es Ihrem Hund? Er sieht etwas, sagen wir, schwach aus."

„Das stimmt und es ist auch nicht mein Hund. Ich habe ihn gerade im Gebüsch gefunden und wollte ihm etwas zu fressen kaufen." Ina zeigte auf das Geschäft auf der anderen Straßenseite. „Sehen Sie, ich wollte dort drüben einkaufen und war so darauf fixiert, etwas für ihn zu besorgen, dass ich nicht auf den Verkehr geachtet habe. Ich brauche auch eine Apotheke." Sie schob jetzt ihre Strickjacke leicht zur Seite. „Sehen Sie, er hat eine Wunde und braucht ein Desinfektionsmittel."

Der besorgte Autofahrer beugte sich überrascht über den Hund und musterte die Wunde.

„Das ist zum Glück nur oberflächlich. Das können Sie mit einer Jodtinktur gut behandeln. Ich bin übrigens Arzt und meine Praxis ist gleich um die Ecke." Er zog seine Brieftasche aus dem Hemd und holte eine Visitenkarte heraus.

Dr. Vicente Rodriguez las Ina. „Herr Doktor Rodriguez, das ist sehr nett von Ihnen, danke, aber Sie haben ja schon angedeutet, dass ich es allein hinbekomme."

„Vicente, bitte sagen Sie Vicente", meinte er lächelnd.

Er hatte eine reizende Art, mit der er sich um sie kümmerte.

„Bitte behalten Sie die Karte, falls Sie Ihre Meinung ändern."

„Sehr gern", antwortete Ina. „Aber darf ich Sie kurz um etwas bitten. Können Sie einen Moment auf den Hund aufpassen? Wirklich nur fünf Minuten. Da drüben ist eine Apotheke, da kaufe ich die Jodtinktur und gegenüber im Supermarkt das Futter, okay? Hunde dürfen ja in Spanien nicht in die Geschäfte."

Vicente lächelte. „Ja klar, ich bin Hundefreund. Geben Sie den kleinen Kerl ruhig her, dann kann ich ihn gleich noch etwas genauer begutachten."

Er streckte ihr beide Arme entgegen und Ina übergab ihm vorsichtig den Hund und düste über die Straße zur Apotheke, achtete dabei allerdings diesmal auf den

Verkehr. In wenigen Minuten erledigte sie die Einkäufe, fand sogar ein Halsband mit Hundeleine und kam zurück zu Vicente. Er hatte sich mit dem Hund auf eine Bank gesetzt und den Kleinen mit Dauerstreicheln beruhigt.

„Danke, dass Sie aufgepasst haben", sagte Ina und bemerkte erst jetzt, wie attraktiv ihr Hundesitter war. Er war nicht nur muskulös, sondern auch sehr apart gekleidet, mit einer lässigen cremeweißen Jeans, Leinenschuhen und einem lindgrünen Leinenjackett, dazu freundlich blickende Augen und ein ungeheuer sympathisches Lachen.

„Der Kleine hat sicher Hunger, doch ansonsten scheint er mir okay zu sein. Wo haben Sie ihn denn gefunden?"

Ina erzählte ihm die Kurzversion und Vicente hörte aufmerksam zu.

Aber dann sah er unruhig auf die Uhr. „Ich muss jetzt leider los. In der Praxis warten die Patienten. Sie haben ja meine Karte, falls noch etwas ist."

Mit Schwung rutschte er auf den Fahrersitz, winkte Ina noch einmal zu und düste los.

Sanft streichelte Ina ihren kleinen Freund, den sie jetzt wieder im Arm hielt und lächelte ihn an. „Wie heißt du eigentlich?", fragte sie leise. „Ich taufe dich Carlos, so hieß mal der Hund einer Freundin und der Name passt doch perfekt zu einem Spanier wie dir."

Zurück in ihrem Appartement bereitete sie ihrem neu gewonnenen Freund eine leckere Abendmahlzeit. Carlos ließ es sich sichtlich ausgehungert schmecken und sie konnte zusehen, wie ihm das Fressen die Kräfte zurückgab. Anschließend versorgte sie seine Wunde, die zum Glück weniger schlimm war, als es auf den ersten Blick aussah. Bevor sich Ina müde ins Bett legte, breitete sie ihre dicke Kuscheljacke davor aus und gab Carlos das Zeichen, es sich bequem zu machen. Der kleine Hund ging selig auf die Aufforderung ein, rollte sich zusammen und Minuten später hörte sie ihn bereits neben sich schnarchen. Sie nahm ihr Handy und schrieb Aaron eine Nachricht. „Ich danke dir für diesen wunderschönen Tag!"

Die Antwort kam prompt. „Es hat richtig Spaß gemacht. Schön, dass du gekommen bist."

Ina las die Zeilen, schloss die Augen und wusste nicht, ob sie zurückschreiben sollte. Sie hatte Angst, sich auf eine falsche Fährte zu begeben, und schickte schließlich nur einen neutralen Smiley. Dann legte sie das Handy weit weg. Es war deutlich, dieser Mann gefiel ihr. Sehr sogar.

KAPITEL 6

„Ein Umzug und
die vergessene Post“

Señora Ina! Hola, Señora Ina, sind Sie da?"
Ina drehte sich schlaftrunken auf die Seite und fühlte als Erstes warme Sonnenstrahlen, die ihre Nase kitzelten. Einen Moment lang wusste sie nicht mehr, wo sie eigentlich war. Sie blinzelte sich wach, sah über den Balkon hinweg auf die prächtige Palme, die auf einem Nachbargrundstück majestätisch in den Himmel wuchs, und schnupperte eine herrlich frühlingshafte Luft. Duftete es wirklich nach Orchideen?, fragte sie sich.

„¡Señora Ina!"

Da war sie wieder, die Stimme. „¡Señora Ina!", hörte sie erneut, und die Dame, die sie so dringend sprechen wollte, verlieh ihrer Nachfrage jetzt mit einem Klopfen gegen die Wohnungstür besonderen Nachdruck.

Ina sah zu Carlos, der sich aber von den ungewohnten Geräuschen so gut wie gar nicht aus der Ruhe bringen ließ. Er zog nur seine Augenbrauen hoch und blickte Ina neckisch von der Seite an, so als wollte er sagen: „Was fällt der da draußen eigentlich ein, uns so früh aus dem Schlaf zu reißen."

Ina sah auf ihr Handy, das sie auf dem zierlichen Olivenholz-Nachtschränkchen abgelegt hatte. Es war gerade halb neun, eine für spanische Verhältnisse frühe Stunde. Sie schlug die Bettdecke zur Seite, griff nach ihrem leichten Strickmantel, den sie am Abend auf einem Holzstühlchen in der Küche abgelegt hatte, und warf ihn sich über die Schulter.

„Ich komme", rief sie und hoffte dabei, nicht allzu schlaftrunken zu klingen. Sie lief zur Tür, streichelte im Vorbeigehen Carlos über das Köpfchen, der jetzt unruhig geworden hinter ihr hertrottete. Vorsichtig schob sie ihn zurück ins Schlafzimmer, damit er nicht ausbüxen konnte. „Warte mein Kleiner", sprach sie mit dem Vierbeiner. „Frauchen ist gleich wieder da."

Dann drehte sie den Schlüssel und öffnete die Tür. „Buenos días, was kann ich für Sie tun?"

„Ja, ich bin Carmen, Ihre Vermieterin. Ina, ich muss Sie dringend sprechen."

Die Endfünfzigerin schien ganz außer Atem zu sein, sprach aber zum Glück Deutsch.

„Sie haben mir nicht gesagt, dass Sie einen Hund haben", platzte Carmen sofort mit ihrem Anliegen heraus. „Einer der Mieter hier im Haus, übrigens ein Landsmann von Ihnen, hat mich heute früh schon angerufen. Er war sauer und hat darauf hingewiesen, dass in dem Haus keine Tiere erlaubt sind, und gestern hätte er einen Hund gesehen, bei Ihnen."

Ina war perplex und verstand den ganzen Aufstand nicht. Ging es wirklich um einen kleinen Straßenhund, der bei ihr Zuflucht gefunden hatte? Sie bat Carmen erst einmal herein. „Kommen Sie, im Schlafzimmer sitzt Carlos, ein süßer Mischling, den ich Ihnen jetzt vorstelle." Ina lächelte und ließ Carlos aus dem Zimmer. „Ich wusste übrigens auch nicht, dass ich einen Hund habe. Gruselige Leute haben ihn auf einer Plantage an einen Baum gebunden und sich selbst überlassen. Er sollte dort sterben."

Carmen schlug sich die Hände vors Gesicht. „Madre mía, das ist ja furchtbar. So etwas Gemeines." Sie ging auf Carlos zu, rutschte in die Hocke und streichelte ihn liebevoll. „Meine Güte, ist der süß", sagte sie und blickte Ina an. „Sagen Sie, geht es ihm denn gut? Hat er genug gegessen und vor allen Dingen, ist er gesund?"

Ina lächelte. „Ja, ja, er hatte gestern Abend sogar einen medizinischen Check-up. Ein … warten Sie." Aus ihrer Tasche fischte Ina die Karte heraus. „Ein Doktor Vicente Rodriguez hat ihn begutachtet."

Carmen sah sie wissend an. „Vicente? Ach ja, der ist super. Dann geht es dem kleinen Carlos gut, ganz sicher."

Sie stand wieder auf und ging auf Ina zu. „Señora, ich liebe Hunde, Katzen, alle Tiere. Aber ich habe ein Geschäft und deutsche Urlauber mögen keine Tierhaare in ihrem Appartement und machen sofort Rabatz, wenn sie auch nur ein winziges Härchen finden." Sie verdrehte die Augen. „Verstehen kann ich das nicht, ich habe selber Tiere, aber als Ferienwohnungsvermieterin muss ich das anders betrachten."

Sie sah jetzt richtig betroffen aus.

„Ich will es kurz machen: Carlos kann nicht bleiben. Aber ich habe eine Freundin, die sich um Straßenhunde kümmert, und wenn Sie mögen, bringe ich ihn zu ihr. Man kann ihn dort vermitteln."

Ina fühlte sich überrumpelt. Sie hatte das Thema ‚Hund' noch gar nicht zu Ende gedacht. Klar, in ein paar Tagen müsste sie zurück nach Deutschland und auf einen Hund war eigentlich nichts in ihrem Leben eingestellt. Die Idee mit der Tiervermittlung war so gesehen ideal. Allerdings … Sie sah zu Carlos, der jetzt treu zu ihren Füßen saß, und seine braunen Kulleraugen blickten sie so liebevoll an, als wollten sie sagen: Wir beide gehören doch zusammen.

„Was meinen Sie, wollen wir uns in einer Stunde treffen?", fragte Carmen. „Ich wohne nur zwei Straßen weiter. Da mache ich Ihnen einen Kaffee und bringe Sie hin, vale?"

Ina fixierte nach wie vor Carlos' Augen. „In einer Stunde …, ja gern … ich bin dann unten", murmelte sie gedankenverloren, bevor sie vehement den Kopf schüttelte. „Nein, Carlos bleibt bei mir!", sagte sie mit einem Tonfall, der keinen Widerspruch duldete. „Ich bitte meine Mutter, sich um ihn zu kümmern. Sie liebt Tiere und eine Zeit lang wird das gehen. Ich hole ihn später zu mir nach Deutschland."

„Oh, das ist eine tolle Lösung. Sie haben ein großes Herz. Ziehen Sie dann auch zu Ihrer Mutter?", fragte Carmen direkt nach.

So weit hatte Ina noch gar nicht gedacht, sondern sich nur um Carlos Gedanken gemacht. Aber vielleicht war ein kompletter Umzug jetzt genau das Richtige.

„Komme ich denn aus der Buchung? Ich meine finanziell?", fragte sie offen. „Oder muss ich trotzdem für die ganze Zeit den Aufenthalt bezahlen?"

„Nein, nein, das ist alles gut so. Sie zahlen nur noch für heute. Ich will Ihnen nicht den Urlaub vermiesen und außerdem habe ich eine Anfrage und kann nach einem Tag Pause weitervermieten." Sie sah zu Carlos. „Und es ist wichtiger, dass es ihm gut geht und er ein Zuhause hat."

„Das ist aber sehr nett", sagte Ina und strich Carmen dankbar über den Arm.

„Schon gut, Sie sind auch sehr nett und retten ein Hundeleben. Brauchen Sie noch Hilfe?"

Ina schüttelte den Kopf. „Nein, alles gut. Ich bin gleich verschwunden, damit meine sympathischen Landsleute wieder gut leben können, ohne Tiere im Haus."

„Es tut mir so leid, aber die Deutschen sind wirklich sehr pingelig. Zum Glück gibt es Ausnahmen."

Bevor Carmen ging, verabschiedete sie sich von Carlos und nahm Ina sogar in den Arm. „Ach Sie sind super, ehrlich. Vielleicht vermiete ich künftig lieber nur noch an Hundebesitzer, wenn die alle so nett sind wie Sie."

Als Ina wieder allein war, fühlte sie sich richtig erleichtert. Sie hatte es sowieso nicht mehr gut gefunden, Helga auf der Finca zurückzulassen. Sie könnte erneut stürzen oder sich einfach nur einsam fühlen. Der Rauswurf kam ihr so gesehen gelegen.

Trotzdem ging ihr die plötzlich so intensive Familienzusammenführung etwas zu schnell. Sie rutschte in die Hocke und streichelte Carlos. „So du kleiner Racker, jetzt hast du alles durcheinandergebracht. Aber wir bekommen das hin. Wir gehen erst kurz Gassi und dann ziehen wir um. Du kommst zu deiner Oma", murmelte Ina und genoss es, so albern zu sein. Der Hund weckte eine lockere, unbeschwerte Seite in ihr, die längst verschüttet gewesen war. Wann hatte sie sich denn zuletzt um wen kümmern dürfen, oder besser formuliert, jemanden betüddeln können. Für jemanden da sein zu können, tat einfach gut. Leonie war längst groß und wie hieß es so schön: Das letzte Kind hat Fell. Carlos würde ihr guttun, davon war sie überzeugt.

Mit dem Handy rief Ina ihre Mutter an, erzählte kurz, wie sie Carlos gefunden hatte, und fragte, ob sie zwei Streuner aufnehmen würde. Ina hatte noch Helgas Enttäuschung im Ohr, als sie erzählt hatte, nicht bei ihr, sondern in einem Appartement zu wohnen. Außerdem kannte sie deren Tierliebe, und obwohl ihr Miteinander in den letzten Jahren problematisch gewesen war, wusste sie auch, dass sie von ihrer Mutter geliebt wurde. Helga sagte sofort „so gern" und „ich freue mich riesig, wenn ihr hier wohnt."

Ina packte in Windeseile ihre Sachen zusammen und brachte sie zum Auto. Zum Schluss ließ sie Carlos auf den Rücksitz hüpfen, und als sie den Wagen startete, freute sie sich richtig auf die Zeit bei ihrer Mutter. „Du hast dort ganz viel Platz", sagte sie zu Carlos. „Vorausgesetzt, du gehst nicht stiften. Denn Zäune gibt es nicht."

Während der Fahrt in die Berge hörte Ina ihre geliebten spanischen Schlager und summte die leichten Melodien mit. Es ging ihr gut, endlich wieder.

Auf der Finca konnte sie sich das schönste Zimmer aussuchen. Es war ganz in Weiß gehalten und mit einem herrlich geschwungenen Korbbett, passenden Stühlen und gewischten weißen Holzschränken stilvoll eingerichtet. Als Nachttischchen hatte Helga zwei alte Wassereimer restauriert und mit einer Glasplatte versehen.

„Eine wunderbar stylische Idee", lobte Ina die Mutter und Helga bedankte sich mit einer innigen Umarmung. „Wenn ich mich am Anfang hier in der neuen Umgebung mal zurückziehen wollte, habe ich viele Stunden in diesem Zimmer verbracht." Sie sah Ina an. „Schön, dass du, ich meine, dass ihr da seid", meinte sie und kraulte Carlos so lange hinter den Ohren, bis er zufrieden schnurrte wie ein Kater.

„Wie ist es eigentlich in euren Häusern? Dürfen dort Hunde mitkommen?"

„Ja klar, du weißt doch, wie sehr ich Tiere liebe, und die Leute, die zu uns kommen und einen Hund mitbringen, haben uns noch nie enttäuscht." Sie seufzte. „Ich bin froh, dass wieder ein Hund im Haus ist. Du musst wissen, dass unser Max erst zwei Monate tot ist. Er ist an Altersschwäche gestorben."

Ina erinnerte sich an Bernds Hund, den sie damals mitgenommen hatten.

„Seine zwei Gefährten, Straßenhunde, die uns zugelaufen waren, sind ihm leider nachgefolgt. Das war viel Abschied in letzter Zeit. Besonders Bernd hat sehr gelitten."

Ina sah Tränen in Helgas Augen schimmern. „Ich weiß, Aaron hat schon davon erzählt. Das muss schlimm gewesen sein."

Helga nickte. „Oh ja, ich brauche auch noch meine Trauerzeit." Sie sah zu Carlos. „Gut, dass wir jetzt wenigstens wieder einen Leih-Vierbeiner im Haus haben."

„Aber wirklich nur vorübergehend. Ich möchte ihn unbedingt holen."

„Er bleibt so lange, wie du möchtest, okay?"

„Ich danke, dir Mama."

„Dafür nicht, ich freue mich doch, ihn hier zu haben. Räum du jetzt erst einmal deine Sachen ein. Du hast reichlich Platz in den Schränken. In der Zwischenzeit bereite ich uns etwas Leckeres auf der Terrasse vor", sagte sie, bevor sie langsam mit der Krücke in der Hand Richtung Küche humpelte.

Ina sah ihr lächelnd nach. Sie wohnte wieder bei ihrer Mutter, nach all den Jahren. Unerwartet, ein bisschen merkwürdig, aber insgesamt schön.

„Ich muss doch los", rief sie ihr nach. „Du hast mir noch zwei Aufgaben gegeben."

„Keinen Stress, essen ist auch wichtig", antwortete Helga, ohne sich umzudrehen, und verschwand in der Küche.

Ina öffnete den Schrank, um den Koffer auszupacken und ihre Kleidung einzuräumen, als ihr ungeschickterweise ein Kästchen entgegenrutschte. Es fiel herunter und ein Stapel Briefe landete auf dem Boden. Schnell wollte Ina alles wieder einräumen, als sie stutzte. Die waren ja an sie adressiert? Ein kalter Schauer lief ihr über den Rücken. Es waren handschriftliche Briefe von Helga, die sie anfangs noch abgeschickt hatte, die aber immer als unzustellbar zurückgekommen waren. Ina prüfte die Adresse. Sie stimmte, es war ihre. Sie erinnerte sich daran, Briefe nicht angenommen zu haben, und schämte sich jetzt entsetzlich dafür. Aber offenbar hatte ihre Mutter ihr weiter geschrieben, diese Briefe jedoch gar nicht mehr zur Post gebracht, sondern gesammelt. Ina setzte sich auf den Balkon und begann zu lesen. Ihre Mutter beschrieb häufig Alltägliches, alles, was in ihrem neuen Leben auf der Finca passiert war, oft ging es aber auch um ihre Gefühle und die drehten sich fast ausschließlich um Ina. Helga hatte sie furchtbar vermisst und sich regelrecht nach ihr verzehrt. Ein Kloß bildete sich in Inas Hals. Helga schrieb, wie sie immer wieder morgens zur Poststation gefahren war, in der Hoffnung, einen Brief von Ina zu finden. Der Kloß wurde größer, Inas Hals trocken. Sie las von Helgas vielen hoffnungsvollen Anrufen, die von ihr immer mit Auflegen beendet worden waren. Von der Not ihrer Mutter, Ina vielleicht für immer verloren zu haben und von dem quälenden Schmerz, der ihr das Herz zu zerreißen drohte. Doch auch etwas anderes hatte das Herz ihrer Mutter zerrissen. Sollte Ina sich vor Jahren so geirrt haben?

Ina lehnte sich in dem Sessel zurück und konnte den Tränenstrom nicht aufhalten. Sie weinte bitterlich. Bilder von früher tauchten wieder auf: Wie ihre Mutter mit ihr im Schwimmbad spielte, beim gemeinsamen Einkauf und wie sie im Auto vor dem Tennisplatz auf sie wartete. Sie sah ihre Mutter, als sie die gerade geborene Leonie in den Armen hielt, und als sie ihr von der bevorstehenden Trennung und der Liebe zu Bernd erzählte.

Zu viele Bilder und Geschichten drehten sich in Inas Kopf und ihr ganzer Körper bebte vor innerer Erschütterung, bis sie plötzlich eine nasse Hundeschnauze wieder in die Gegenwart zurückholte. Carlos war von ihrem Weinen aufgeschreckt worden und versuchte offenbar, sie zu trösten. Er legte seine Vorderpfötchen auf ihren Oberschenkel, schmiegte sich eng an sie und schleckte ihr liebevoll die Hand. Ina ließ sich vom Sessel auf den Boden gleiten, umschlang den kleinen Kerl mit beiden Armen, vergrub ihr Gesicht in seinem Fell und weinte sich den Schmerz von der Seele. Sie wusste nicht, wie lange sie so dort lag, aber dann dachte sie an Helga, die unten auf sie wartete. Rasch ging sie ins Bad, wusch sich das Gesicht, legte etwas Make-up und einen frischroten Lippenstift auf und machte sich das Haar zurecht. Dann sammelte sie die Briefe zusammen, packte sie in das Kästchen und stellte es zurück in den Schrank. Carlos, der die ganze Zeit neben ihr hergelaufen war, signalisierte sie, dass sie gehen würden, und mit einem Satz hüpfte er aus der Tür nach unten Richtung Terrasse, wo Helga bereits am Tisch saß.

„Da bist du ja, meine Sonne", rief sie übermütig, als Carlos angesprungen kam, um sie zu begrüßen. „Ich habe dir schon einen Napf herausgesucht und ein leckeres Fressen kreiert. Sieh mal nach." Sie wies mit der Hand auf den Hundenapf und zu Ina meinte sie: „Und für uns gibt es als kleinen Mittagssnack Montaditos, also Brotscheiben, heute mit gebratenen Auberginen und Ziegenkäse." Sie legte zwei der Weißbrotscheiben auf einen Teller, gab frisch geschnittene Tomaten und etwas Avocado dazu und stellte ihn auf Inas Platz. „Hier, für dich. Aber was ist los, deine Augen sind ganz rot. Hast du Probleme mit Allergien?"

Ina schüttelte den Kopf. „Nein, nein, vielleicht ein bisschen zu viel Fahrtwind vorhin beim Autofahren." Sie hatte zwar keinen Appetit, biss aber trotzdem in eines der Brote und freute sich sehr über ein Glas frisch gepressten Orangensaft, das ihr Helga ebenfalls hinstellte. „Du hast ihn gestern so gemocht und gesünder geht es nicht."

Ihre Mutter gab sich solche Mühe, doch Ina schmeckte das Aroma des Safts nicht, denn auf ihrer Seele brannte die Last der letzten Jahre, und bevor sie gleich wieder in einen Tränenschwall ausbrechen würde, musste sie Helga sagen, was sie soeben gelesen hatte.

„Mama", meinte sie und war überrascht, wie selbstverständlich ihr plötzlich das Wort über die Lippen gekommen war. „Wir müssen reden."

Helga sah sie irritiert an. „Jetzt? Hat es nicht Zeit?"

Ina schüttelte den Kopf. „Nein, ich habe die Briefe gelesen", schoss es aus ihr heraus.

„Welche Briefe?", fragte Helga und schien wirklich keine Ahnung zu haben, worum es hier gerade ging.

„Sie …, also ich wollte das nicht, sie fielen mir quasi vor die Füße und … und sie waren ja für mich, aber du hast sie nach ein paar Rückläufern nicht mehr abgeschickt, weil du die Hoffnung verloren hattest, dass ich dir jemals antworte."

Helga schlug sich mit der Hand vor den Mund. „Oh je, die waren im Schrank, oder?" Sie blickte zu Boden, nahm dann einen kräftigen Schluck Wasser und meinte: „Ich habe sie vor einiger Zeit dort abgelegt, und als du gerade kamst, nicht mehr daran gedacht. Verzeih bitte!"

Mit einer Hand wischte sie sich eine Haarsträhne aus dem Gesicht und rückte nervös zwei Kissen auf dem

Korbsofa zurecht. „Es tut mir leid, wirklich, ich wollte dich damit nicht belästigen."

Bitte? Was sagte ihre Mutter da? „Belästigen?", warf Ina ein. „Mama, ich habe dich zutiefst verletzt und du sagst ,belästigen'."

Sie sah jetzt in den Garten. Zwei Vögel pickten lebhaft im Gras und Carlos streifte zufrieden durch ein Beet, die Nase bereit, alle möglichen genussvollen Gerüche aufzunehmen. Er wedelte aufgeregt mit dem Schwanz und erinnerte Ina spontan an einen Drogenspürhund, den sie einmal im Fernsehen beobachtet hatte. Ein umgefallener Gartenstuhl holte sie zurück in die Gegenwart.

„Ich schäme mich, dass ich so unreflektiert mit dir und der Situation umgegangen bin. Ich habe mich wie ein unreifes Kind nur um meinen eigenen Schmerz gedreht, Papa zugehört und alles andere, sogar meine eigene Mutter, ganz weit weggeschoben."

Helga nahm Inas Hand und drückte sie fest. „Zum Glück müssen wir alle lernen und können Dinge immer ändern", sagte sie leise.

Ina lächelte gerührt. „Ach Mama, ich danke dir, dass du uns so schnell und so unkompliziert eine neue Chance gibst."

„Wir sind Mutter und Tochter und das geht gar nicht anders."

Ina sah aus dem Fenster zu Carlos und Helga folgte ihrem Blick.

„Der Kleine hat ja richtig Spaß bei uns. Es ist ein wirklich süßer Geselle und macht zum Glück keine Anstalten, wegzulaufen."

„Du liebst Tiere so sehr", warf Ina ein und war dankbar, dass ihre Mutter so dem Gespräch etwas von der Schwere genommen hatte. „Warum wolltest du eigentlich für uns keinen Hund. Ich habe mir doch als Kind nichts mehr gewünscht."

„Stimmt", pflichtete ihr Helga bei. „Aber dein Vater lehnte das ab."

„Papa?", meinte Ina. „Und er hat mir immer gesagt, dass du der Bremsklotz in dieser Frage warst."

Helga lehnte sich zurück und trank erneut einen Schluck Wasser. Sie schüttelte den Kopf. „Nein, nein, damals wollte ich nicht, dass du deinen Vater nicht mehr magst, und habe es auf uns beide geschoben. Ich selbst hätte so gern ein Tier gehabt, aber ihm war das immer zu unhygienisch. Doch wer weiß, vielleicht war das auch nur vorgeschoben."

Ina atmete tief durch, sie musste über das Gelesene sprechen. „Mama, deine Briefe. Also … in deinen Briefen steht die Zeit mit Papa ganz anders beschrieben. Du erklärst mir, dass er untreu und sogar unberechenbar gewesen war. Davon habe ich nie etwas mitbekommen."

Helga seufzte. „Ja, als ich hier war und langsam Ruhe gefunden hatte, da wollte ich, dass du die Wahrheit erfährst. Du warst ja längst erwachsen, Mitte vierzig, und hattest eigene Erfahrungen mit Partnerschaften gemacht, zuletzt ebenfalls eine zerbrochene Ehe hinter dir gehabt. Deshalb war ich so ehrlich. Ich habe mich auch getraut, so unverblümt zu sagen, was los war, weil ich weit weg war und es mir guttat, mir alles von der Seele zu schreiben. Ich fühlte mich endlich dazu in der Lage, weil ich Bernd an meiner Seite hatte."

„Bernd, ausgerechnet den undurchsichtigsten Mann von ganz Paderborn", entfuhr es Ina.

„Liebling, lass Bernd bitte heraus, im Moment zumindest. Das ist eine andere Geschichte, die ich dir auch gern erzähle. Jetzt geht es erst einmal nur um deinen Vater."

Sie biss in eine der Brotscheiben, vermutlich um sich selbst abzulenken, und kaute besonders schnell, um weitersprechen zu können.

„Dein Vater hatte immer Affären, häufig mit unseren Angestellten. Ich habe es erst viel später begriffen, wenige Monate vor dem großen Knall, wie du kürzlich sagtest. Anfangs wollte ich unsere Existenz nicht belasten und habe unbewusst weggesehen und entsprechend geschwiegen. Erinnerst du dich an Susi Möllers?"

„Diese etwas Üppige mit den kurzen dunklen Haaren?"

„Genau, die habe ich bei uns im Bad überrascht."

Ina erstarrte. „Du meinst, Papa hat sie mit nach Hause genommen?"

„Ja, allerdings", bestätigte Helga. „Und zumindest war sie so spärlich bekleidet, dass es ganz offensichtlich nicht um eine Firmenangelegenheit ging."

Ina wurde flau. Nicht ihre Mutter war die Betrügerin, nein sie war auf das Übelste hintergangen worden. Ihr fehlten die Worte, auch weil sie nie etwas hinterfragt hatte.

Helga holte noch weiter aus. „Ich war dann aufgeschreckt und bin aufmerksam geworden, habe Kreditkartenabrechnungen für noble Wochenendtrips gefunden, Juwelierrechnungen für exklusiven Schmuck und Damenslips in der Wäsche gehabt, die nicht von mir waren. Dein Vater war, sagen wir es vorsichtig, sexuell aktiv, mit Frau Möllers, aber wie ich damals herausfand, auch mit vielen anderen vor ihr. Nur davon hatte ich keine Ahnung. Ich fand mein Leben und meine Ehe ganz in Ordnung, weil wir eine tolle Familie waren, du, Leonie und Christopher. Das passte alles. Da habe ich die unangenehmen Seiten meines Mannes eben hingenommen."

„Aber Mama, warum hast du das denn nie gesagt. Ich war erwachsen. Du hättest doch auspacken können."

„Ina, ich war nicht nur mit deinem Vater verheiratet, wir hatten schließlich das Geschäft, unsere Existenz zusammen. Auf keinen Fall wollte ich im Nichts landen. Als Kompromiss habe ich mich innerlich von ihm ein großes Stück gelöst und wollte unsere Ehe, eben der Familie zuliebe, auch als Geschäftsbeziehung weiterführen. Bei der Arbeit kamen wir ja zurecht und privat hatte ich vor, den Schein aufrechtzuerhalten und ihn machen zu lassen, was er wollte und …" Sie senkte den Kopf. „Das war heftig."

„Und Bernd?"

„Bernd war Papas Freund, vermutlich sein bester. Heute weiß ich, dass er schon länger wusste, wie übel mir Papa mitspielte, sich aber immer herausgehalten hatte. Als er eines Abends bei uns war und ich ein paar Stunden vorher eine der Verkäuferinnen in unserer Küche überrascht hatte, hatte er mich weinen sehen. Tja, damals hatte er mich in den Arm genommen und diese unbekannte, längst vergangen geglaubte Zuwendung hat bei mir alle Dämme gebrochen. Ich habe hemmungslos geheult und Bernd hat mich gehalten. An diesem merkwürdigen Abend hat er mir seine Liebe gestanden und ich habe sie aufgesogen wie ein trockener Schwamm das Wasser. Bernd war das Beste, was mir passieren konnte. Er ist seinem Freund nie in den Rücken gefallen, hat sich niemals gegen ihn gestellt. Er ist ein wunderbarer Mann."

Offensichtlich war er das, nur hatte Ina das nie gesehen. Wie auch, wenn niemand ihr jemals die Wahrheit gesagt hatte. Sie wäre sofort an die Seite ihrer Mutter geeilt. Klar, das Geschäft hatte weiterlaufen müssen, doch hatte Helga so wenig Vertrauen in sie gehabt. Ina schluckte trocken.

Helga ballte die Hände zu Fäusten, während sie mit bebender Stimme weitererzählte: „Und obwohl dein Vater wusste, wie fair sich Bernd verhalten hatte, hat er ihn als Ehebrecher gebrandmarkt und mich als untreues Flittchen. Wie aus einer längst vergangenen Zeit hat er uns in Paderborn diskreditiert, überall von einer Affäre geredet und sich als armen, betrogenen Ehemann inszeniert. Und nicht nur das: Er hat auch einen Güllekübel über Bernd ausgeschüttet, schlimme Gerüchte über ihn verbreitet, in denen es um kriminelle Geldwäsche ging. Für einen Anwalt ist das eine Katastrophe. Es kamen zum Schluss kaum noch Klienten."

Helga war jetzt sichtbar angefressen und klopfte mehrmals mit der Hand auf den Tisch, bevor sie sich weiter Luft machte. „Das Unfassbare war, dass er sogar dir und Leonie diesen Unsinn aufgetischt hat. Ich musste regelrecht aus Paderborn fliehen, weil ich nicht mit seinen Lügen aufräumen wollte, denn dann wäre unser Ruf und damit unser Geschäft komplett ruiniert gewesen. Außerdem brauchte ich meine Anteile, um nicht gänzlich von Bernd abhängig zu sein."

Sie sah sich um, zeigte mit der Hand umher. „Sieh mal, die Finca gehört mir zu fünfzig Prozent, weil ich mich habe auszahlen lassen. Ich wollte nicht noch einmal in irgendeine Abhängigkeit geraten. Das hatte ich an der Seite deines Vaters gelernt. Solche Demütigungen, nein, ich hätte sie kein zweites Mal ertragen. Ich wollte sagen können: Dann gehe ich. Und heute kann ich das, habe aber zum Glück an Bernds Seite das Paradies gefunden."

„Aber Mama", entfuhr es Ina. „Wir haben uns doch einige Male in Deutschland gesehen. Warum hast du denn nie gesagt, was wirklich abgelaufen ist."

Helga sah sie von der Seite an.

„Hättest du mir geglaubt? Du warst immer so aggressiv und ablehnend, sei ehrlich, du hättest mich nicht einen Satz zu Ende sprechen lassen. In deinen Augen war die Geschichte doch eine andere. Ich habe deinen Vater, dich und Leonie im Stich gelassen, die Familie zerstört, die Firma ruiniert und und, und. Du hattest das fest im Kopf verankert und wolltest nichts anderes zulassen."

Ihre Mutter traf es auf den Punkt. Nicht einmal hatte Ina die Version ihres Vaters hinterfragt. „Vermutlich war es so!", sagte sie traurig. „Papa hat mich richtig manipuliert und ich habe es zugelassen. Ich war zu schwach, eine andere Wahrheit sehen zu wollen." Schuldgefühle, Mitleid und ihre eigene stressige Lebenssituation überrannten Ina, doch ein kleiner Funken blieb in ihr, gewann die Oberhand. „Meinst du, wir können einen Schlussstrich ziehen? Ich könnte eine Mutter ganz gut gebrauchen."

Helga lächelte. „Und ich eine Tochter, sogar noch viel mehr. Aber das hatte ich dir ja gestern schon gesagt."

Dankbar dafür, wie unkompliziert und selbstverständlich ihre Mutter alles annahm, sagte Ina: „Apropos gebrauchen, soll ich nicht mal loslegen? Bei aller Familiendramatik bin ich doch auch zum Arbeiten hier."

Helga lachte. „Das stimmt, komm, wir gehen an den PC, beziehungsweise du gehst und ich humpele und dann legen wir los."

Helga schob sich mit beiden Armen vom Korbsofa hoch und griff nach der Krücke.

Nachdem Ina aufgestanden war, ging sie auf Helga zu und nahm sie ganz fest in den Arm. Sie hielten sich gegenseitig so fest, dass sie beide kaum noch atmen konnten.

Wenig später am Computer meinte Helga: „Eigentlich haben wir etwas zu feiern. Wir haben uns wieder. Was meinst du?"

„Ja, aber erst die Arbeit und dann das Vergnügen. Das hast du schon früher immer gesagt."

„Okay, also auf zu meinen Kunden. Wir haben zwei Abreisen und zwei Ankünfte. Die Adressen gebe ich dir sofort und alles Weitere auch. Übrigens bekommst du von beiden Bargeld. Apropos Geld. Magst du nicht deinen Mietwagen zurückgeben? Du kannst unser Auto nehmen. Es steht in der Garage und ist bequemer."

Ina seufzte. „Zu gern, aber ich habe den kleinen Flitzer schon für die ganze Zeit bezahlt, dann sollte ich ihn auch nutzen."

„Schade, aber das stimmt natürlich. Soll ich uns für heute Abend etwas vorbereiten?"

Ina nickte. „Ja gern, wobei ich nicht genau weiß, wann ich zurückkomme. Ich habe noch einen Besuch vor."

„Einen Besuch? Bei wem denn? Du kennst doch niemanden hier."

„Doch, Aaron, ich möchte ihn am Hafen besuchen. Er hat mir gesagt, dass sein Schiff dort liegt und er am Nachmittag von seinem Törn zurück ist."

Helga legte den Stift zur Seite und sah Ina durchdringend an. „Sag mal, sehe ich da so etwas wie ein Glitzern in deinen Augen?"

„Glitzern, nein … oder … Was meinst du?"

„Ganz einfach, hast du dich ein klitzekleines bisschen verliebt?"

„In Aaron? Ach Mama", wiegelte Ina entrüstet ab und schob sich ihre Sonnenbrille ins Haar.

„Mütter sehen direkt ins Herz. Das habe ich dir schon als Kind immer gesagt."

„Damit ich nicht lüge, ich weiß."

„Eben, also, auch wenn du jetzt die fünfzig überschritten hast, gilt das immer noch."

Ina musste lachen und spielte mit. „Nun ja, ein bisschen vielleicht. Er ist wirklich ein ganz besonderer Mann. Ungeheuer attraktiv, klug und individuell. Er lebt, wie es ihm guttut. Das finde ich bewundernswert."

„Du sagst es, aber sein Lebensstil muss nicht immer für alle anderen passen."

„Du magst ihn doch auch, immerhin ist er ein guter Freund."

„Ich würde sagen, der beste Freund", meinte Helga. „Zuverlässig, liebenswert, immer mit dem Herz auf dem rechten Fleck. Aber eben ein Freund, nicht mehr."

„Ja, an mehr habe ich auch nicht gedacht."

„Ich wollte nur sagen, es ist ein Unterschied, ob man mit einem Mann befreundet ist oder eine Beziehung mit ihm führt."

„Das weiß ich doch", wischte Ina den Hinweis ihrer Mutter weg. Sie pfiff nach Carlos, griff nach der Tasche und verstaute die Unterlagen für die Mieter darin.

„Ich mache mich auf den Weg. Bleib bitte sitzen, Mama", meinte Ina, während sie ihrer Mutter einen Kuss auf die Wange gab. Dabei strich sie ihr liebevoll über das Haar. „Danke für deine Offenheit und ich möchte noch mehr wissen, aber wahrscheinlich nicht heute. Wenn ich später zurückkomme, erzähle ich dir lieber ein bisschen von Aaron und seinem Boot."

Helga wollte noch etwas sagen, doch Inas Handy klingelte. Die Redaktion. „Ich muss los. Die brauchen für ein von mir geführtes Interview meine Freigabe und ich soll den Artikel schnell prüfen", flüsterte sie und warf ihrer Mutter eine Kusshand zu.

Im Wagen las Ina ihren Text, tippte ein Okay zurück und packte ihr Handy weg. Als sie losfuhr, fühlte sie sich zum ersten Mal seit Langem beschwingt und leicht und ging entsprechend locker an die Arbeit, weil sie sich auf die Zeit danach freute. Nachdem sie im ersten Ferienhaus alles abgewickelt hatte, schrieb sie Aaron eine WhatsApp und bemühte sich, genau den Ton zu treffen zwischen Engagement und Freundschaft, Zuwendung und

Neutralität. Akzente setzen und Interesse zeigen, ohne zu viel Gefühl preiszugeben. Aber das Ziel ihrer Nachricht ging auf. Sie wollte sich mit Aaron am Meer treffen, sein Boot, oder vermutlich war es eher ein Schiff, sehen und den Mann, der etwas in ihr ausgelöst hatte, näher kennenlernen. Sein „Ich freue mich auf dich" kam schnell zurück und Ina spürte, dass ihr Herz hüpfte. Es müsste herrlich sein, diesen spanischen Sonnentag an Deck eines Segelbootes ausklingen zu lassen. Außerdem war sie gespannt, wie Aaron auf ihren neuen Gefährten reagieren würde.

KAPITEL 7

„Schnuppertörn ins Glück oder
Wer niemals hört, dem glaubt man nicht"

Im beschaulichen Badeort Gandía Playa fand Ina direkt am Hafen einen Parkplatz. Als sie ausstieg, sah sie fasziniert auf die neugebaute Hafenmole, die weit in das dunkelblau schimmernde Mittelmeer hineinragte, und die zahlreichen weißen Jachten, die davor sanft an den Stegen schaukelten. Ein Ausflugsschiff hatte gerade angelegt und eine große Gruppe Gäste spazierte zufrieden über die Gangway an Land. Möwen kreisten krächzend und ein paar Enten drehten im Hafenbecken ihre Runden. Kinder warfen Brotbröckchen ins Wasser und freuten sich über die danach schnappenden Fische. Ina war hin und weg von der idyllischen Hafen-Stimmung und der fast schon entrückten Gelassenheit. Sie beobachtete zwei ältere Männer, die auf einer Bank saßen und lebhaft miteinander diskutierten. Eine Gruppe Fahrradfahrer genoss im Schritttempo den Ausblick. Sie sah zu Carlos, der die ganze Zeit friedlich neben ihr stand und darauf wartete, dass es endlich weiterging. „Na, Kleiner, ich hoffe, du bist nicht seekrank. Denn gleich gehen wir mal nachsehen, was unser Jachtbesitzer so treibt." Sie gab Carlos einen liebevollen Klaps und machte sich entspannt auf den Weg. Bisher kannte sie nur den Namen von Aarons Schiff, „My Soul", und war unsicher, ob es ausreichen würde, ihn damit zu finden. Am Eingang der Hafenanlage gab es eine Schranke und daneben stand ein kleines Häuschen, in dem der Hafenwächter saß. Ina beherrschte nur wenige Brocken Spanisch und hatte trotzdem Erfolg. Der junge Mann erklärte in fließendem Englisch, wo sie Aaron, beziehungsweise sein Schiff, finden würde, und unterstrich seine Auskunft, indem er in die entsprechende Richtung zeigte.

Ina war ziemlich aufgeregt, als sie mit Carlos an der Leine auf den zum Glück nicht stark schwankenden Stegen entlangspazierte. Es war windstill und das Wasser im Hafen entsprechend spiegelglatt. Die Sonnenstrahlen glitzerten auf der Oberfläche und während Ina noch versuchte, die einzelnen Bootsnamen zu entziffern, sah sie schon Aaron, der ihr fröhlich zuwinkte. Es war keineswegs ein Boot, auf dem er stand, sondern wirklich eine schicke Jacht.

Aaron war offenbar dabei, das Deck zu reinigen, denn er hatte einen Schlauch in der Hand und trug nichts weiter als eine kurze Hose und ein knappes Shirt. Er stellte das Wasser ab, legte den Schlauch zur Seite und hüpfte mit einem Sprung vom Schiff hinunter, um sie mit weit ausgebreiteten Armen zu empfangen.

Ina sah seine durchtrainierten Brustmuskeln, die sich unter dem Shirt abzeichneten, und spürte ein längst vergessen geglaubtes Kribbeln. Als er bei ihr war und sie fest an sich drückte, hätte sich Ina alles mit diesem Mann vorstellen können. Sie schloss die Augen, atmete den Geruch seiner Haut, eine Mischung aus Aftershave und Meersalz, Sonne und Abenteuer und einer ganz großen Portion Leidenschaft. Ohne weiter darüber nachzudenken, schmiegte sie sich fest an seine Brust und genoss die Nähe, die Geborgenheit, einfach das Gefühl, in den Armen eines Mannes zu sein.

„Schön, dass du da bist, aber ich habe dich so früh gar nicht erwartet", sagte Aaron und Ina erwachte davon wie aus einem Traum.

Sie wand sich aus seiner Umarmung und hatte plötzlich wieder einen klaren Kopf. „Du, mein erster Solo-Arbeitstag ist eben reibungslos verlaufen und … und also …, außerdem wollte ich mehr Zeit haben, dein Schiff zu besichtigen", haspelte sie und merkte selbst, wie nervös sie wirken musste. Sie blickte hinunter zu Carlos. „Darf ich dir meinen neuen Partner vorstellen? Carlos! Ein junger Draufgänger, der jetzt mit mir die Welt erobern wird, vorausgesetzt, es vermisst ihn niemand."

Aaron ging in die Knie, nahm Carlos' Kopf in beide Hände und sah dem Hund tief in die Augen. „Na, mein Kleiner, bist du ein Straßenhund, der jetzt das große Glück hatte, gefunden zu werden? Ich freue mich für dich, denn bei deinem Frauchen wird es dir gut gehen." Er blickte hoch zu Ina. „Was hast du vor mit ihm? Nimmst du ihn mit nach Deutschland?"

Ina nickte. „Langfristig ja. Ich möchte mit dem Auto herkommen und ihn holen. Bis dahin kann er bei meiner Mutter bleiben."

„Ja, das glaube ich. Max und die beiden Streuner hatten bei Helga und Bernd in den Bergen das Paradies, sozusagen den Jackpot der Hundewelt."

Er streichelte Carlos weiter liebevoll über den Kopf. „Wo hast du ihn denn gefunden?"

„In einem Orangenhain. Er sollte sterben." Ina erzählte Aaron in wenigen Sätzen die Geschichte und er hörte betroffen zu.

„Man möchte so kranke Kreaturen am liebsten auch anbinden, damit sie merken, was sie anrichten. Unfassbar!", reagierte er sichtbar geschockt. „Na, dann komm mal mit an Bord", er sah Carlos an und nahm Ina die Leine ab, „ich habe bestimmt etwas Leckeres hier." Aaron zwinkerte Ina zu. „Und für Frauchen garantiert auch."

Er legte ihr den Arm um die Schulter und schob sie vorsichtig zu einem schmalen Brett, das auf das Schiff führte. „Schön langsam, damit ich euch nicht aus dem Hafenbecken fischen muss."

Ina war begeistert von der „My Soul", einer prächtigen Jacht mit üppiger Ausstattung. Während sich Carlos fröhlich schnuppernd als fideler Schiffshund entpuppte, der sich mit Leichtigkeit an Deck bewegte, nahm Ina die Gelegenheit zur Besichtigung wahr und ließ sich die großzügigen drei Kabinen zeigen, das kleine Bad und die Kombüse. Danach brachte Aaron zwei Espressotassen zum Esstisch an Deck und servierte Ina einen nahezu perfekten Cortado, garniert mit schmackhaftem Gebäck.

Er stellte auch zwei Rotweingläser dazu, aber Ina schüttelte den Kopf. „Ich muss fahren und kann keinen Alkohol trinken."

Aaron lächelte sie an. „Du *musst* nicht fahren, meine Liebe", entgegnete er und setzte sich so nah an Inas Seite, dass sie fast begann, darüber nachzudenken, mit ihm die Nacht an Bord zu verbringen. Hatte er sie nicht gerade verführerisch angesehen? Ina war nervös. Sie hatte noch nie dem Zauber einer romantischen Begegnung nachgegeben und sich einfach ein Abenteuer gegönnt. Für sie musste es immer um große Gefühle und dauerhafte Partnerschaft gehen. Jetzt könnte sie eine andere Seite an sich kennenlernen: Die leichtlebige, die Seite einer Frau, die mit Anfang fünfzig alles anders machte als bisher, die sich ausprobieren wollte und spannende Momente suchte. Eine romantische Nacht in einem spanischen Hafen, mit Champagner und Mondschein, Funkelsternen und Plätscherwellen, das hatte etwas Unvergessliches. Sollte sie? Warum eigentlich nicht?

Aaron schob ihr mit der Fingerspitze ein Insekt aus dem Gesicht und seine sanfte Berührung traf sie wie ein Stromschlag. Er kam ihr nah, zu nah und das Schiff schaukelte sie seicht in einen fast schon vergessen geglaubten Traum. Sie stellte sich vor, wie sich ihre Lippen finden würden, wie sich sein muskulöser Körper an ihren schmiegte, sie sich nackt und aufgeheizt von der sexuellen Begierde unter Deck ineinander verlören. Fast entfuhr ihr ein gedankenverlorenes Stöhnen, aber Ina schüttelte sich sofort, griff nach dem Kaffee und versuchte, sich wieder einzukriegen und den Kopf einzuschalten. Eine Affäre auf einem Segelboot war wunderschöner Filmstoff, keine Frage, aber das hier war real. Eine Frau, gebeutelt vom Dauerstress zwischen Job und Modekanal, begegnete diesem

Vorzeige-Abenteurer. Das konnte nicht gut gehen. Okay, ein Abenteuer, das man mitnahm und abhakte, war eine Sache. Aber entgegen ihrer Vorstellung vor noch zwei Minuten war sie eben doch keine andere Frau. Nicht der Typ für eine Bettgeschichte, sonst liefe sie Gefahr, aus ihrer Einsamkeit heraus ganz anders hier einzusteigen. Was sie auf keinen Fall brauchte, war eine Herz-Schmerz-Affäre mit ungewissem Ausgang.

Jetzt schalte mal deine Erotik aus, sagte sie zu sich selbst, richtete sich bewusst gerade auf und rückte etwas zur Seite, damit sich der Abstand zwischen Aaron und ihr vergrößerte.

„Wie lebst du denn hier, ich meine privat?", fragte Ina, darum bemüht, ruhig und entspannt zu wirken.

Aaron stand auf und lehnte sich an die Reling, behielt Ina dabei lächelnd im Blick. „Privat? Es gibt eigentlich nichts Langweiligeres als mein Privatleben." Er zwinkerte ihr zu. „Aber wenn du wissen möchtest, ob ich liiert bin, kann ich sagen: nein."

„Und warst du es mal?"

Aaron nahm ein Stück Seil vom Boden auf und spielte daran herum. „Ja klar, ich war sogar schon zweimal verheiratet. Aber beide Male ist es schiefgegangen."

„Weißt du, ich bin ebenfalls allein", vertraute ihm Ina an. „Auch weil ich weiß, dass Liebe wehtun kann, sehr sogar. Immer wenn Gefühle im Spiel sind, ist man angreifbar. In meinem Alter nimmt man sich deshalb davor in Acht."

Lässig steckte er die Hände in die Hosentasche und strahlte Ina so offen an, dass seine Zähne in der Sonne blitzten. „Du hast uns jetzt auf eine richtig ernste Schiene gebracht."

Ina lächelte. „Ich weiß, aber wenn Mann und Frau zusammenkommen, wird es häufig ganz schnell ernst."

„Stimmt, doch in unserem Alter weiß man, damit umzugehen, oder?"

Ina seufzte. „Also da bin ich mir nicht so sicher. Ich habe einige, sagen wir mal, schwere Verfahrensfehler hinter mir und bin kaum trainiert genug, ihnen auszuweichen."

Aaron lachte laut auf. „Schöner Begriff für die Debakel, die man immer ansteuert. Du hast recht, das Alter schützt nun wirklich nicht vor Pannen, auch nicht in der Liebe."

Er packte ein Tau und ordnete es an einer Halterung. „Sag mal, ich habe dich doch schon durch das Gebirge kutschiert, hast du Lust auf einen weiteren Ausflug: einen kleinen Törn?"

Ina war sofort Feuer und Flamme. „Ja klar, würdest du denn mit mir hinausfahren, ich meine, jetzt?"

„Sicher. Wenn ich so einen tollen Matrosen und sogar einen Schiffshund an Bord habe, nichts lieber als das."

„Sollen wir Carlos besser anleinen?", wollte Ina wissen.

„Nee, lass mal, das Meer ist ruhig. Da passt er schon auf. Ansonsten bin ich ein guter Schwimmer und hole ihn aus dem Wasser."

Er stellte sich ans Steuer, ließ den Motor an und steuerte das Schiff durch den Hafen.

Ina lehnte sich an die Außenseite der Führerkabine, sodass sie ganz in Aarons Nähe war, und genoss die Fahrt entlang der zahlreichen Jachten und Fischerboote und an der großzügigen Hafenanlage vorbei hinaus auf das offene Meer.

„Wind haben wir leider kaum, aber lass uns mit dem Motor ein bisschen die Küste entlangfahren", schlug Aaron vor.

Die Brise pustete ihr mild ins Gesicht und Ina genoss jetzt die echte Meeresluft, die so ganz anders war als an Land. Überhaupt wirkte die Küste aus dieser Perspektive komplett neu. Eine kilometerlange Skyline von Hochhäusern säumte den sonnengelben Strand und dahinter schimmerten üppig grün bewachsene Berge.

„Meine Güte, ist das schön hier", sagte sie fast schon andächtig.

Aaron stellte den Motor ab und setzte sich neben Ina aufs Deck.

Es herrschte eine beeindruckende Stille und Ina fühlte sich weit weg vom Leben, ihren Sorgen, einfach wie auf einem anderen Stern. Es gab nur die Weite, die Sonne, die Glitzeroberfläche des Mittelmeers. Möwen drehten am Himmel ihre Runden und in der Ferne tuckerte ein Fischerboot. Sie bekuschelte Carlos, der sich an ihre Schenkel schmiegte, legte ihren Kopf an Aarons Schulter und schloss die Augen. Es war schön, diesem interessanten Mann so nah zu sein, und sie spürte, dass mehr zwischen ihnen war als Lust auf Sex. Aber ob Verliebtheit oder Freundschaft, das konnte Ina heute auf keinen Fall mehr herausfinden und sie wollte es auch nicht. Denn eines hatte sie vom Leben gelernt: In Krisenzeiten war es sinnvoll, einfach auszuharren und nichts zu tun, denn dann traf man zumindest keine Fehlentscheidungen.

Wie lange saß sie bereits so mit ihm beisammen? Eine Viertelstunde, eine halbe Stunde, egal, Zeit spielte hier draußen keine Rolle.

„Komm, ich bringe uns mal zurück, in den sicheren Hafen", meinte Aaron schließlich, küsste Ina auf die Wange und stand auf.

Er ließ den Motor an und Ina blieb nicht allein an Deck, sondern setzte sich zu Aaron ins Führerhaus. Sie sah auf seine braun gebrannten Hände, die fest das Steuer umfasst hielten und das Schiff sicher durch die langsam stärker werdenden Wellen steuerten. „Das war ein wunderschöner Ausflug" sagte sie leise. „Ich bin so dankbar, dass du mir das ermöglicht hast."

Aaron legte seinen Arm um ihre Taille, zog sie an sich und gab ihr einen Kuss auf die Wange. „Ich muss mich für deine Gesellschaft bedanken. Du bist eine tolle Frau, Ina. Wie geht es denn bei dir jetzt weiter? Wirst du etwas ändern?"

Sie zuckte mit den Schultern. „Keine Ahnung!"

„Weißt du, bei mir war es immer so, dass ich lange gegrübelt habe und irgendwann wusste: Das ist es. Deshalb bleibe ich sehr entspannt, wenn sich viele Wege vor mir auftun. Meine Intuition sagt mir schon, welcher der richtige ist. Allerdings muss ich geduldig sein."

„Du rätst mir also, abzuwarten?"

„Genau, und auf keinen Fall nervös zu werden. Entscheidungen trifft man in Ruhe."

„Okay Coach, ich höre auf dich", bestätigte sie ihn und genoss die Rückfahrt im milden Seewind.

Als Aaron das Schiff wieder an den Anleger lenkte, übernahm Ina zum ersten Mal Aufgaben als Matrose und sprang auf den Steg, um die Leinen zu befestigen.

„Wenn du so weitermachst, kannst du für meine nächste Weltreise anheuern", rief er ihr zu.

„Gute Idee, aber bis dahin muss ich noch ein paar dringende Aufgaben erledigen, zum Beispiel einige neue Gäste meiner Mutter mit tollen Ratschlägen beglücken."

„Heute?"

„Nee, morgen, aber ich muss noch viel mit ihr besprechen."

„Das heißt, du fährst doch", sagte er schmunzelnd.

„Ja leider, ich hätte mir eine romantische Nacht unterm Sternenhimmel auch gut vorstellen können, aber du hast den Champagner einfach nicht aufgemacht."

Aaron sah sie an. „Ganz schön kess, meine Liebe."

„Findest du? Bin ich öfter, du kennst mich eben nicht."

„Hast du denn vor, mich kennenzulernen?"

„Ich bin doch dabei."

„Ich habe auch noch andere Qualitäten."

„Ich interessiere mich erst einmal für die, die man an Deck sehen kann, unter Deck eilt nicht so."

„Gewonnen", meinte Aaron.

Wie Pingpongbälle flogen die Sätze hin und her, bis Ina die Flirterei mit einem Abschiedskuss auf die Wange beendete.

Aaron half ihr, Carlos sicher an Land zu bringen, bevor sie sich mit einer liebevollen Umarmung Adieu sagten.

Was für ein Mann, geriet Ina ins Schwärmen und ging federleicht über die Promenade Richtung Auto. Sie wollte ihm noch einmal zuwinken, doch Aaron war bereits unter Deck und sie schaute etwas wehmütig auf das Schiff. Es war ein wunderbarer Ausflug gewesen, und sie war sich sicher, dass er das perfekte Ende gehabt hatte.

Als Ina zurück am Auto war und ihre Handtasche auf den Beifahrersitz stellte, sah sie erstmals wieder auf ihr Handy und erschrak. Helga hatte mehrfach versucht, sie zu erreichen. Verdammt! Sofort drückte sie auf die Rückruftaste. Hoffentlich war ihre Mutter nicht in Not geraten.

Erleichtert hörte sie Helgas Stimme: „Ina, ich habe so oft angerufen. Wo warst du denn? Geht es dir gut?", fragte sie sofort nach.

„Ja, und bei dir?"

„Erzähle ich dir später. Hat mit den Kunden alles geklappt?"

„Ja klar, aber deshalb hast du doch nicht angerufen."

„Ich wollte wissen, wann du zum Essen kommst."

„Du schummelst."

„Wie bitte?"

„Ich kenne dich eben zu gut Mama. Du bist neugierig, was hier mit Aaron abgeht. Das hast du früher schon gemacht, erinnerst du dich an meine Tennisliebe? Damals hast du auch immer telefoniert und bei Christopher noch viel mehr."

„Mütter sind nun mal neugierig."

„Ja, ja, ich weiß, gedulde dich." Sie sah auf die Uhr. „Circa eine halbe Stunde. Dann bin ich da. Wirf ruhig schon den Grill an. Ich habe einen Bärenappetit."

***

Ina genoss die Fahrt durch das Hinterland von Gandía. Eine Zeit düste sie auf der Autobahn und fuhr dann über die kurvige Strecke, in die sie sich schon am ersten Tag verliebt hatte: eine spannende Mischung aus Meer- und Bergblick. Die Orangen leuchteten in der untergehenden Sonne und dazwischen zauberten Obst- und Olivenbäume weitere wunderbare Farben in die Natur. Hinter jeder Kurve überraschte sie neuer Reichtum und sie hätte noch stundenlang so weiterfahren können.

Als sie auf den Parkplatz vor der Finca einparkte und die Tür öffnete, um Carlos aus dem Auto springen zu lassen, spürte sie eine leichte Müdigkeit. Die Arbeit mit Helgas Kunden, die Seeluft und vermutlich auch die Temperaturumstellung forderten ihren Tribut. Sie brauchte jetzt dringend eine Dusche, um wieder munter zu werden und den Abend mit Helga genießen zu können.

Die Unterlagen und den Umschlag mit dem Geld legte Ina auf Helgas Schreibtisch und ging in die Küche, um ihre Mutter zu begrüßen. „Ich mache mich schnell frisch", murmelte sie, während Helga ansetzte, etwas zu sagen. Ina winkte ab. „Gleich, gib mir zehn Minuten, dann decke ich den Tisch und wir reden."

Ina stellte ihre Sachen in ihrem Zimmer ab, zog sich aus und ging ins Bad. Als das Wasser über ihren Körper prasselte, schloss sie genüsslich die Augen. Es war herrlich, die Wärme zu spüren, und sie hatte das Gefühl, dass sich jede Faser ihrer Muskeln entspannte. Dabei bemerkte sie, wie weit weg sie gedanklich von ihrem Kanal war. Im Gegensatz dazu war sie in den letzten Monaten immer aufgeregt und wie besetzt von dem Thema gewesen. Die Fragen, welches Outfit sie wann und wie präsentieren wollte und wie ihre Follower darauf reagieren würden, hatten sie fast völlig in Beschlag genommen. Jetzt drehten sich ihre Gedanken überwiegend um Wellen, Sonnenstrahlen und wunderschöne Orangenbäume. Die Reise auf die Finca hatte ihr ganzes Leben auf den Kopf gestellt.

Ina vergaß so die Zeit, dass sie irgendwann aus einem Traum aufzuwachen schien und ihr bewusst wurde, dass ihre Mutter doch mit dem Essen auf sie wartete. Sie drehte die Dusche aus, hatte aber keine große Lust mehr, sich auch nur annähernd perfekt anzuziehen. Sie schlüpfte in ihre Yogahose, zog ein Sweatshirt dazu an, schob sich die nassen Haare mit einem Reif aus dem Gesicht und freute sich auf einen entspannten Abend im Wohnraum, denn auf der Terrasse wäre es zu dieser Zeit zu kalt.

„Mama, verzeih, dass ich so getrödelt habe", rief sie, als sie die Zimmertür öffnete und auf den Flur Richtung Wohnzimmer ging. Erschrocken blieb sie stehen.

„Sie? Jetzt bin ich aber baff? Was machen Sie denn hier?" Ina konnte kaum glauben, wer vor ihr stand: Vicente Rodriguez.

Er schien genauso überrascht zu sein wie sie und starrte sie fassungslos an.

Ina fiel im gleichen Moment ein, wie wenig zurechtgemacht sie war.

„Oh, sorry, ich wusste nicht …, dass …, ich meine, warum sind Sie hier?", stammelte sie und fühlte sich völlig überrumpelt.

„Na, ihr beiden, ich wollte euch eigentlich vorstellen, aber jetzt seid ihr mir zuvorgekommen." Helga stand auf dem Flur. „Darf ich vorstellen, Vicente, unser Freund und Arzt, und Ina, unsere Tochter." Sie räusperte sich. „Meine Tochter!"

„Sie sind Helgas Tochter?", meinte Vicente, zog die Augenbrauen hoch und sah fragend zu Helga hinüber. „Sorry, dass ich einfach so unbekümmert hier hereingekommen bin. Ich dachte, du wärst noch allein."

„Wenn ich gewusst hätte, dass Sie kommen, hätte ich mich zurechtgemacht und mich nicht mit nassen Haaren und Sportzeug präsentiert", warf Ina ein und zupfte sich dabei nervös ein paar Haarsträhnen aus dem Gesicht, fuhr sich mit der Handfläche über die Stirn. Bestimmt hatte sie rote Flecken dort, wie immer, wenn sie unruhig wurde. Normalerweise überschminkte sie das vorher schon geschickt, wenn sie wusste, was auf sie zukam. Aber heute? Hoffentlich sah es nicht zu fleckig aus.

Sie blickte Vicente an, der in dem beigen Sakko und dem farbgleichen Polo sehr gediegen aussah, und kam sich in ihrem Outfit völlig deplatziert vor.

„Vicente, komm und nimm einen Snack mit uns. Ich habe ein paar Tapas vorbereitet." Helga zeigte auf den Esstisch, den sie recht üppig eingedeckt hatte, allerdings für drei Personen.

„Du hast gewusst, dass wir Besuch bekommen? Aber Mama, ich wollte dir doch helfen. Wie hast du das alles geschafft mit deinem Fuß und der Krücke?"

„Kein Problem, es hat ganz gut geklappt. Setzt euch bitte, denn es gibt Neuigkeiten."

„Weiß deine Tochter noch nichts?", wollte Vicente wissen, während er Platz nahm.

Helga schüttelte mit dem Kopf, zeigte auf die Teller mit Salat, Tortillastückchen und Avocadocreme, die auf dem Tisch standen dazu drei Gläser mit Rotwein.

„Hier, lasst euch das schon einmal schmecken. Ich habe noch Artischocken in der Pfanne. Die hole ich gleich. Aber zurück zu deiner Frage: Nein, Ina war heute für mich unterwegs und telefonisch konnte ich sie nicht erreichen."

„Was ist denn so geheimnisvoll Mama", hakte Ina nach, während sie sich ebenfalls setzte, das Rotweinglas schwenkte und neugierig die Zweiergruppe ansah, die offensichtlich etwas wusste, wovon sie keine Ahnung hatte.

„Ich habe heute gute Nachrichten aus Deutschland bekommen", sagte Helga. „Die wollte ich dir gleich mitteilen, aber du bist leider nicht ans Telefon gegangen. Also Bernd ist überraschend schnell genesen und kommt schon übernächste Woche zurück. Er hat bestimmt gedrängelt." Dankbar sah Helga Vicente an. „Weißt du, mein Lieber, ich möchte dir das persönlich sagen. Es ist auch dein Verdienst. Ohne dein rigoroses Durchgreifen hätte er sich doch niemals auf das Klinikum eingelassen."

„Das stimmt", pflichtete ihr Vicente bei und nahm von dem Salat. „Er ist bestimmt wieder köstlich Helga, aber das ist er immer. Du weißt gar nicht, wie gern ich bei dir esse."

Ina sah zu Vicente. „Braucht er Sie denn hier, ich meine als Arzt?"

„Bitte ‚du', das ‚Sie' ist mir ganz fremd."

„Gern, dann bin ich Ina. Also, muss Bernd denn medizinisch betreut werden?"

„Er braucht zumindest Beobachtung. Er hatte verstopfte Gallengänge, das ist nicht nur schmerzhaft, sondern auch gefährlich. Er hat Stents bekommen und ich muss schon sehen, ob sich das alles richtig einpendelt."

Helga schenkte sich etwas Rotwein nach.

Vicente stieß zuerst mit ihrer Mutter an, bevor er Ina das Glas hinhielt. „Erst einmal ist es klasse, dass er bereits nach Hause kann. Das ist ein gutes Zeichen und die erste Entwarnung. Wir dürfen uns wirklich freuen."

Er nahm einen Schluck, stellte das Glas ab und meinte: „Aber es ist nicht mehr als ein erster großer Schritt in die richtige Richtung. Bernd braucht auf jeden Fall noch Schonung und Ruhe." Er sah zu Helga. „Die viele Arbeit im Garten sollte erst einmal warten. Du musst deinen Mann ganz schön unter Kontrolle halten."

Helga hielt das Weinglas immer noch in den Händen und tupfte nachdenklich mit dem Zeigefinger zwei Tropfen ab.

„Ich weiß und das wird bei Bernds bockigem Naturell auch nicht wirklich leicht."

Ina bedachte ihre Mutter mit einem warmen Blick. „Aber du hast bestimmt die richtigen Argumente, ihn zu überzeugen."

„Stimmt, und ich habe noch eine Woche Zeit, mir neue zu überlegen." Sie stützte sich an der Tischkante ab. „Und jetzt hole ich euch die Artischocken aus der Pfanne, und als Dessert gibt es eine Überraschung."

Helga nahm ihre Krücke und humpelte zur Küche.

„Ina, kann ich dich einen Moment sprechen?", fragte Vicente.

„Ja klar, worum geht es?"

„Lass uns kurz auf die Terrasse gehen."

Draußen lehnte er sich an das Geländer und sah Ina mit festem Blick an. „Deine Eltern brauchen wirklich Unterstützung. Wenn jetzt Bernd hier ist, ist das eine zusätzliche Belastung für deine Mutter. Er braucht Ruhe und Fürsorge, und beides kann sie im Moment nicht für ihn gewährleisten. Sie ist ja selbst noch gehandicapt. Ich denke, vier Wochen müsste sich jemand wirklich verlässlich um die beiden kümmern. Sowohl um die Firma als auch hier privat."

„Vier Wochen?", rief Ina überrascht. „Du meinst, ich … Vicente, das geht nicht. Ich habe einen Job und eine Firma, ich kämpfe seit Jahren darum, beides bewältigen zu können. Ich kann nicht einfach alles hinwerfen."

„Das verstehe ich, aber es ist wirklich eine Notsituation, in der man Dinge, sagen wir mal, neu organisieren muss."

„Was soll das heißen? Wir reden hier nur mal eben über meine Existenz. Wenn die nicht wichtig ist, was denn? Du gibst ja auch nicht deine Praxis auf und läufst ins Nichts."

„Das stimmt", sagte Vicente unberührt hartnäckig. „Aber ich habe auch keine Familie, die mich jetzt dringend braucht. Jedenfalls würde ich meine Familie in so einer Situation nicht sich selbst überlassen."

„Ich bin doch gerade hier", sagte sie und merkte selbst, dass ihre Stimme richtig schnippisch klang. Typisch Macho. Der dachte bestimmt, dass Frauen alle an den Herd gehörten, und konnte sich vermutlich nicht vorstellen, wie es war, wenn Frauen sich selbst ernähren und auch darum kämpfen mussten.

„Es geht um Zusammenhalt, das macht doch Familie aus. Man kann sich aufeinander verlassen, immer. Spanische Familien halten zusammen."

„Und deutsche nicht?", warf Ina zickig ein. „Das ist ja mal wieder ein typisches Klischeedenken."

„Das habe ich so nicht gesagt, Ina. Natürlich tut ihr das auch." Er griff nach ihrer Hand. „Ich will keinen Streit mit dir. Aber ich kenne die beiden seit Jahren, weiß um ihre Befindlichkeiten und als Arzt möchte ich dich bitten, dich um sie zu kümmern. Überleg mal, ob du nicht eine Zeit lang schwerpunktmäßig online arbeiten kannst oder dir Urlaub nimmst oder auf eine Vertretung zurückgreifst. Es gibt doch viele Möglichkeiten, eine Lösung zu finden."

„Ich kann nicht, versteht das denn überhaupt niemand", schimpfte Ina übertrieben heftig und zog ihre Hand zurück. „Es ist doch nicht so schwer zu begreifen. Aber ich finde eine Lösung, reicht das?" Vor Aufregung bekam sie kaum noch Luft und japste wie ein Fisch auf dem Trockenen, fasste sich an den Hals und röchelte.

„Ina, komm her, leg dich hin." Vicente blieb völlig ruhig, schlang ihr den Arm um die Hüfte und führte sie zum Korbsofa.

„Atme langsam durch die Nase ein, zähl dabei bis vier. Halte den Atem an, zähl dabei bis sieben." Er sprach ruhig und drückte ihr die Hand. „Atme kräftig durch den Mund aus, zähl dabei bis acht. Und jetzt machen wir alles noch einmal von vorn."

Ina erkannte ihre eigene Beruhigungsmethode wieder und spürte bereits die Erleichterung im Brustkorb.

„Schön weiter zählen" sagte er leise. „Und gleich noch einmal von vorn."

„Was macht ihr denn hier und um Himmels willen, was ist mit dir, Ina!" Helga stand in der Tür und sah sie erschrocken an.

„Alles gut", sagte Vicente und nickte Helga beruhigend zu. Er wiederholte gemeinsam mit Ina noch ein paar Mal die Zählübung.

„Sag mal, hast du das öfter?", wollte er wissen.

„In Stresssituationen ja, seit einiger Zeit", gab Ina kleinlaut zu und ihre Wut auf ihn verrauchte.

„Erzähl mal genau bitte."

„Ja, wenn einiges zusammenkommt. Im Moment ist beruflich viel zu tun, dazu gibt es häufig Probleme mit Lieferanten oder Meckereien von den Kollegen, ja, dann bekomme ich keine Luft und manchmal bleibt es dabei, dass ich ein bisschen japse."

„Ein ‚bisschen japsen' sah aber gerade anders aus. Ich bin sicher, dass du manches Mal auch Angst hast, nie mehr Luft zu bekommen, zu ersticken."

Helga seufzte besorgt auf. „Meine Güte, Ina, das ist ja furchtbar. Du brauchst dringend Hilfe."

„Hilfe?" In Ina brodelte es erneut. Erst Vicente, der meinte, sie könne einfach mal so alles stehen und liegen lassen, und nun auch ihre Mutter, die schließlich selbst Hilfe – also Inas – benötigte. „Ja, ich brauche Hilfe, unbedingt, am besten gehe ich gleich in eine Klinik. Jetzt fängst du auch noch an. Es kann nicht jeder einfach aus seinem Leben aussteigen", giftete sie direkt in Richtung ihrer Mutter.

Die schluckte, gab jedoch nicht klein bei: „Aber manches Mal ist es gut, etwas zu ändern. Glaub mir das. Ich hole dir jetzt erst einmal Wasser und koche dir einen Tee." Helga nahm ihre Krücke und ging zurück in die Küche.

„Puuh", seufzte Vicente. „Da will aber jemand gar nicht hören. Bernd ist ja nicht dein Vater, doch in dem Punkt seid ihr beide euch sehr ähnlich."

Vicente setzte sich neben Ina auf das Terrassensofa. Er lächelte und seine wasserblauen Augen blickten sie wohlig warm an.

„Ich spreche jetzt zu dir als Arzt. Nachdem was ich gerade gesehen habe, läuft etwas nicht rund in deinem Leben. Du hast eindeutig zu viel Belastungen."

„Du fängst ja schon wieder an", maulte Ina.

„Lass mich bitte ausreden", sagte er scharf. „Es ist meine Pflicht, dir das zu sagen. Aber ich kürze bei dir Krawallbiene ab: Du musst etwas ändern, und zwar dringend. Was das ist, sollst du selbst entscheiden, es sei denn, du wünschst ein Gespräch mit mir, dann helfe ich dir auch dabei, eine Lösung zu finden."

Ina verdrehte die Augen. „Nein danke, ich habe bisher keinen Therapeuten gebraucht. Ich gönne mir hier noch ein bisschen Ruhe und dann geht es wieder weiter. Ich komme schon zurecht."

„Wie man sieht!" Vicente stand jetzt auf und streckte ihr die Hand entgegen. „Ich bringe dich lieber ins Wohnzimmer. Hier draußen ist es zu frisch."

Ina griff sofort zu und ließ sich bereitwillig ins Haus und zum Sofa führen, wo Vicente ihr eine Decke gab, da sie leicht fröstelte.

„Wir holen das Essen ein anderes Mal nach, okay?", meinte Ina.

Vicente nickte.

„Ich mache mich jetzt auf den Weg. Ich habe noch einige Hausbesuche und muss morgen wieder früh raus."

„Es tut mir leid, dass es so ein abruptes Ende gab", entschuldigte sich Ina. „Ich mache das wieder gut. Und verzeih, weil ich so garstig war. Aber ich weiß ja selber, dass ich im Moment auf zu vielen Hochzeiten tanze. Der Job, der Kanal und jetzt die Probleme mit meiner Mutter und Bernd, es ist alles hoch emotional und ein bisschen viel."

Vicente lächelte mild, beugte sich zu Ina hinunter und streichelte ihr sanft über den Arm. „Alles gut, ich kann das schon einordnen." Und leise flüsterte er ihr zu. „Stell dir einfach mal eine Frage: Du liebst deine Arbeit, deinen Kanal, deine Eltern, deine Tochter, deine Freunde und, und, und. Bei jemandem, der so empathisch ist wie du, könnte ich hier noch jede Menge aufzählen. Ach ja, seit Kurzem Carlos und bestimmt die Vögel im Garten. Aber liebst du dich auch?"

Er sah sie eindringlich an. „Es ist erschütternd, dass viele Menschen ausgerechnet sich selbst vergessen, dabei ist Selbstliebe unerlässlich, um halbwegs gut durchs Leben zu kommen." Vicente griff nach seiner Tasche. „So, jetzt muss ich wirklich los."

Er sah in die Küche und verabschiedete sich von Helga mit einer innigen Umarmung.

Ina blickte ihm nach. Sie mochte seine ruhige, aber bestimmte Art, mit der er auf Menschen zuging, die emotionale Einfühlung und die Kompetenz, die er ausstrahlte. Und sie wusste, dass er recht hatte.

„Du brauchst wirklich eine Auszeit", platzte Helga in ihre Gedanken. „Hier kommt jetzt erst einmal der Tee, mein Kind!" Sie stellte ein hübsches Teegeschirr auf ein Tischchen. „Und danach kannst du ruhig schlafen."

„Ach Mama, das ist lieb, aber es ist schon alles vorbei. Ich bin fit und morgen bin ich wieder ganz die Alte. Wir haben schließlich Arbeit."

„Wenn es nicht geht …", fing Helga an, doch Ina winkte ab. „Nein, sprich nicht weiter. Es geht. Komm, setz dich zu mir und wir trinken den Tee gemeinsam."

„Aber erst solltest du mit Leonie sprechen. Sie hat angerufen und wartet auf deinen Rückruf."

„Leonie? Wie schön, du, dann mache ich das gleich."

„Und ich gehe noch mal an den PC. Lasst euch Zeit."

Nach nur einem Klingeln ging Leonie ran.

„Mensch Mama, bei Oma und Opa ist ja richtig was los. Ich habe mit Opa Bernd gesprochen. Er ist bereits mehr oder weniger auf dem Heimweg."

„Ja, er hat wohl großes Glück gehabt."

„Richtig, aber er ist längst nicht gesund. Er braucht Hilfe. Mama, du musst noch etwas bleiben. Ich bin mitten in einer Fortbildung, sonst würde ich auch kommen."

„Ich weiß, meine Süße, aber ich kann genauso wenig. Ich habe schon jetzt Mühe, den Kanal aktuell zu halten."

„Klar Mama, doch es gibt Wichtigeres als den Kanal."

„Leo, ich lebe davon."

„Ja, ich weiß auch das, dann muss eine andere Lösung her. Du nimmst in der Redaktion Urlaub, bei den vielen Überstunden kannst du noch wochenlang bleiben. Und dein Kanal könnte sowieso eine Location-Änderung vertragen. Wechsle doch mal das Motto und mach flotte, spanische Ferienmode. Du hast ein gutes Auge, gehst in die Stadt, investierst in einige Outfits und schon hast du ein paar Folgen fertig. Denk an die Kulisse, das turnt deine Follower bestimmt an."

Ina zögerte. „Und wer soll filmen?"

„Ach herrje, du hast doch mit deiner Handykamera gestartet und warst prompt erfolgreich. Mach es einfach noch mal genauso. Außerdem wirst du bestimmt jemanden finden, der dich beim Filmen unterstützt. Oma Helga ist so gut vernetzt, frag sie. Jedenfalls ist das eine Lösung, die allen hilft."

Ina atmete tief durch. Sie hatte keine Ahnung, wie sie diesen Vorschlag einordnen sollte. Aber sie hatte längst verstanden, wie ernst die Situation war, und wusste auch, dass sie ihre Mutter niemals allein lassen würde. Sie hatte schon einmal bockig und lieblos reagiert. Ein zweites Mal könnte sie sich so ein Verhalten nicht verzeihen.

„Okay, ich kümmere mich", meinte sie schließlich und verabschiedete sich liebevoll von Leonie. Sie würde noch in der Nacht ihren Urlaubswunsch an die Redaktion schicken und zum Kanal hatte sie bereits eine Idee. Sie kannte ja jemanden, der ihr vorübergehend helfen könnte: Ingo. Auf seiner Finca hätte sie nicht nur eine traumhafte Location, sondern auch einen Fachmann mit einem Spitzenauge. Die Kleidung zu besorgen, das war für sie wirklich ein Klacks. Morgen würde sie zuerst Melanie anrufen und über die vorübergehende Produktionspause informieren. Anschließend würde sie mit Sybille telefonieren und ihr erklären, dass sie noch ein bisschen bleiben würde, und sie bitten, sich weiterhin um die Lieferungen zu kümmern. Sie schloss die Augen. Leonie hatte recht: Es gab immer eine Lösung.

KAPITEL 8

„Wozu gibt's denn Freundinnen?"

Hey, du bist doch Ina. Wie schön, dich kennenzulernen. Ich bin Margarethe und du glaubst gar nicht, wie oft ich mit deiner Mutter über dich gesprochen habe. Ich kenne sogar deinen Kanal und habe mir schon zwei Outfits in der gerade angesagten Farbe Magenta gekauft!"

Ina war irritiert, wie überschwänglich sie an dem Marktstand begrüßt wurde. Helga hatte sie heute früh gebeten, auf dem Weg zu einem Kunden im Örtchen Simat vorbeizufahren und am Stand einer Biobäuerin einzukaufen. Sie hatte sich auch brav den Standort gemerkt, aber dass die Marktfrau eine so enge Vertraute ihrer Mutter war und sie sogar von sich aus erkannte, nein, damit hatte sie nicht gerechnet. Margarethe, eine großgewachsene, burschikos wirkende Frau um die fünfzig, ging um ihren Stand herum, wischte sich die Hände an der Schürze ab und nestelte an ihrem Handy. „Hier, ich zeige dir mal, was ich gekauft habe, und bin sehr gespannt, wie du darüber denkst."

Sie schob sich ihre Sonnenbrille aus dem gebräunten Gesicht und scrollte konzentriert die Fotos durch. „Na, wo habe ich sie denn, die beiden Outfits. Du musst sie sehen. Ich bin so gespannt, was du dazu sagst."

Ina fielen sofort die weizenblonden Haare auf, die Margarethe zu einem unkomplizierten Zopf zusammengebunden hatte. Sie hatte auffallend strahlende wasserblaue Augen, trug keinerlei Make-up und wirkte sehr natürlich und authentisch.

„Mensch, ist das toll, dass ich dich mal kennenlerne. Du bist ja in Deutschland ein Star und jetzt stehst du hier an meinem Stand. Ich kann es kaum glauben." Sie gab Ina einen Kuss auf die Wange und strahlte sie warmherzig an. „Du, das ist so toll, so schön, dass du gekommen bist."

„‚Star' wäre schön, liebe Margarethe, aber bis dahin ist es noch ein weiter Weg."

Ohne auf die Einschränkung einzugehen, hielt Margarethe Ina jetzt den Bildschirm ihres Handys hin. „Ach hier, ich habe die Fotos gefunden. Sieh mal." Sie tippte mit dem Zeigefinger auf das erste Foto und scrollte immer weiter durch. „Ich habe mir einen magentafarbenen Hosenanzug gekauft und, hier, ein Kleid. Genau, wie du es empfohlen hast. Wie findest du mich damit?"

Interessiert sah sich Ina die Bilder an und war überrascht, denn die Frau auf den Fotos hatte mit der Marktfrau, die ihr hier gegenüberstand, so gar nichts gemein.

Margarethe trug eine Jeans, ein schlichtes Shirt und eine große grüne Schürze, bedruckt mit dem Namen ihres Unternehmens, „Finca Organica", und die Kurven ihrer geschätzten Konfektionsgröße vierundvierzig waren deutlich zu sehen. Aber auf den Fotos trug sie ihr langes Haar offen und gelockt, war gut und dezent geschminkt und hatte sowohl den Hosenanzug als auch das Kleid mit weißen Turnschuhen und einer passenden Handtasche kombiniert.

„Du siehst klasse darin aus", lobte Ina und meinte es absolut ehrlich. Als sie Margarethes Lächeln sah, genoss sie es, ihr eine Freude gemacht zu haben.

„Weißt du, ich bin Landwirtin, Gärtnerin, Biobäuerin", erzählte Margarethe weiter. „Da ist der Alltag nicht für modische Kleidung geschaffen. Ich lebe tagein tagaus in Jeans und irgendwelchen Shirts mit Strickjacke. Aber ich möchte auch mal Frau ohne Bäuerin sein, deshalb kaufe ich mir immer etwas Schönes. Dann fahre ich nach Dénia in ein schickes Lokal und lasse es mir gut gehen."

Ina gab ihr das Handy zurück. „Und dafür bist du wirklich bestens gekleidet. Kompliment, und ich wusste gar nicht, dass meine Tipps so gut ankommen."

„Supertipps", bestätigte Margarethe. „Ich freue mich immer auf jedes deiner neuen Videos." Sie blickte zu zwei Kundinnen hinüber, die schon ungeduldig am Marktstand auf die Chefin warteten. „Verzeih, aber ich glaube, man verlangt nach mir."

„Tja, das kenne ich. In Deutschland werde ich auch immer gebraucht", seufzte Ina. „Geh ruhig hin, ich suche mir in Ruhe alles aus."

Ina entschied sich für Artischocken und Auberginen, dazu Kartoffeln und Bimis, ein brokkoliähnliches Gemüse, das in der Region sehr populär war. „Voller Vitamine" hatte ihr Helga den Kauf ans Herz gelegt. „Du wirst es lieben."

Als sie die große Korbtasche vollgepackt und die Ware bei Margarethe bezahlt hatte, bat die sie plötzlich noch einmal zur Seite.

„Komm mal bitte, ich möchte dir jemanden vorstellen." Margarethe winkte einer ausgesprochen attraktiven Frau zu, die gerade an ihrem Stand Obst kaufen wollte.

Sie war eine beeindruckende Erscheinung mit einer üppigen Wallemähne aus langen dunklen Locken und einem fast bodenlangen himmelblauen Baumwollkleid mit passendem Strickmantel. Um den Hals hatte sie sich eine schrillbunte Kette geschlungen und in der Hand hielt sie eine Korbtasche mit Strohblumen-Verzierung.

„Ina, darf ich vorstellen, das ist Alexandra, meine Freundin und Coachingfrau. Wir kennen und schätzen sie alle hier. Wenn du mal Probleme hast, kannst du zu ihr auf die Finca „Suerte" fahren, und ich garantiere dir: Sie wird für alles eine Lösung finden."

Ina streckte Alexandra höflich die Hand entgegen, die diese aber nicht ergriff, sondern sie wie üblich mit einem Küsschen rechts und links und zusätzlich einer festen Umarmung begrüßte. „Oh ist das schön. Ich freue mich sehr, dich kennenzulernen."

„Ich muss wieder los und lasse euch zwei jetzt allein", meinte Margarethe und ging zurück zu ihren Kunden.

Ina stellte sich ein paar Schritte zur Seite und Alexandra folgte ihr.

„Und bitte sag Alex zu mir. Ich mag es kurz und knapp", meinte sie lachend. „Du kannst auch ohne Probleme zu mir kommen. Ich freue mich, dir mein Reich zeigen zu können. Wenn du mir deine Handynummer gibst, schicke ich dir meinen Standort. Es ist ganz leicht zu finden."

Das würde eine hübsche Reportage für den Reiseteil ihrer Zeitung geben, dachte Ina und gab ihr schnell die Nummer durch, die Alexandra gleich in ihr Handy tippte. Sie stellte es sich spannend vor, die so interessant auftretende Frau einmal näher kennenzulernen. „Margarethe hat aber grundsätzlich recht. Ich helfe, wenn ich kann", unterbrach Alexandra ihre Gedanken. „Ich habe gehört, dass du Ina, Helgas Tochter bist."

„Wie?" Ina sah irritiert zu Alexandra. „Kennt mich denn jeder hier?"

„Jeder nicht, aber Helgas Freunde schon. Und sie hat viele Freunde."

„Sag mir mal lieber, wer nicht mit Helga befreundet ist", scherzte Ina.

„Deine Mutter ist eben eine tolle Frau, hilfsbereit, liebenswert, ehrlich", schwärmte Alexandra. „Jeder mag sie und ist stolz, sie zu kennen."

„Ich bin auch stolz auf meine Mutter. Und ich denke an dein Angebot, wenn ich Hilfe brauche", sagte Ina und stellte ihre schwere Korbtasche ab. „Im Moment allerdings komme ich gut zurecht."

„So richtig glücklich wirkst du aber nicht, zumindest nicht auf mich."

Ina lächelte verlegen. „Tja, ich bin etwas gestresst. Das darfst du nicht so ernst nehmen. Stress haben wir alle und das Leben ist eben kein Ponyhof."

Alexandra legte ihr die Hand auf den Arm. „Das solltest du nicht so sehen. Von wegen, Stress haben wir alle. Das heißt nicht, dass wir alle gleich gut damit umgehen können."

Sie kramte in ihrer auffälligen Tasche und nahm einen großen Beutel Tee heraus. „Hier, zaubere dir hieraus heute Abend einen warmen Drink. Es ist wohlschmeckend und beruhigend."

„Spanischer Orangenblütentee", las Ina laut von der Packung vor. „Das habe ich ja noch nie gehört, klingt aber lecker!"

„Probier es einfach, er wirkt."

„Was bekommst du denn dafür?"

„Ich bitte dich, das ist ein Geschenk." Alexandra wandte sich Ina vertraut zu. „Du solltest versuchen, ohne Stress zu leben, glaub mir, ich weiß, wovon ich spreche." Sie seufzte, bevor sie leise weitersprach: „Ich steckte ein paar Jahre in einem Hamsterrad, bin mehrmals herausgeschleudert worden und habe erst ganz spät gemerkt, dass es so nicht weitergehen konnte."

„Bist du Psychologin?", hakte Ina nach und steckte den Beutel Tee in ihre Tasche. „Danke dafür, ich werde mich revanchieren."

„Psychologin? Na, so etwas Ähnliches. Ich coache Burnout-Patienten und bringe sie hier im schönen Hinterland von Gandía wieder auf die Beine."

Sie sprach leise und sehr überlegt. „Du glaubst gar nicht, wie viele betroffen sind, auch hier in Spanien. Aber die wenigsten geben es zu und suchen sich Hilfe. Es ist in der westlichen Welt schick, über Dauerbelastungen zu stöhnen. Das hört sich so herrlich gefragt und wichtig an und wer will das nicht sein. Dabei sieht man meistens auf den ersten Blick, was los ist."

Bei dem Satz kam die Journalistin in Ina hoch. Sie wollte der Sache auf den Grund gehen. Alexandra schien überhaupt nicht in Eile zu sein und Ina nutze die Gelegenheit, sie zu fragen. „Was siehst du denn bei mir, zum Beispiel?"

„Ehrlich?"

„Ja klar, auch wenn wir hier am Marktstand eine etwas skurrile Umgebung haben."

Alexandra schüttelte den Kopf. „Macht nichts, man kann sich überall austauschen und ich erkläre dir das gern. Es gibt diverse Anzeichen, mit denen die Seele signalisiert, dass sie Hilfe braucht. Das jetzt auszuführen, wäre zu umfangreich. Aber ich bin geschult, sie zu erkennen und gezielt zu helfen."

„Das klingt interessant. Und was erkennst du über meine Seele?"

„Dass dir die Selbstliebe fehlt!" Sie lächelte freundlich und tätschelte dabei Inas Wange.

Ein „nicht schon wieder" lag Ina auf der Zunge, aber sie besann sich. „Bitte? Wie kommst du denn darauf?"

„Es gibt eben die Signale!"

„Hast du heute Vicente getroffen?"

„Welchen Vicente?" Alexandra sah sie verwundert an.

„Ach Quatsch, ist schon gut. Steht neuerdings auf meiner Stirn geschrieben: Liebt sich nicht?"

„,Nicht' ist falsch, aber eben nicht genug. Du liebst andere Dinge mehr, Menschen, Sachen, Tätigkeiten. Doch keine Sorge, es geht vielen so, vermutlich den meisten."

Alex spielte mit ihren Fingern an den Kugeln der langen Glasperlenkette, die jetzt leise aneinander klackerten.

„Und was macht man dagegen?"

„Nachdenken, Entscheidungen treffen, das Leben ändern und so ausrichten, dass man nicht mehr zu kurz kommt. Das kostet Kraft und Energie und auch Überwindung. Manche sehen große Felsen im Weg liegen, aber wer es einmal geschafft hat, wird es nie mehr bereuen. Glaub mir das!"

Alexandras Worte berührten Ina, denn sie erkannte sich durchaus wieder.

„Und wer auf dem Weg Hilfe braucht, kommt zu mir. Ich biete Einzel- und Gruppencoaching." Alexandra griff nach ihrer Umhängetasche und holte eine Visitenkarte heraus. „Hier, da findest du meine Webseite und du kannst jederzeit anrufen. Ich freue mich auf dich, auch ohne Probleme."

Mit Marketing kannte sie sich aus, dachte Ina, nahm die Karte und steckte sie in ihr Portemonnaie. „Ich melde mich", verabschiedete sich Ina und winkte noch Margarethe zu, an deren Marktstand sich jetzt eine große Kundentraube gebildet hatte. Als sie Richtung Auto ging, nahm sie zum ersten Mal das Land ganz anders wahr. Sie registrierte die vielen Menschen, die sich in den kleinen Bars, die die Marktstraße säumten, unkompliziert auf einen Kaffee trafen, ein bisschen plauderten, um dann wieder in ihren Alltag zurückzugehen. Ina begann, die spanische Geselligkeit wahrzunehmen, die Leichtigkeit im Umgang, das lockere Leben im Freien. Ein Mann winkte ihr plötzlich vertraut zu. Sie konnte ihn nicht wirklich einordnen.

Ein Nachbar ihrer Mutter? Oder ein Kunde von Margarethe? Egal, sie winkte einfach zurück, lächelte und genoss die Begegnung.

Es musste schön sein, hier zu leben, dachte Ina und begann sogar zu träumen. Sie könnte ja … Was wäre, wenn … Vielleicht … Viele Gedanken schwirrten ihr durch den Kopf. Fantasiebilder einer Zukunft, die zunehmend sonnig leuchtete. Aber als sie ins Auto stieg und zum ersten Mal seit Langem auf dem Handy die Reaktionen auf ihre neuesten Videos las, hatte sie ihr Alltag wieder. Es waren nicht alle freundlich, sondern einige ihrer Follower lebten sich kräftig auf ihre Kosten aus. „Wie dick willst du eigentlich noch werden?", schrieb eine Frau und setzte einen *Daumen runter* dazu. Eine andere meinte, das gerade präsentierte Outfit sei für die Tonne und sie würde den „Schrott" nicht mal im Keller anziehen. Ein Mann war richtig ausfallend geworden. Er hatte geschrieben, es sei besser, den „Sack" gleich über den Kopf zu ziehen, damit man ihr Gesicht nicht sehen müsse.

Ina seufzte. Sie würde sich nie daran gewöhnen, mit solchen negativen Kommentaren zu leben. Sie machten zwar nur fünf Prozent der Kommentare aus, hinterließen aber den weitaus tieferen Eindruck als all die anderen positiven. Anfangs hatte sie sich bemüht, sachliche Kritik herauszufiltern und Dinge entsprechend zu verbessern, hatte sich also noch sorgfältiger geschminkt, zurechtgemacht, gekleidet, intensiver über die Settings nachgedacht, liebevoller die Kleidung und die Accessoires ausgesucht. Sie hatte einfach versucht, alle, wirklich alle, Follower zufriedenzustellen und sich immer mehr deren Wünschen angepasst.

Der Erfolg, die unschönen Stimmen damit zum Schweigen zu bringen, war ausgeblieben. Es gab weiterhin Follower, die gemeine und gehässige Kommentare abgaben. In letzter Zeit hatte Ina sich bemüht, sie zu ignorieren und sie einfach gelöscht. Doch wie ihr gerade die neuen Kommentare zusetzten, musste sie zugeben, dass es nicht wirklich klappte. Die Kränkungen und Beleidigungen steckten in ihr wie ein giftiger Stachel und machten sie nachdenklich und traurig. Dazu drängten sich jetzt noch Vicentes und Alexandras Bemerkungen über die mangelnde Selbstliebe in ihren Kopf. Liebte sie sich wirklich nicht genug? Hatte sie sich im Kampf um Follower und Likes einfach selbst verloren? Gab es bloß noch die da draußen, die bestimmten, was sie tat? Wollte sie nur noch gefallen und fragte längst nicht mehr, ob sie sich selbst gefiel?

Ina steckte das Handy in ihre Handtasche und lehnte sich im Auto zurück. Irgendetwas lief in letzter Zeit gehörig schief in ihrem Leben. Es war beängstigend, wie sich in den wenigen Tagen, seitdem sie in Spanien war, ihr Inneres aufgewühlt hatte.

Schließlich startete sie den Motor, fuhr noch zu der Adresse eines Kunden, die ihr ihre Mutter notiert hatte, und machte sich dann auf den Heimweg, bevor Helga sich wunderte, wo sie so lange blieb. Zudem vermisste sie Carlos, den sie heute zu Hause gelassen hatte, weil sich Helga so gern um ihn kümmerte. Zurück auf der Finca war Helga gerade in ein Telefonat mit Bernd vertieft und signalisierte Ina, dass sie mit ihm noch sehr viel zu besprechen hätte. Ina packte den Einkauf in den Kühlschrank, überlegte, was sie mit dem Tag anfangen könnte, während

Carlos wedelnd vor ihr stand. „Na Kleiner, hast du Lust auf einen Ausflug? Ein Mittagessen am Hafen?", sprach sie den fröhlich seine Ohren spitzenden Hund an. „Vielleicht mit Aaron?"

Ja, sie wollte sich ein Herz nehmen und ihn fragen, ob er heute Lust hätte, mit ihr Essen zu gehen. Sie ging, gefolgt von Carlos, in ihr Zimmer, machte es sich auf dem breiten Bett bequem und drückte mit Herzklopfen Aarons Nummer. Doch die Aufregung war vergebens, denn er schien sein Handy ausgeschaltet zu haben.

Ina war enttäuscht, sie hätte gern etwas unternommen. Gefrustet ging sie ins Bad, stellte sich vor den Spiegel und beobachtete sich kritisch. Ihr Make-up war viel zu perfekt, das Haar zu frisiert. Hier in den Bergen von Gandía wirkte das aufgesetzt und unpassend. Sie hatte die natürlich schönen Gesichter von Margarethe und Alexandra vor Augen und wollte etwas versuchen. Sie nahm den Haarreif von der Ablage und schob ihn sich ins Haar, gab einen dicken Klacks Reinigungsmilch in die Hand und wusch sich das Gesicht ab. Dann bürstete sie sich mit gekonnten Strichen das Haarspray aus dem Haar. Prüfend sah sie in den Spiegel und kam sich so pur fast schon ein bisschen fremd vor. Zum Glück schimmerte dank der milden Frühlingssonne ihre Haut recht frisch und ihre seegrünen Augen wirkten dadurch strahlender als sonst. Sie kramte in ihrer Kosmetiktasche und entschied sich für einen leicht roséfarbenen Lippenstift, der sich nur als Hauch von Farbe zeigte. Die Augen bekamen etwas Kajal und Wimperntusche, die Wangen eine Spur Rouge. Das war's und das sollte in den nächsten Tagen auch so reichen. Das schwarze Oberteil ließ sie an, schlüpfte dazu in eine Jeans und Ballerinas. Dann schnappte sie sich ihre Tasche, kritzelte noch eine Nachricht auf einen Zettel „Bin zum Essen bei Ingo" und legte ihn Helga auf den Wohnzimmertisch.

Die warf ihr eine Kusshand zu, und als sich Ina mit Carlos auf den Weg in den kleinen Badeort machte, hatte sie das Gefühl, auf einem neuen Weg zu sein, zumindest ein bisschen.

***

„La señora de Alemania, wie schön", begrüßte sie Juan, während sie die Terrasse des Hafenlokals betrat.

Ina hatte bereits Ausschau nach Aaron gehalten, aber auf seinem Schiff war alles verschlossen und weit und breit von ihm nichts zu sehen gewesen. Sie wollte sich jetzt mit einem Salat stärken und es später noch einmal bei ihm versuchen. Lediglich die Hälfte der Außenbestuhlung war besetzt. Die Leute tranken Kaffee und Wasser, manche Wein und Bier.

Ina setzte sich auf einen schattigen Platz unter einem Sonnenschirm, band Carlos an ein Stuhlbein und bestellte bei Juan einen ausgefallenen Salat, dazu ein Glas Rotwein und eine Flasche Wasser.

„Welche Überraschung!", hörte sie plötzlich eine vertraute Stimme.

Ingo stand vor ihr und wirkte so spritzig und unkonventionell wie bei der ersten Begegnung auf seiner Finca. Heute hatte er sein Haar streng nach hinten gegelt und trug einen türkisfarbenen Overall mit farblich abgestimmten Sneakern.

„Weißt du, ich bin bei deinem Besuch gar nicht dazu gekommen, dich für den Kanal zu loben. Ich habe ja schon mit deiner Mutter ein paar deiner Instagram-Videos angesehen. Großes Kompliment. Du machst das klasse."

Ina schmunzelte. Wer hatte hier in der Comunidad Valencia nicht ihre Videos gesehen? Helga musste wirklich alle Bekannten mobilisiert haben. Ingo war allein heute bereits der Dritte, der ihr auf den Instagram-Zahn fühlte, und das kam ihr gerade recht, denn sie könnte ihn nach einer möglichen Zusammenarbeit fragen.

Ingo blickte auf den gegenüberstehenden Stuhl. „Darf ich?"

Als Ina nickte, verschwand er kurz in der Bar, kam mit den Getränken zurück und setzte sich zu ihr an den Tisch.

„Sag mal, so eine Instagram-Queen kann sich doch auch mal in meinem Restaurant filmen?"

Er stellte Ina den Wein und das Wasser hin und stieß mit ihr an.

Ina nahm einen winzigen Schluck, trank lieber mehr von dem Wasser. Sie brauchte einen kühlen Kopf.

„Und dann sagen, dass deine Küche so wunderbar ist? Ja klar, und da ich eine wirklich nette Instagram-Queen bin, mache ich das auch gern."

Ina holte ihr Handy aus der Tasche, stand auf und setzte sich direkt neben Ingo. „Dann erzähl mal, was du alles auf der Karte hast! Achtung. Aufgepasst." Sie drückte den Video-Knopf. „Es geht los. Du bist im Livestream."

„Live? Bitte? Das … das ist doch nicht dein Ernst", stammelte er überraschend nervös.

Ina lachte. „Ein Scherz, richtig! Du bist es gewöhnt, hinter der Kamera zu stehen. Heute machen wir es mal umgekehrt und es geht um dich. Also, Kamera ab."

„Oh guapa, das ist jetzt ein bisschen überraschend."

„Ja, ist es auch, aber das macht doch nichts", beruhigte ihn Ina. „Bleib ganz locker und erzähl einfach, was du alles an Leckereien anbietest. Ich schneide das schon zurecht. Dass es wirklich gut ist, sage ich dann gleich nach dem Essen." Sie zwinkerte ihm zu. „Und ich lüge nie."

Ingo gab sich Mühe, locker in die Kamera zu sehen, und empfahl in einem herrlichen Kauderwelsch aus Deutsch, Englisch und Spanisch seine Spezialitäten, während Ina einmal die ganze Bar aufnahm und auch die ansprechende Außenanlage filmte.

„So, alles im Kasten. Du wirst sehen, jetzt rennen dir zumindest die Deutschen bald die Bar ein."

„Du machst Spaß", alberte Ingo und wischte sich gespielt aufgeregt den imaginären Schweiß von der Stirn. „Kriege ich eigentlich eine Hauptrolle auf deinem Kanal?"

Ina musste schmunzeln. Wenn er wüsste, was sie mit ihm vorhatte.

„Ja klar und das nächste Mal stellen wir dich als Intro in Ruhe vor. Du erzählst, wie es ist, eine Bar und einen Rastro zu führen und, und, und. Du kannst dein ganzes Geschäft vorstellen und viele deiner schönen Sachen präsentieren. Was sagst du?"

Ingo wurde sichtbar unruhig. „Ach", meinte er und schob sich mit beiden Händen seine blonde Gelfrisur zurecht. „Ich glaube, so ein Blick auf meine Karte reicht. Ich merke, ich bin doch nicht so der Instagram-Star."

„Ach?", fragte Ina und sah ihn schmunzelnd an. „Komisch, alle wollen mitmachen, und wenn es losgehen soll, ducken sie sich weg. Eigentlich schade, oder?"

„Ich weiß nicht." Er lachte. „Ich überlege mir das noch einmal mit der Model-Karriere."

„Kamera aus?", fragte Ina.

„Ja bitte, ganz fix! Ich bleibe offline. Du kannst das viel besser."

Ina steckte das Handy weg und freute sich über den gro-ßen Salatteller, den Juan ihr jetzt servierte. Für Ingo hatte Juan ein Fischgericht dabei und wenig später brachte er eine Schüssel mit Wasser für Carlos und stellte sie auf den Boden.

„Das ist ja fantastisch. Und so reichlich. Ich freue mich. Carlos auch", bedankte sie sich bei dem Kellner.

„Bist du doch jeden Tag hier?", wollte sie jetzt von Ingo wissen. „Wie schaffst du es denn mit der Doppelbelastung?"

„Eher unregelmäßig, heute eigentlich nur, weil ich einen Handwerker hier hatte und das Ergebnis seiner Bemühungen sehen wollte. Ansonsten komme ich nur am Wochenende abends, wenn der Laden brummt."

„Dann hast du doch schon so viele Besucher auf der Finca?"

„Allerdings, und die drei Tage haben es auch wirklich in sich. Aber danach ist Ruhe."

„Bist du gern allein draußen?"

„Na ja, nicht immer. Ich brauche viel Ruhe und die nehme ich mir auch. Ich bin neunundvierzig, da muss man an seine Gesundheit denken."

„Mit neunundvierzig! Was soll ich denn sagen. Dann darf ich ja nur noch liegen."

„Du siehst so jung aus, guapa, und ganz ehrlich, deutlich jünger als in den Videos. Du bist Profi, keine Frage, aber wenn du in Jeans und Pulli vor mir stehst, du, dann finde ich dich besonders hübsch und – verzeih – anziehend."

„Ist das ein Kompliment?"

„Ein riesengroßes!"

„Das bleibt aber unser Geheimnis", kokettierte Ina und gab ihm einen Kuss auf die Wange.

„Madre mía, wenn das mein Mann hört, dann gibt es wieder Stress."

„Du bist verheiratet?"

Ingo grinste. „Ja und nein. Ich bin eigentlich mit meiner Bar, dem Rastro und meinen wunderbaren Gästen verheiratet."

„Und?"

„Nun ja, es gibt da noch jemanden in München, der mich regelmäßig besucht. Aber es bleibt mein kleines Geheimnis, wer das ist. Und du? Hast du jemanden? Verheiratet bist du ja nicht mehr, soweit ich weiß."

„Stimmt, mir geht es wie dir. Ich bin mit der Redaktion und meinem Kanal verheiratet. Aber meine Doppelbeziehung ist ganz schön anstrengend. Und ich habe niemanden in München oder sonst wo auf der Welt, der mich regelmäßig besucht."

„Und, was hast du vor? Willst du dein Liebesleben in aufregendere Bahnen lenken?"

„Mal sehen!" Ina zuckte mit den Schultern. „Jetzt bin ich erst mal ein paar Tage im Vermietungsgeschäft. Wenn ich zurückfliege, werde ich einiges ändern müssen."

Ingo nahm sich eine Baguettescheibe aus dem Körbchen und tupfte damit die Sauce vom Teller. „Wie, du gehst zurück?", fragte er überrascht. „Nach Deutschland?" Er räusperte sich. „Wer einmal in Valencia war, kann doch unmöglich wieder von hier weggehen." Sanft legte er Ina seine Hand auf den Arm. „Bleib hier, deine Eltern, ich sage jetzt einfach mal Eltern, würden sich total freuen und dein neuer Instagram-Restaurant-Klient ebenfalls."

„Aber das geht nicht, ich brauche meine Arbeit. Ich lebe davon."

„Hier kannst du das doch auch alles machen. Dein Instagram-Kanal hat in Valencia eine traumhafte Kulisse. Meer, Berge, alles."

Das war das Stichwort und Ina machte, was ihr Leonie geraten hatte. „Sag mal, könntest du dir vorstellen, mit mir Aufnahmen für meinen Kanal zu machen? Wenn ich wirklich länger bliebe, bräuchte ich einen Profi, der mich unterstützt."

Ingos Gesicht erhellte sich. „Du meinst mich? Aber ja, hinter der Kamera fühle ich mich doch am wohlsten. Und dann mit dir. Großartig. Ich bin dabei, guapa! Wann starten wir? Ich möchte nicht mehr, dass du zögerst", hörte sie Ingo weiter sprechen. „Und Traummänner gibt es hier auch reichlich."

Ina lachte und strich Ingo liebevoll über die Wange. „Traummänner mit Partnern in München, nein, da suche ich lieber in der Heimat."

„Ina, Spaß beiseite und nur so viel: Überleg, was dir guttut. Du passt perfekt hierher und ich unterstütze dich sehr, sehr gern."

Sie sah ihn einen Moment lang versonnen an. „Okay, das ist super. Ich danke dir. Deine Zusage macht mir eine Entscheidung für Valencia auf jeden Fall leichter." Sie lächelte zufrieden. „Aber jetzt muss ich mich mit dem Salat sputen, denn eigentlich will ich noch auf ein Schiff."

„Welches und wohin?"

„Erzähle ich dir ein anderes Mal."

Sie genossen beide ihr Essen und als Ingo ihr zum Abschied einen Orangenlikör anbot, sagte sie nicht nein. Danach verabschiedeten sie sich mit den üblichen Küsschen.

Während Ina mit Carlos zu Aarons Anlegeplatz ging, in der Hoffnung, ihn jetzt dort anzutreffen, wurde sie nachdenklich. Warum machten sich alle Sorgen um sie? Sah sie denn wirklich so erledigt aus? Ingo hatte eigentlich recht. Wer einmal hier war, musste schon ganz gründlich kramen, um einen Grund zu finden, nach Hause zu müssen, und mit Ingos Zusage gingen ihr langsam die Argumente aus. Die Temperatur war um die späte Nachmittagszeit noch sehr mild und Ina war es in ihrem offenen Strickmantel fast schon zu warm. Ein verführerischer Gedanke, hier in dem Klima leben zu können. Sie sah von der Promenade zu Aarons Schiff, das aber immer noch verschlossen wirkte.

„Carlos, mein Schatz, wir machen einen herrlichen Strandspaziergang und verzichten auf die Schiffsbesichtigung. Das magst du doch sowieso viel lieber. Erinnere dich an die Möwen, die dir so gefallen haben", alberte sie mit dem treuen Vierbeiner. Sie liebte den Endlos-Strand in Gandía und Carlos hatte gezeigt, dass ein Strandspaziergang auch zu seinen Highlights gehörte.

Das Meer lag vor ihr wie ein tiefblauer Teppich. Der Wind war heute fast schon sommermild und der Strand gut besucht. Die Chiringuitos, wie man die idyllischen Strandbars nannte, luden mit großzügiger Bestuhlung die Urlauber ein, einen Drink zu nehmen. Ina stellte sich vor, demnächst mal mit Aaron hier zu sitzen und aufs Meer zu sehen. Sie zog sich die Ballerinas aus, krempelte sich die Dreivierteljeans noch ein paar Zentimeter höher, rückte ihre Sonnenbrille zurecht und marschierte. Am liebsten wäre sie stundenlang so gelaufen, das plätschernde Mittelmeerwasser an den Füßen, den Wind im Gesicht und tanzende Sonnenstrahlen auf der Nasenspitze. Wenn es Momente im Leben gab, in denen einen das Glück hüpfen ließ, dann waren es diese.

Entspannt sprang sie wie ein Kind durch den warmen Sand, warf für Carlos einen gefundenen Stock und lief schließlich mit ihm um die Wette. Leider wurde sie nur zweite, ließ sich aber übermütig neben dem Hund in den Sand fallen und knuddelte ihn liebevoll. Ina konnte sich nicht erinnern, wann sie mal so ausgelassen gewesen war. Es musste an dem Land liegen, dass sie sich so unbeschwert gehen lassen konnte.

Sie rollte sich auf den Rücken in den Sand, was Carlos allerdings dazu animierte, ihr mehrmals übers Gesicht zu schlecken. „Du bist unmöglich", schimpfte sie spielerisch mit Carlos, der sich das Ganze aber nur fröhlich schwanzwedelnd ansah, während sie aufstand und sich den Sand aus dem Haar strich.

„So Kleiner, jetzt haben wir uns ausgetobt und gehen zu den Möwen."

Ina klatschte in die Hände und forderte Carlos auf, Tempo zu machen. „Komm, wir geben Gas." Ausgelassen lief sie neben dem Hund durch das spritzende Wasser Richtung Hafen.

Was war das? In einem der Chiringuitos saß jemand, der Aaron verblüffend ähnlich sah. War es ein Doppelgänger? Eine Zeit lang war Ina unsicher, weil er nicht allein war, sondern in Begleitung einer jungen Blondine, die für diese Temperatur hier ganz unpassend in einem Bikini-Höschen und einem Pareo gekleidet war.

Einen Moment blieb Ina erstarrt stehen. Es war tatsächlich Aaron und er war so mit der Dame beschäftigt, dass er nichts um sich herum wahrnahm, zum Glück auch nicht Ina.

Noch immer stand sie wie angewurzelt im Sand, schluckte trocken, bevor sie sich rasch umdrehte und weiter mit großem Abstand am Strand entlanglief, damit er sie bloß nicht erkennen würde.

„Komm Carlos, lauf, so schnell du kannst", flüsterte sie ihrem vierbeinigen Vertrauten zu und hoffte inständig, dass Aaron die Blondine so fesselte, dass er sich keine Sekunde von ihr ablenken lassen würde.

Während sie am Strand entlanglief, spürte sie Tränen im Gesicht und gleichzeitig verdrängte die Wut die Schmetterlinge im Bauch. Wieso war sie so dumm gewesen und hatte Gefühle aufkommen lassen? Die vielen Jahre Singleleben hatten sie naiv und leichtgläubig gemacht. Kaum machte ihr ein Mann mal ein Kompliment und umgarnte sie ein bisschen, steigerte sie sich in eine Romanze hinein. Wie doof war das denn bitte? Sie war doch kein Teenager mehr, benahm sich aber wie eine Zehntklässlerin.

In sicherer Entfernung zum Chiringuito steuerte Ina die weitläufige Hafenpromenade an, nahm Carlos an die Leine und ging eilig die wenigen Meter zum Auto. Am liebsten hätte sie jetzt in einem der nach wie vor belebten Bars ein eiskaltes Bier getrunken und sich damit Schluck für Schluck ihren Frust, die Enttäuschung und das Gefühl, dass gerade alles schiefging, hinunterzuspülen. Aber zum einen musste sie fahren und zum anderen war Alkohol nie eine Lösung. Ina setzte sich hinters Steuer und hatte nur noch ein Ziel: Sie wollte nach Hause, brauchte jetzt Ruhe, Alleinsein. Denn eines war ihr klar geworden. Die Zeit war überreif für einen Neustart.

KAPITEL 9

„Flirte nur,
wenn's dir gut geht "

Zu Hause wartete Helga schon auf sie. „Sorry, dass ich dich vorhin so abblitzen ließ. Aber ich musste einiges besprechen. Übrigens liebe Grüße von Bernd. Er freut sich sehr, dich zu sehen."

Ina lächelte etwas unsicher und setzte sich sofort zu ihrer Mutter an den Tisch. „Ich hoffe nur, dass er mir auch verzeiht." Sie beugte sich über die Tischplatte, nahm Helgas Hände und genoss die Vertrautheit.

„Er war dir nie böse. Er wusste ja immer, dass dein Vater hinter allem steckte. Aber erzähl: Wie war es bei Ingo? War der Chef persönlich da?", wollte Helga wissen.

Ina lehnte sich in ihrem Stuhl zurück. „Ja, und es war wunderbar, er ist ein sehr charmanter Mann."

„Oh ja, er kann mit Frauen umgehen. Es ist, glaube ich, sein Geschäftsmodell. Geht es dir eigentlich gut?" Sie sah Ina fragend an.

Schnell richtete sie sich wieder auf und nickte. „Klar, ich bin nur etwas müde."

Helga stand auf, ging um den Tisch und küsste ihr die Stirn. Sie nahm ein paar Papiere und setzte sich neben Ina. „Ich wollte noch etwas Berufliches mit dir besprechen. Ich habe zwei neue Buchungen und auch einen neuen Kunden. Es liegt alles regional zusammen und du kannst es morgen schnell erledigen, okay?"

„Wo ist denn der neue Kunde?"

„In der Nähe von Barx, also nicht weit von uns."

„Klar mache ich das."

„Es tut mir leid, dass ich dich so scheuche. Aber du bist die Einzige, die mir helfen kann. Aaron fällt in den nächsten Tagen komplett aus. Er hat zwar nur einen Gast da, doch der hat prompt verlängert. Er kann nicht einspringen."

Ina holte Luft. Klar, und der Gast war eine Gästin, blond und jung. „Verlängert? Und nur einer? Ich dachte, es käme immer eine Gruppe."

„Na ja, Aaron ist das egal, wenn jemand gut bezahlt, macht er das Ganze auch für eine Person. Es ist jemand aus London, das hat er mir noch gesagt. Vermutlich haben die sich viel zu erzählen. Aber du interessierst dich schon sehr für ihn, stimmt's?"

Ina schüttelte den Kopf. „Quatsch, er ist einfach ein attraktiver Mann und mir als Dauer-Single tut es gut, ein bisschen unverbindlich zu flirten und zu träumen." Aus der Küche holte sie sich einen Saft und füllte den Napf von Carlos mit frischem Wasser. „Aber du hast mir schon früh geraten, nicht nur auf das Äußere zu achten. Ich glaube, ich war vierzehn und in diesen Lackaffen aus meiner Parallelklasse verliebt."

„Ich erinnere mich sehr gut. Alles, was du an ihm mochtest, war sein Aussehen. Du wolltest nicht verstehen, dass auch andere Dinge bei einer Liebe wichtig sind."

„Damals konnte ich mir aber noch erlauben, einen Lackaffen anzuhimmeln. Es bestand zumindest die Chance, dass er mich erhört. Heute sieht das schon anders aus. Mir bleibt gar nichts anderes übrig, als auf innere Werte zu achten."

„Papperlapapp, so wie du aussiehst, hast du bei jedem Chancen. Heute übrigens ganz besonders. Du siehst bezaubernd aus. Die Meeresluft tut dir gut."

„Vermutlich, weil Männer eben keine Rolle in meinem Leben spielen. Ich bin hundemüde und lege mich früh hin. Ich brauche mal eine richtig große Mütze Schlaf."

„Magst du nichts mehr essen? Ich habe dir eine Kürbis-Tortilla gemacht. Die liebst du doch so."

Ina schüttelte den Kopf. „Danke dir, aber ich habe keinen Appetit mehr und bin froh, wenn ich gleich die Augen schließen kann. Ist das okay für dich?"

„Ja klar Liebes, und ich puzzele noch ein bisschen am PC, und mit den Männern, das überlegst du dir noch mal." Helga zwinkerte ihr zu. „Es gibt auch die mit den äußeren und inneren Werten. Es dauert manchmal nur etwas länger, sie zu finden."

***

Noch in der Nacht schloss Ina für sich das Kapitel Aaron und beendete das wilde Kribbeln. Es war einfach nur dumm von ihr gewesen, sich in etwas hineinzuträumen.

Sie hatte sich in die Stimmung zwischen Sand und Palmen, aber nicht in den Mann verliebt, und sah ihr Verhalten als deutliches Warnsignal. Offenbar war sie emotional so ausgehungert nach Zuwendung, Nähe und auch Sex, dass sie sich von ein paar harmlosen Flirtsprüchen gleich angesprochen fühlte. Aaron war ein wirklich sympathischer und liebenswerter Mann, dem sie nichts vorzuwerfen hatte. Wenn jemand hier die Spielregeln missachtet hatte, war sie es gewesen. Eine Frau in ihrem Alter durfte sich nicht in kindliches Liebesgeplänkel hineinsteigern, sondern musste klar erkennen, dass es um Spielerei und nichts anderes gehen sollte. Aber sie konnte sich zurechtrütteln und wieder glasklar in die Zukunft sehen. Sie hatte die Lektion gelernt und erkannt, dass sie auch diese Seite ihres Lebens anders anpacken musste. Nach einer intensiven Kraulrunde für Carlos kuschelte sie sich schlaftrunken ins Kissen und fühlte sich gut. Sie hatte die Vergangenheit geschlossen und wollte jetzt nach vorn sehen, voller Spannung und Vorfreude. Seit Langem spürte sie wieder Lust auf das Leben mit allen Facetten und war bereit, sich auf das einzulassen, was käme.

Entsprechend aufgeräumt und tatkräftig erledigte sie an den folgenden zwei Tagen ihren Job und brachte alles fix und zuverlässig zu Ende. Die Zeit dazwischen ließ sie es sich gut gehen mit Helga. Sie kochten zusammen, erzählten sich Anekdoten, schwelgten in Erinnerungen und lachten über vergangene Missgeschicke. „Weißt du noch …" war ihre Lieblingsformulierung und beide Abende saßen sie bis zum Morgengrauen zusammen am Tisch und gingen erst ins Bett, wenn ihnen fast die Augen zufielen.

Am dritten Tag, es war Bilderbuchwetter, kam Ina schon mittags auf die Finca zurück. Helga hatte sich etwas hingelegt und Ina schnappte sich Carlos, um bei dem Traumwetter mit ihm die herrliche Natur zu erobern.

Sie ging über den Hintereingang der Finca durch einen üppigen Orangenhain und weiter vorbei an vielen hundert Jahre alten, knorrigen Olivenbäumen. Die silbrigfarbenen Blätter raschelten im Wind und Ina dachte daran, was diese Bäume wohl alles schon gesehen hatten. Zwischendurch duftete es nach Jasmin und das Gras unter ihren Füßen roch würzig. Sie ging vorbei an einer Pferdeweide, freundete sich mit einer bildschönen Stute an, bog dann ab auf eine kleine Schotterstraße und konnte sich nicht sattsehen an den prächtigen Landhäusern, die in großen Abständen die Straße säumten. Hunde bellten in den Gärten und ab und zu kreuzte eine Katze ihren Weg. Ina atmete tief die Luft ein und spürte, wie gut ihr der Spaziergang heute tat.

„Das ist ja eine Überraschung", hörte Ina plötzlich eine ihr vertraute Stimme. „Willst du zu mir?"

Ina sah irritiert zu dem SUV, der jetzt im Schritttempo neben ihr herfuhr. Auf der Fahrerseite war das Fenster heruntergelassen und das bekannte Gesicht, das sie anlächelte, gehörte Vicente.

Ina freute sich, ihn zu sehen, obwohl ihr die eigentlich harmlose Auseinandersetzung mit ihrem anschließenden Schwächeanfall ziemlich peinlich war, hatte sie viel an ihn gedacht. Es war, als ob die empfundene Fürsorge ein Licht in ihr angezündet hätte. „Wohnst du hier?"

Vicente zeigte mit der Hand die Straße herunter. „Ja, keine fünf Minuten von hier. Ich dachte, du hättest dich auf den Weg gemacht, um mich zu besuchen."

Ina schüttelte den Kopf. „Nein, ich kenne mich gar nicht aus und bin einfach losgelaufen", meinte sie ausweichend.

„Das ist jetzt aber kein Kompliment für mich. Ich hätte mich sehr über deinen Besuch gefreut. Wo ich dich schon mal aufgegabelt habe, kann ich dich überreden? Kaffee? Leckeres Gebäck? Ich habe alles da, auch wenn mein Single-Haushalt nicht perfekt aufgeräumt ist."

Er stellte den Motor ab und stieg aus dem Auto. „Darf ich bitten?"

Ina war baff, wie charmant Vicente war, und sagte lächelnd zu. „Aber Carlos muss auch mit. Ist dir das recht?"

„Natürlich, wo sitzt er denn gern?" Vicente öffnete die Beifahrertür, ließ Carlos auf den Rücksitz hopsen und bat Ina, auf dem Beifahrersitz Platz zu nehmen.

Kaum hatte er den Motor wieder angelassen, begann er sofort zu erzählen: „Schön, dass du mitkommst. Du wirst begeistert sein. Der Blick von meiner Terrasse ist noch grandioser als der bei deinen Eltern. Du wirst alles vergessen, was du jemals gesehen hast. Ich verspreche nicht zu viel."

„Du bist wenigstens bescheiden", ulkte sie.

Vicente konterte: „Abwarten, denn Bescheidenheit ist in meinem Fall nicht nötig."

Ina schwieg belustigt und schon nach wenigen Hundert Metern bog Vicente in einen schmalen, ziemlich steil ansteigenden Schotterweg ein und musste kräftig Gas geben, damit der Wagen die Steigung schaffte.

„Du lebst sehr einsam", stellte Ina fest.

„Einsam nicht, aber zurückgezogen", erwiderte Vicente. „Weißt du, ich habe heute meine Praxis geschlossen, normalerweise sperre ich erst um halb zehn am Abend die Tür zu und wenn ich dann nach Hause komme, brauche ich nichts als Ruhe. Das Leben hier in der Natur ist meine Powerbank."

Das weiß gestrichene Haus, das jetzt vor Ina auftauchte, lag auf einer kleinen Lichtung, sehr modern mit weißen Holzfenstern und einer großzügigen Terrasse mit Metallgeländer.

„Darf ich?", fragte sie, bevor sie die Terrasse betrat. „Du hast so von deinem Ausblick geschwärmt. Jetzt sehe ich mal, ob der wirklich so grandios ist."

Carlos hatte nicht gefragt, sondern hüpfte bereits übermütig über die Terrasse hinweg in den anschließenden Garten und schien sich an den abwechslungsreichen Gerüchen richtig zu erfreuen, denn er lief aufgeregt zickzack hin und her und nahm seine Nase gar nicht mehr vom Boden.

„Er sieht aus wie ein Staubsauger." Vicente lachte. „Heute Abend wird er gut schlafen."

Unvermittelt griff er ihre Hand und zog sie weiter nach vorn. „Du zweifelst mich an?", sagte er spielerisch erbost. „Na, dann warte mal. Schließe deine Augen bitte", bat er Ina und führte sie vorsichtig drei Stufen hoch zu einem kleinen Gartenstück. „Noch zwei Schritte, komm, keine Angst", munterte er sie auf und sie spürte seine Hände an ihren Schultern. „So, nun stehst du richtig. Augen auf und los!"

Ina war sprachlos. Vor ihr lag ein fein geschwungenes Tal, in dem jetzt ein Meer an Mandelbäumen rosarot leuchtete. Dazwischen schlängelte sich ein kleiner Fluss, an dessen Ufer prächtig blühende Oleanderbüsche und üppige, fast schon kunstvoll wirkende Gräser wuchsen, deren sandgelbe Wedel im sanften Wind wogen. An den Hängen der geschwungenen Hügel standen Nadelbäume in unterschiedlichen Grüntönen und wechselten sich ab mit Orangenbäumen, an denen die Früchte leuchteten. Dazu wuchs auf dem Boden ein Meer an gelben Frühlingsblumen, die wie ein leuchtendgelber Teppich die Landschaft berauschend schön machten. Ina konnte sich nicht erinnern, schon jemals so ein Farbenmeer gesehen zu haben.

Während sie noch staunend den faszinierenden Ausblick genoss, war Vicente ins Haus gegangen.

Jetzt kam er zurück mit einem Tablett, auf dem zwei Gläser mit Orangensaft standen, eine Karaffe mit Eis und eine Flasche Wein im Kühler. Dazu servierte er eine Auswahl an Nüssen, die üblichen Chips und natürlich Oliven.

Was Ina besonders gefiel: Er stellte auch einen Napf mit Wasser für Carlos bereit und legte zwei Scheiben Käse als Leckerli dazu. Auf der Hausrückseite entdeckte Ina einen Pool und einen Strandkorb, der sie spontan an ihre Sommerferien an der Nordsee erinnerte.

„Sag mal, darf ich mich mit dem Wein in den Strandkorb setzen? Ich liebe Strandkörbe. Wo hast du den denn her?"

„Meine Mutter war Nordseefan, und als sie meinem Vater zuliebe nach Spanien gezogen ist, hat er ihr den Strandkorb gekauft. Es sollte ein Stück Heimat sein."

Ina setzte sich hinein, lehnte sich zurück und schloss die Augen. „Es ist faszinierend. Man hört sofort die Wellen rauschen."

Vicente nahm neben ihr Platz. „Du wirst es nicht glauben, aber genau das hat meine Mutter auch immer gesagt."

„Ist sie Deutsche?", fragte Ina.

„Ja, deshalb spreche ich Deutsch. Mein Vater ist Spanier, er kommt aus der Region, meine Mutter aus Hannover. Sie hat Wert daraufgelegt, dass ich die Deutsche Schule in Valencia besuche."

„Und wohnen deine Eltern noch hier?"

„Leider nicht. Sie sind nach Hannover gezogen, das war wohl die Abmachung. Dreißig Jahre hier und dreißig in Deutschland."

„Oh, das ist fair."

„Allerdings, die machen alles richtig, was man von mir nicht sagen kann. Ich habe gerade mal fünfundzwanzig Jahre Ehe geschafft und bin geschieden. Aber durch meinen Job ist meine Ehe zu kurz gekommen und meine Frau hat das Weite gesucht. Sie ist übrigens ebenfalls Deutsche, Hamburgerin, und dorthin wieder zurückgegangen. Wir hatten uns verloren."

„Ja, das habe ich genauso erlebt. Meine Ehe ist auch an unseren Jobs gescheitert. Es läuft nicht, wenn man kaum gemeinsame Zeit hat."

„Heute weiß ich das, aber damals, ich hatte meine Praxis eröffnet und kam nicht mehr heraus aus dem Strudel aus

Verpflichtungen. Eine Stimme in mir warnte mich, doch eine andere sagte immer, dass es nicht anders geht."

„Wie lange liegt das zurück?"

„Vor sechs Jahren ist sie ausgezogen. Ich bin seit fünf Jahren geschieden."

„Und heute? Arbeitest du immer noch so viel?"

„Heute spielt es ja keine Rolle mehr, ich bin schließlich allein."

„Und mir sagst du, ich solle weniger arbeiten."

„Dir geht es ja auch nicht gut. Ich habe dagegen keine Probleme. Nein, Spaß beiseite, ich habe das ganz gut im Griff. Das scheint bei dir nicht der Fall zu sein."

Sie hörte ihm gern zu. Er hatte so eine angenehme Stimme und kam ihr zugewandt und interessiert vor. Vermutlich lag es daran, dass er Arzt war. Ärzte mussten sich ja für die Befindlichkeiten ihrer Patienten interessieren, dachte Ina. Aber sie war keine Patientin. Sie war nur eine Frau, die ein paar Tage Auszeit gebrauchen konnte und der es guttat, so einen einfühlsamen Mann an ihrer Seite zu haben.

Vicente hob das Glas und stieß mit ihr an. „Voilà, wir gönnen uns jetzt einen guten Tropfen."

„Was hat dich eigentlich zum überzeugten Single gemacht?", wollte Ina wissen.

Vicente lehnte sich zurück und drehte bedächtig sein Glas. „Überzeugt weiß ich nicht. Ich denke, beide Lebensformen, also mit und ohne Partner, haben ihre Vor- und auch Nachteile."

„Bist du manchmal einsam?", fragte sie sehr direkt und dachte dabei an ihre eigene Gefühlslage.

Sie schien seinen wunden Punkt getroffen zu haben, denn er sah nachdenklich ins Tal und beobachtete Carlos, der neugierig ein paar Esel auf dem Nachbargrundstück anstarrte, die friedlich in der Sonne grasten.

„Meinst du, er jagt die Esel?", fragte er. „Sie sind zahm und bekämen bestimmt richtig Angst."

„Um Himmels willen nein. So etwas macht Carlos nicht." Ina sah Vicente gerührt an. „Du liebst Tiere sehr?"

„Ja, wirklich, ich hätte gern welche, aber …"

„… die Zeit, ich weiß." Ina bedachte Carlos mit einem liebevollen Blick. Sie müsste sich ebenfalls künftig die Zeit organisieren, damit der Kleine nicht zu kurz käme.

Vicente griff die unbeantwortete Frage wieder auf: „Klar fühle ich mich manchmal einsam." Er sah Ina fest an. „Es gibt Tage, da wünsche ich mir nichts lieber, als eine Gefährtin zu haben, die mit mir lebt und mein Leben teilt. Es gibt aber auch Tage, da packt mich die Angst, dass all der Streit und Hickhack wieder von vorn beginnt. Ich bin schon ein bisschen ein gebranntes Kind." Er nahm einen Schluck vom Wein und hielt das Glas weiter lässig in der Hand.

„Ich kenne das Gefühl sehr gut", stieg Ina ins Thema ein. „Ich habe nach meiner Scheidung wirklich engagiert versucht, jemanden kennenzulernen, aber es hat nie geklappt. Heute glaube ich, in unserem Alter ist es schwer. Man hat so viele Altlasten."

Vicente nickte. „Und man weiß so viel. Zum Beispiel, dass sich niemand wirklich ändert und man Kompromisse eingehen muss, weil es anders nicht geht."

„Genau, und man fragt sich immer, ob man das überhaupt noch kann", warf Ina ein, während sie von den Nüssen naschte.

„Was? Kompromisse?"

„Exakt, schließlich hat man in unserem Alter gemerkt, wie wichtig es ist, seine Träume zu leben. Die Kinder sind groß, man hat viele Jahre verzichtet, jetzt, mit fünfzig und mehr will man doch das Leben, das zu einem passt und nicht das Leben eines anderes führen."

„Stimmt", bestätigte sie Vicente, drehte das Weinglas und beobachtete, wie der fruchtige Rotwein ganz sanft darin schwappte.

„Und dann kommen so viele andere Hindernisse dazu. Die Eltern, um die man sich kümmern muss. Ich bin gerade ein gutes Beispiel."

„Ja, aber es gibt mehr. Sieh mal, ich habe die Praxis. Ich könnte nicht einfach zu einer Frau irgendwohin ziehen. Ich müsste jemanden finden, der hier leben will."

„Na, das ist ja leicht. Da hast du einen riesengroßen Vorteil."

„Nein, es ist nicht nur das Meer. Die Menschen haben Familie, die sie bei sich haben möchten, Kinder, Enkelkinder, die gehen nicht einfach irgendwohin, wo ein netter Eventuell-Dauer-Partner lebt. In unserem Alter hat man einen gewachsenen Rahmen, es ist unfassbar schwer, jemanden zu finden, mit dem es passt."

„Und denk an die Kinder. Die sind oft gar nicht begeistert, wenn ihre Mutter oder der Vater jemanden mit nach Hause bringt, und setzen alles daran, die beiden auseinanderzubringen. Das beobachte ich immer bei meinen Freundinnen. Hast du Kinder?"

„Einen Sohn, aber er ist bereits dreißig und lebt sein eigenes Leben. Er ist alt genug, seinem Vater diese Freiheit zu lassen. Und du hast doch Leonie. Weißt du eigentlich, dass ich sie kenne?"

„Echt? Hast du sie bei Helga getroffen?"

„Genau, sogar mehrmals. Ein selbstbewusstes junges Mädchen, sehr flott, sehr forsch. Wir haben schon gute Gespräche geführt."

„Das ist ja jetzt wirklich witzig. Ich hatte keine Ahnung, dass du meine gesamte Familie bereits kennst."

„Siehst du, sie steht unserem Glück schon mal nicht im Wege."

„Unserem Glück?"

„Na ja, wenn man Bausteine sucht, die für uns sprechen, wäre das einer."

Eine kleine Verlegenheit überkam Ina und sie lachte sie weg. „Aber ansonsten klingt das ja mit der Liebe für uns Ü-Fünfziger ziemlich aussichtslos!"

„Nein, das wollte ich damit nicht sagen, aber es verdeutlicht, dass die Liebe in der Lebensmitte einfach anders ist als mit zwanzig. Wenn man sich in dem Alter kennenlernt, ist das Leben ein weißes Blatt und man kann es gemeinsam beschriften. Das ist so viel leichter. Es ist ja nichts oder niemand da, auf das oder den man Rücksicht nehmen muss."

Ina nickte. „Das stimmt, ich habe einige Männer kennengelernt, aber alle wollten immer etwas anderes als ich.

Die sachliche Ebene passte schon nicht, da brauchte ich mich um die emotionale gar nicht mehr zu kümmern."

„Bist du denn einsam?", fragte Vicente.

Ina war nachdenklich, aber sie antwortete ehrlich. „Es ist unterschiedlich. Gerade an den Sonntagen fühle ich mich ab und zu richtig elend. Man möchte irgendwo andocken und weiß nicht wo. Da gibt es schon traurige Momente und manchmal lege ich mich einfach ins Bett und heule."

„Du weinst aus Einsamkeit? Oh, bitte sag das nicht. Das tut mir richtig weh."

Vicente beugte sich nach vorn und streichelte ihr über die Wange. „Das mag ich mir gar nicht vorstellen."

Sie spürte seine warme Hand in ihrem Gesicht und es fühlte sich wohlig und gut an.

Vicente sah ihr in die Augen und einen kurzen Moment lang schien er sich darin zu verlieren. Er räusperte sich und nahm erneut einen Schluck von dem Wein, bevor er das Glas ziemlich heftig auf dem Tischchen abstellte und aufstand.

„Ich mache dir einen Vorschlag. Wir laufen ein Stückchen und ich zeige dir meine Heimat. Carlos wird sich freuen."

Spontan sagte Ina zu, schickte aber Helga eine kurze Info, damit sie sich nicht sorgte.

Vicente brachte das Tablett zurück und bat Ina ins Haus.

„Du wohnst schön", lobte sie die minimalistische Einrichtung und mochte besonders den lichtdurchfluteten Wohnraum und die imposante Holztreppe, die nach oben führte.

Vicente holte sich eine Jacke aus dem Flur, bot Ina einen Pullover an, den sie dankend annahm, und dann machten sie sich auf den Weg.

Sie liefen durch Wiesen, durchquerten ein ausgetrocknetes Flusstal, kühlten sich ihre Füße in einem Bach und besichtigten zusammen die Ruinen einer alten Burg.

„Es ist schön, hier mit dir durch die Natur zu laufen. Viel besser, als allein zu gehen", meinte er plötzlich.

„Das geht mir auch so. Es ist auch schöner als mit meinen Freundinnen, mit denen ich einmal im Monat unterwegs bin."

Er blieb abrupt stehen. „Meinst du das ernst?"

Ina nickte. „Ja, es ist wirklich so."

„Und was macht den Unterschied aus? Kannst du es erklären?"

„Nicht wirklich, aber es ist wohl so, dass wir beide gerade auf dem gleichen Weg sind und es entsprechend genießen können." Ina blieb kurz stehen. „Aber komisch ist es schon, denn wir kennen uns doch kaum."

„Findest du?"

Ina zuckte innerlich die Schultern. Wie sollte sie das alles hier einschätzen? Aber es fühlte sich gut an, als Vicente ihre Hand nahm und sie händchenhaltend weitergingen, so selbstverständlich, als hätte dieser Mann seit Jahren nichts anderes gemacht, als ihre Hand zu halten.

Nachdem sie nach drei Stunden den malerischen Rundweg geschafft hatten und wieder am Ausgangspunkt ankamen, fühlte sich Ina völlig vertraut mit Vicente.

„Das war ein wunderschöner Tag", sagte sie leise, als sie an seinem Auto standen.

„Das finde ich auch", bestätigte Vicente. „Ich hoffe, ich kann dir noch viele schöne Touren zeigen. Ich bin ein guter Wanderführer."

„Der beste!", meinte Ina und stellte sich auf die Zehenspitzen, um ihn sanft auf die Wange zu küssen. „Danke dir für den schönen Tag!"

„Und den sollten wir passend beenden, auf meiner Terrasse, mit einem Schluck Wein für dich. Du bist ja ohne Auto da, ich bringe dich dann."

Ina blieb gern und erlebte einen wunderbaren Ausklang eines einmaligen Spaziergangs. Sie fühlte sich so vertraut mit Vicente, dass sie ganz offen von ihrem Alltag und auch ihren Sorgen und Ängsten erzählte, so wie sie es sonst nur mit ihren Freundinnen tat. Sie versuchte nicht, sich zu verstellen oder gar zu inszenieren, zeigte nicht die schöne Hülle, sie war einfach sie selbst, so ehrlich und authentisch, wie sie war, und sie hatte das Gefühl, dass es ihm genauso ging. Ihr Miteinander war auf eine zauberhafte Weise zwanglos, unkompliziert und aufmerksam und sie fragte nicht einmal nach, warum das so war, weil es sich so selbstverständlich und natürlich anfühlte.

***

Oh nein, durchzuckte es Ina. Sie stand noch in der Tür, als sie in der Tasche vergeblich nach ihrem Handy suchte. Sie hatte die ganze Zeit vorgehabt, ein paar Nachrichten zu verschicken. Sie wollte einigen ihrer Wanderfreundinnen schreiben, um zu hören, ob zu Hause alles in Ordnung war, und ihnen mitteilen, dass sie noch eine Zeit lang in

Spanien bleiben würde. Mit ihrem Redaktionschef müsste sie das telefonisch klären.

„So ein Mist", zischte sie und pfefferte ihr Portemonnaie und ihr Schminktäschchen zurück in die Handtasche. „Wo kann das Biest denn bloß sein?"

„Inalein, ich habe gesehen, dass dich Vicente gebracht hat. Wart ihr eigentlich verabredet?"

Ina ging ins Wohnzimmer und setzte sich zu Helga auf das Sofa. „Nein, nein, Mama. Er hat mich zufällig ‚aufgegabelt', wie er so schön formuliert hat, und dann sind wir gemeinsam spazieren gegangen und haben noch etwas bei ihm getrunken. Wusstest du, dass er ziemlich an seiner Scheidung geknabbert hat?"

„Ja, ich weiß, ich kenne auch seine Frau noch. Eigentlich waren die beiden ein Dream-Team. Aber er war nie zu Hause und sie immer allein in den Bergen. Das konnte nicht gut gehen. Irgendwann hatte sie einen deutschen Lehrer kennengelernt, der hier im Urlaub war, und ist mit ihm zurück nach Deutschland gezogen."

„Das hat ihn sehr getroffen."

„Ja klar, besonders, weil sein Sohn auch schon in Deutschland lebte. Er hatte dort studiert und anschließend einen tollen Job bekommen und ist geblieben. Damit war er beide los und allein."

Helga seufzte. „Vicente ist unser Hausarzt, seitdem wir hier angekommen sind. Mittlerweile sind wir befreundet. Ihn leiden zu sehen, das fiel mir schwer. Aber inzwischen hat er sich berappelt und kommt gut zurecht. Er ist wieder frei für Neues."

„Hat er denn jemanden?"

Helga zuckte mit den Schultern. „Ich habe ihn einmal darauf angesprochen, aber das ist schon ein paar Wochen her. Ich will auch nicht zu indiskret sein. Vicente kann wunderbar zuhören, doch nicht über sich sprechen."

„Warst du mal bei ihm?"

„Ja klar, aber Bernd ist öfter bei ihm. Wir tauschen häufiger die Gartengeräte aus oder Werkzeug. Er ist nicht nur ein super Arzt, sondern auch ein super Nachbar."

Wahrscheinlich lag ihr Handy noch bei Vicente. Ina erinnerte sich genau, dass sie recht spät eine Nachricht von der Redaktion bekommen und eine Antwort geschickt hatte. Anschließend hatte sie das Handy auf die Fensterbank gelegt und offenbar liegengelassen.

Ina blickte auf die Uhr. Es war halb zehn. Sie könnte ihn anrufen, aber dann erschien ihr das zu aufdringlich. Vielleicht würde ihr er das Handy noch bringen wollen, doch das wollte sie ihm nicht zumuten. Er hatte schon genug um die Ohren.

Dann würde sie eben ihre Nachrichten morgen verschicken. Sie musste sowieso zeitig raus, um Helgas Gäste zu besuchen. Viel früher, als er seine Praxis öffnete. So könnte sie auf dem Weg zum ersten Termin bei Vicente das Handy holen, vielleicht einen Kaffee mit ihm trinken und sich dann in die Arbeit stürzen, voller Vorfreude auf einen neuen Spaziergang mit ihm, heute, morgen, egal wann, aber es wäre bestimmt wieder richtig schön.

„Ina", hörte sie Helgas Stimme. „Du träumst, wovon? Von deiner Karriere?"

Ina schreckte hoch. „Nein, nein, von meinem Besuch bei deinen Kunden morgen." Sie streichelte Helga über den Oberschenkel. „Kommst du allein zurecht? Brauchst du noch etwas? Wenn nicht, dann lege ich mich aufs Ohr. Ganz ehrlich, die Luft haut mich hier um."

Ina gönnte sich eine kurze warme Dusche, legte Carlos seine Kuscheldecke zurecht, natürlich verziert mit einem Leckerli, und ging zu Bett. Als sie noch überlegte, ob sie wohl einschlafen könnte, entglitt sie bereits ins Reich der Träume und schlummerte wohlig leicht weg.

Am nächsten Morgen schlüpfte Ina in Jeans und Bluse, legte sich wenig Make-up auf und trank mit Helga den üblichen Morgenkaffee in der Küche. „Ich muss jetzt los", meinte sie eine Spur hektisch, knuddelte Helga zum Abschied und packte ihre Arbeitsunterlagen in die Tasche.

Carlos lief die ganze Zeit über brav an ihrer Seite und als sie ins Auto stieg, hüpfte er wie selbstverständlich auf den Rücksitz und schaute neugierig hinaus.

Ina hatte noch schnell zwei Stückchen Quiche eingepackt und wollte Vicente damit überraschen. Sie freute sich auf ihn. Seine Nähe gab ihr das Gefühl, es könnte nichts mehr in ihrem Leben schiefgehen, und das lag nicht daran, dass er Mediziner war.

Sie stellte das Radio an, hörte wie immer spanische Schlager und schwelgte in ihrem Ferientraum. Noch zwei Kurven und ein flotter Anstieg und sie wäre da, angekommen bei Vicente.

Doch was war das? Auf seinem Parkplatz stand neben dem SUV ein Beetle-Cabrio mit spanischem Kennzeichen. Ina fühlte sich plötzlich wie ein Störenfried. Was wäre denn, wenn Vicente gar nicht allein lebte und gestern Abend noch seine Freundin gekommen wäre? Am liebsten wäre sie sofort wieder weggefahren, aber sie brauchte ihr Handy. Sie parkte etwas abseits, ließ Carlos und die Quiche im Auto und ging so schnell und so leise wie möglich zur Terrasse. Wenn Vicente sie sehen würde, könnte sie sich fix eine Erklärung überlegen. Sie hätte keine Zeit und wollte nicht stören oder sie müsste dringend weg und wäre sehr in Eile. Egal was, etwas fiele ihr schon ein. Als sie am Beetle vorbeikam, lugte sie neugierig in den Innenraum und entdeckte ein paar pinkfarbene Pumps auf dem Fahrersitz, eilig abgestreift. „Wahrscheinlich brauchtest du Turnschuhe, um mit deinem Traummann hier durch den Campo laufen zu können", sagte Ina zu sich. Ganz klar, der Wagen gehörte einer Dame und nach der Farbe Pink zu urteilen auch einer jüngeren. Vielleicht lagen die beiden noch im Bett und sie würde am Schlafzimmerfenster vorbeihuschen. Meine Güte, wie peinlich war das denn? Augen zu und durch, dachte Ina und huschte weiter zur Terrasse und dann sah es sie es schon, ihr Handy. Es lag zum Glück tatsächlich wie vermutet auf der Fensterbank. Ina griff danach und konnte dabei ins Wohnzimmer sehen. Vicente saß mit der mindestens zehn Jahre jüngeren Frau am Esstisch. Sie hatte langes, dunkles, sehr lockiges Haar und trug einen viel zu großen Herrenbademantel. Anscheinend hatte Vicente etwas geflunkert, denn bei der morgendlichen Gesellschaft konnte es ihm nicht so schlecht gehen. Nur weg! Mit wenigen Schritten war sie wieder an ihrem Wagen. Am liebsten wollte sie das Ganze ungeschehen machen. Tränen liefen ihr über die Wangen. Tränen der Enttäuschung, aber auch der tiefen Ratlosigkeit. Was war bloß mit ihr los? Offenbar konnte sie nichts und niemanden mehr einschätzen. Sie hatte sich schon bei Aaron Gefühle herbeifantasiert. Doch dass ihr das auch noch ein zweites Mal viel intensiver bei Vicente passiert war, ließ alle Alarmglocken bei ihr schrillen. Ganz offenbar brauchte sie Ruhe, nichts als Ruhe, um sich selbst erst einmal zu finden. Mit dem Handrücken wischte Ina sich die Tränen aus dem Gesicht. „Nicht jammern, aufstehen und weitermachen, irgendwie", sprach sie sich Mut zu und nahm sich fest vor, sich künftig ausschließlich um ihren Arbeitsauftrag zu kümmern. Sie setzte sich auf den Fahrersitz, drückte den Startknopf und stellte das Radio an. Während der Fahrt summte sie die Melodien mit und konzentrierte sich auf all die Punkte, die Helga ihr aufgetragen hatte. Das Reinigungsgeld kassieren, die Bäder kontrollieren, für eine künftige Buchung fünfzehn Prozent Rabatt gewähren, weil es sich um Stammkunden handelte. Die Putzfrau bezahlen, ihr die neuen Aufträge aushändigen, und vieles mehr. Sie hatte zwei Übergaben heute. Darauf sollte sie sich konzentrieren. Sie musste jetzt stark sein, für Helga, für die Familie, doch zuallererst für sich.

Ihr Handy blinkte. Ina erkannte die Nummer der Redaktion und nahm das Gespräch über die Freisprechanlage an.

„Ina, sorry die Störung, aber das läuft hier gar nicht. Die Kleine hat mir eine Geschichte abgeliefert, die ist nicht druckbar. Du hast doch mit der Ratsfrau auch schon mal ein Interview geführt und kennst sie. Kannst du das alles mal in eine vernünftige Form bringen?" Ihr Chef Walter war so außer sich, dass er gar nicht mehr aufhörte zu reden. „Walter, hallo, Walter", versuchte Ina seinen Wortschwall zu unterbrechen. „Walter, ich bin in den valencianischen Bergen auf dem Weg zu einem Termin. Ich kann jetzt unmöglich etwas richten."

„Ina, ich bitte dich, wir haben Krankheitsfälle, du kannst mich doch nicht hängen lassen."

„Das möchte ich auch nicht, aber du hast zwei tolle Kolleginnen dort, die du immer sehr lobst, die werden das mal zehn Tage allein hinbekommen."

„Eben nicht, deshalb rufe ich dich ja an."

„Walter, ich bin im Auto, habe heute noch zwei Termine und bin mit dem Kopf überall, aber nicht bei der Ratsdame. Bitte verzeih, ich kann mich jetzt nicht darum kümmern."

„Ina, dann schiebe ich den Artikel und du suchst dir einen anderen aktuellen Aufhänger. Nächste Woche bist du ja wieder da."

„Leider …"

Klack. Walter hatte aufgelegt.

Ina atmete tief durch und plötzlich war sie wieder da, die Atemnot. Sie schnappte nach Luft, griff sich an den Hals. Ihr war schwindelig und übel. Sie hatte Glück. Direkt vor ihr konnte sie gut auf eine Freifläche fahren, den Motor abstellen und versuchen, durchzuatmen und sich auf die ihr vertraute Atemübung zu konzentrieren.

Ina spürte, dass sie entspannter wurde, blieb aber noch ein paar Minuten ruhig sitzen, so ruhig, dass sich Carlos zwischen den Vordersitzen hindurchzwängte und sich besorgt an sie schmiegte. Sie streichelte sein Fell und genoss die Nähe zu dem Tier. „Du spürst, wenn es Frauchen nicht gut geht", sagte sie und lehnte den Kopf weit nach hinten, öffnete das Dachfenster und sog die frische Luft ein. Aber die Angst, zu ersticken, wurde sie nicht ganz los. Was wäre denn, wenn sie plötzlich ständig Panikattacken bekäme? Sie müsste sich Hilfe suchen. Alexandra, schoss es Ina durch den Kopf. Sie hatte ihr doch die Telefonnummer gegeben. Sie würde sie anrufen und einen Termin mit ihr absprechen.

KAPITEL 10

„Wer zweimal guckt,
hat mehr vom Leben"

Nach den Hausübergaben hatte sich Ina unterwegs ein paar Tapas gegönnt und bis zum Sonnenuntergang in Oliva Playa einen langen Strandspaziergang mit Carlos unternommen. Sie musste sich in jeder Hinsicht ein dickes Fell zulegen und war bereit dazu. Sie hatte genug von Enttäuschungen und emotionalem Durcheinander. Sie spürte Entschlossenheit und das machte sie ruhig. Ruhig und stark.

Als sie die Tür zur Finca aufschloss, fiel Ina sofort das Zettelchen auf dem Küchentisch auf.

„Mein Bein hat sich gemeldet. Es braucht Ruhe. Ich habe mich deshalb etwas hingelegt. Wir sehen uns später – Mama."

Ina seufzte. Die Nachricht überraschte sie nicht wirklich. Sie hatte schon länger den Eindruck, dass ihre Mutter sich zu wenig schonte. Im Moment war sie aber auch ein bisschen erleichtert, denn sie war überhaupt nicht in der Stimmung, zu sprechen. Sie nahm sich etwas Weißbrot aus der Tüte, dazu ein paar Stückchen Käse und ein Glas Orangensaft und ging damit in den Garten. Blinkende Sterne übersäten den mittlerweile nachtschwarzen Himmel. Im Tal sah sie einige beleuchtete Fenster und ab und zu die Scheinwerfer eines Wagens. Ina schloss die Augen und genoss es, einfach nur da zu sein. Die Stille und das Alleinsein taten ihr gut, denn sie hatte verstanden, dass sie an der Abrisskante stand. Die letzten Jahre zwischen Kanal und Redaktion, zwischen Trennung und Weitermachen, zwischen Karriere und Zielen hatten ihr zu viel abverlangt. Die Ruhe- und Schlaflosigkeit zu Hause, die Atemnot, das Herzrasen und auch die Aussagen von eigentlich Fremden, die ihr auf den Kopf zusagten, dass sie sich offenbar selbst vergessen hatte, waren schon deutliche Warnzeichen. Aber jetzt kam dazu noch die Erkenntnis, Menschen und Signale nicht mehr richtig einschätzen zu können. All das durfte nicht folgenlos bleiben. Ein „Weiter so" war unmöglich. Ina konnte sich nicht länger in der Blase der Social-Media-Welt verstecken und Fassaden hochziehen, um Erwartungen zu erfüllen. Sie hatte keine Lust mehr, nach Likes und Klicks zu schielen, wollte mehr als nur Follower zählen, Hater abwehren und Wünschen nachkommen.

Mit den Fingern zupfte sie sich kleine Stückchen vom Weißbrot und steckte sie gedankenverloren abwechselnd mit dem Käse in den Mund. Während sie langsam kaute und in das dunkle Tal schaute, reifte in ihr der Gedanke, sich von allem zu befreien. Nach einer Weile, die sie allein mit sich dort gesessen hatte, kroch zunehmend feuchte Kühle an ihr hoch und Ina zog ihren Strickmantel fest zu. Aus dem Wohnzimmer holte sie sich eine Wolldecke, kuschelte sich in den warmen Wollstoff und trank in kleinen Schlucken von dem Saft. Mit jeder Minute wusste Ina besser, was jetzt das Richtige für sie war.

Ihre Smartwatch zeigte kurz vor zwölf. Ina stand auf, nickte Carlos zu, der sofort begriff, dass es nun ins Bett ging. Sie brachte noch das Geschirr in die Küche und horchte vorsichtig an Helga Schlafzimmertür. Es war alles ruhig. Sie schien selig zu schlafen. Auch Ina lag wenig später in ihrem Bett, kraulte Carlos, der es sich direkt neben ihr auf seiner Kuscheldecke gemütlich machte, über den Bauch und konnte wunderbar einschlafen, weil endlich in ihrem Kopf wieder Klarheit herrschte.

***

„Ina, ich hoffe, du bist nicht böse, dass ich gestern so früh schon zu Bett gegangen bin, doch ich hatte Schmerzen und war wirklich richtig erledigt. Aber komm her, lass dich drücken, und einen wunderschönen „Guten Morgen" für dich."

Ina genoss Helgas Umarmung und sah, dass der Tisch im Esszimmer bereits gedeckt war.

„Hui, du warst ja schon richtig fleißig, während ich bis in die Puppen ausschlafe."

„Das nennt man Arbeitsteilung", sagte Helga lachend und Ina fand, dass sie auch heute früh wieder ganz bezaubernd aussah. Wie gewohnt hatte sie kräftig in den Farbtopf gegriffen und trug dieses Mal Pink, oder wie es auf Inas Kanal hieß: Magenta. Dazu blitzte eine Kette mit türkisfarbenen Glasperlen in ihrem Dekolleté – eine gewagte Kombination, aber sehr stimmig. Ähnlich farbenfroh war auch der Tisch gedeckt. Zwei aquamarinfarbene Steingutteller mit passenden Kaffeebechern leuchteten auf safrangelben Sets und beides zusammen sah traumhaft aus. Und nicht nur die Optik stimmte auf dem Frühstückstisch. Helga hatte einen Obstsalat vorbereitet, den obligatorischen frischen Orangensaft gepresst und goldbraun getoastete Baguette-Hälften verbreiteten bereits ihr Aroma.

„Nimmst du Tomatenmus und Olivenöl aus der Küche mit", rief Helga herüber und wenig später saßen sie gemeinsam mit Kaffee am Frühstückstisch, auf den die Morgensonne strahlte.

Ina liebte dieses Frühstück und schnupperte sich schon den Appetit an. „Dass du gestern so früh zu Bett gegangen bist, war natürlich kein Problem, ich war auch sehr müde." Anerkennend blickte sie ihre Mutter an. „Übrigens siehst du heute mal wieder ganz besonders zauberhaft aus. Das pinkfarbene Jersey-Kleid steht dir wirklich ausgezeichnet."

Helga strahlte sie an. „Sagst du auch die Wahrheit? Oder findest du, dass ich zu alt dafür bin."

„Nein, gar nicht, im Gegenteil. Der Farbton gibt dir eine wunderbare Frische und die Figur hast du allemal. Du bist superschlank."

„Ach du machst mich ja verlegen."

„Ich sage die Wahrheit!", unterstrich Ina und nahm sich eine Hälfte von den aufgeschnittenen Baguettes. Sie strich das Tomatenmus darauf, gab einen Schuss Olivenöl dazu, berieselte alles mit Salz und biss genüsslich in die krosse Leckerei. „Und ich habe auch noch andere Wahrheiten heute."

„Oh, da bin ich gespannt!" Helga schob Ina eine Scheibe Käse herüber. „Probier mal den Manchego dazu, das ist beste Bioware. Aber sei so lieb, und hol du uns noch einen Kaffee. Bis ich mit meiner Krücke wieder hier bin, ist der fast kalt."

Ina verdrehte die Augen. „Au man, ich bin ja richtig aufmerksam. Sorry, da hätte ich auch selbst drauf kommen können. Aber im Moment sind meine Gedanken überall, nur nicht im Alltag."

„Ich weiß, wo deine Gedanken sind: bei einem netten Mann mit grauen Schläfen und einem zauberhaften Lächeln."

„Nein", wiegelte Ina sofort ab. „Ein Mann passt jetzt gerade gar nicht dazu. Ich habe genug mit mir zu tun."

Helga zupfte das Sitzkissen zurecht und lehnte sich in ihrem Stuhl zurück, bevor sie einen Schluck von dem Kaffee nahm, den Ina zwischenzeitlich gebracht hatte. „Das glaube ich. Ich habe deinen Zusammenbruch, wenn man es so nennen darf, noch gut vor Augen."

Sie griff jetzt über den Tisch und streichelte Ina den Handrücken. „Ich mache mir Sorgen um dich."

Ina nickte und malte mit dem Finger Figuren auf die Tischplatte. „Ich weiß, ich mache mir auch Sorgen um mich. Deshalb müssen wir mal sprechen."

„Ich bin ganz Ohr", versicherte Helga und fischte sich mit der Gabel ein paar Mangostückchen aus dem Obstsalat. „Dann schieß mal los."

„Ich fahre nicht, wie geplant, zurück nach Deutschland, sondern bleibe noch."

Helga legte viel zu fest die Gabel auf den Teller und sah Ina überrascht an. „Das … das … das ist ja großartig", stammelte sie und wirkte etwas ungläubig. „Großartig, fantastisch, alles zusammen, das ist einfach perfekt."

Sie griff nach ihrer Krücke, um aufzustehen, sackte jedoch wieder auf ihren Stuhl zurück. „Das ist so schön." Tränen flossen ihr über das Gesicht. „Ich bin so froh, dass du hier bist und ich dich wiederhabe. Und jetzt bleibst du länger. Ich kann gar nicht sagen, wie glücklich ich bin." Sie schlug die Hände vors Gesicht und weinte so heftig, dass ihr ganzer Oberkörper bebte.

Ina stand auf und setzte sich auf den Stuhl neben ihrer Mutter, legte ihr den Arm um die Schulter und zog sie fest an sich. „Ich bin auch sehr glücklich, dass ich dich wiederhabe", murmelte sie und küsste Helga aufs Haar.

Die wischte sich mit einer Serviette die Tränen aus dem Gesicht. „Wie willst du das denn regeln? Geht das wirklich für dich? Ich möchte nicht, dass du meinetwegen jobliche Probleme bekommst."

„Nein, nein, das geht schon", beruhigte Ina ihre Mutter. „Ganz einfach, ich nehme mir in der Redaktion Urlaub. Zudem habe ich noch viele Überstunden, da kommen bestimmt auch ein paar Tage zusammen, und meinen Kanal, tja, den lasse ich mal ein bisschen schlummern. Wir brauchen erst einmal beide eine Auszeit und die gönne ich uns jetzt. Und wenn ich wieder vorsichtig loslege, will Ingo mich unterstützen."

Helga bekam große Augen und nickte dann zustimmend. „Wahnsinn Ina, ich will gar nicht davon sprechen, welche Freude du mir damit machst. Aber ich finde, es ist für dich eine wirklich sehr, sehr kluge Entscheidung. Ich glaube, es gibt kaum Menschen, die so handeln würden, um mal spontan aus dem Hamsterrad zu kommen."

„Tja, viele verschließen genau wie ich einfach die Augen. Aber wenn man irgendwann wirklich hinsieht und merkt, dass man auf einem falschen Weg ist, muss man nur noch auf seine innere Stimme hören. Sie weist einem verlässlich den Weg. Nur manchmal wollen wir sie nicht hören und warten, bis sie ganz laut schreit, weil wir absolut nichts ändern wollen." Ina seufzte, zog ihren Kaffeebecher zu sich und gab einen Schuss Milch hinein. „Ich war in letzter Zeit ziemlich taub für meine eigenen Signale, aber seitdem ich hier bin, habe ich wieder ganz sensible Ohren. Ich weiß jetzt, wo ich hinsteuern muss."

Helga strich Ina mit der Hand über die Wange.

„Du bist eine sehr vernünftige Frau. Keine Ahnung, von wem du das hast." Sie zwinkerte ihr zu. „Aber komm, wir feiern deine mutige Rolle rückwärts mit einem gemütlichen Essen heute Abend. Da ich nicht so fit auf dem Bein bin, lass uns hier etwas Kleines kochen, einverstanden?"

„Gute Idee", sagte Ina und nahm jetzt von dem Obstsalat. „Ich genieße noch das Frühstück. Aber dann muss ich dringend arbeiten, immerhin bin ich ja stellvertretende Ferienhausvermieterin, und auf dem Rückweg gehe ich bei deiner Freundin Margarethe die Zutaten für heute Abend einkaufen."

„Unserer Freundin."

Ina sah sie fragend an. „Wieso?"

„Na, sie hat mich angerufen und in den höchsten Tönen von dir geschwärmt. Du bist jetzt ein Teil der Community und wirst dich wundern, was das heißt. Die Leute hier sind *sehr* kontaktfreudig."

„Oh, dann kann ich mich ja auf viele Einladungen gefasst machen."

„Einladungen? Ja, aber hier. Man lädt sich gern selbst ein. Also füll mal die Vorräte in unserer Küche auf, wenn hier halb Gandía auftaucht und mit dir reden will."

***

Als sich Ina an diesem Morgen um die Buchungen gekümmert hatte und für die Termine und späteren Einkäufe zum Auto ging, fühlte sie sich schon wieder viel leichter und beschwingt. Auf der Autofahrt sang sie aus vollem Herzen die spanischen Schlager, kam in den Ferienhäusern prima mit den abreisenden und anreisenden Urlaubern zurecht, sammelte Geld ein und sorgte für Ordnung. Sie brachte noch eine vergessene Mülltonne weg, schob ein Sofa gerade, ordnete Handtücher. Alles ging ihr so leicht von der Hand wie andere Dinge schon lange nicht mehr.

Als sie um die Mittagszeit zu Margarethes Marktstand kam, schien ihr die Leichtigkeit des Neubeginns im Gesicht zu stehen. „Du siehst herrlich entspannt aus. Dein Aufenthalt hier bekommt dir offenbar hervorragend", rief ihr Margarethe über liebevoll aufgereihtes Gemüse und Obst hinweg zu.

Ina nickte. „Ich fühle mich auch so, wie ich anscheinend aussehe", gab sie zurück und begann in eines der bereitgestellten Körbchen Gemüse zu packen.

„Sagen Sie mal, Sie sind doch Deutsche. Kennen Sie hier im Ort eine Wanderführerin?", fragte eine Dame neben ihr mit einem starken norddeutschen Akzent. Sie war um die sechzig Jahre alt, etwas mollig, trug eine knielange Hose und eine leichte Sweatjacke. „Ich bin übrigens Christa." Sie streckte Ina die Hand entgegen.

Sie schlug ein. „Ich bin Ina, kenne mich aber so gut wie gar nicht aus."

„Ich möchte die Umgebung erkunden, doch allein macht mir das keinen Spaß und im Internet habe ich niemanden gefunden, der mich begleiten würde."

Ina blickte zu Margarethe hinüber. „Sag mal, kennst du hier eine Wanderführerin? Du bist doch Insider. Hast du von Helga einen Tipp?"

Margarethe wies eine Mitarbeiterin an, weiter zu bedienen, und kam nach vorn an den Stand.

„Machen Sie Urlaub hier?", wollte sie von Christa wissen.

„Ja, aber einen Langzeiturlaub. Ich bleibe zwei Monate!"

„Beneidenswert!", warf Ina ein.

„Wie man es nimmt. Ich bin allein und möchte gern viel wandern, doch Solotouren traue ich mir nicht zu. Ich würde mich gern einer Gruppe anschließen und dachte, ich frage mal jemanden, der sich auskennt und Kontakte hat."

„Wo wohnen Sie denn?", wollte Margarethe wissen.

Christa blickte die Allee hinunter. „In dem Appartementhaus am Ende der Straße. Es ist übrigens sehr schön dort."

„Du wanderst doch auch gern", meinte Margarethe jetzt zu Ina gewandt und Christa strahlte sofort erfreut.

„Das ist ja klasse", rief sie begeistert aus und plauderte unbekümmert los. „Das Wetter ist in nächster Zeit perfekt und wir könnten schon morgens los. Ich habe eine Wanderkarte gekauft und es gibt so viele fantastische Wanderrouten mit grandiosen Ausblicken. Und was man alles dabei besichtigen kann, unfassbar. Klöster und Burgen und kleine Handwerksbetriebe und verschwiegen gelegene Bars."

Ina fühlte sich etwas überrumpelt, aber auf der anderen Seite auch animiert. Sie wollte doch Veränderung und warum sollte sie der sympathischen Christa nicht helfen, einen schönen Tag zu verbringen, zumal sie für ihr Leben gern wanderte.

„Gleich morgens ist es schwierig", schränkte sie ein. „Ich muss in der Regel für die Firma meiner Mutter arbeiten. Aber am frühen Nachmittag, warum nicht. Wir fangen vorsichtig an."

„Das ist so klasse, ich freue mich. Und eine Bekannte kommt bestimmt ebenfalls mit. Die lebt in Dénia, hat aber auch Interesse, sich irgendwo anzuschließen. Mit mir allein war sie nicht zufrieden", meinte Christa lachend und holte ihr Handy aus der Tasche. „Wenn du, ich sage jetzt mal du, Ina, wenn du mir deine Handynummer gibst, schicke ich dir eine Nachricht und wir sind vernetzt. Schieß los!"

Irritiert, wie schnell sie hier als Wanderführerin galt, gab Ina ihr die Telefonnummer.

Als Christa sich fröhlich verabschiedete und noch betonte, wie sehr sie sich auch auf den vierbeinigen Begleiter Carlos freute, der die ganze Zeit neben Inas Beinen geduldig wartete, sprach Margarethe sie leise an. „Wenn du länger bleibst, kannst du ein fabelhaftes Geschäft daraus machen. Die Gegend hier ist klasse, es gibt reichlich Urlauber, die gern in der Gruppe wandern möchten, und wenn du sie in den Häusern deiner Eltern unterbringst, könntest du ein Paket anbieten und hast sie alle gleich am Haken."

Sie zwinkerte ihr zu. „Das ist gutes Geld und du wirst reichlich zu tun haben. Du glaubst gar nicht, wie oft hier Leute danach fragen."

„Woher weißt du eigentlich, dass ich gern wandere? Sieht man mir das auch an?"

„Nein, deine Mutter hat es mir gestern erzählt. Du bist angeblich sogar in einem Wanderklub."

Ina nickte. „Stimmt, aber du sprichst viel mit meiner Mutter."

„Allerdings, sie ist auch der liebste Mensch, den ich hier habe."

„Das ist schön zu hören. Mal sehen, wie es mir gefällt, mit Fremden unterwegs zu sein. Ich habe mir vorgenommen, für alles offen zu sein."

Sie griff jetzt nach den Blimis und legte sie zu den Tomaten und den anderen Sachen in ihrem Korb. „Mal sehen, vielleicht bin ich dann bald die Wanderführerin von Gandía."

„Und ich bin übrigens auch dabei, zumindest sonntags."

„Na, na, na, das glaube ich noch nicht. Ich weiß ja, wo du bisher deine Sonntage verbracht hast. Du glänzt in magentafarbenen Anzügen in den In-Treffs von Dénia."

„Dir erzähle ich auch nichts mehr", ulkte Margarethe und sah, dass bereits einige Kunden auf sie warteten. Sie gab Ina einen Klaps auf den Oberarm. „Ich muss arbeiten, und nimm dir Auberginen mit. Die sind wirklich klasse und im Angebot."

Sie sah Margarethe nach, die jetzt schon lächelnd wieder eine Kundin nach ihren Wünschen fragte. Nachdem Ina bezahlt hatte, ging sie mit Carlos zurück zum Auto. Eigentlich war das mit der Wanderführerin wirklich eine wunderbare Job-Idee. Sie liebte wandern und die perfekte Vermarktung für ihr neues Business stellte auch kein Problem dar. Das hatte sie ja in den letzten Jahren gelernt. Sie könnte sich vorstellen, zumindest ein paar Monate zu bleiben und sich in ein neues, ganz anderes Leben einzufühlen. Was danach käme, würde sie dann entscheiden. Warum nicht zwischen ihrer Heimat und Valencia pendeln, oder, wenn sie sich hier rundherum wohlfühlte und, vor allen Dingen, es sich auch finanziell auszahlte, ihre Zelte in Deutschland abbrechen und ganz in Spanien leben? Sie würde mit der Redaktion sprechen. Vielleicht könnte sie online für sie arbeiten. Aber das war alles Zukunftsmusik und musste jetzt nicht entschieden werden.

Sie stellte den Gemüsekorb auf den Rücksitz, Carlos hüpfte daneben und Ina öffnete die Fahrertür, um einzusteigen.

„Das ist ja eine Überraschung", hörte sie plötzlich eine tiefe Stimme und wusste sofort, zu wem sie gehörte: Vicente.

Er saß auf der gegenüberliegenden Seite in seinem SUV und hatte gerade den Motor ausgestellt. „Warte mal bitte, ich möchte dich etwas fragen." Er sprang beherzt aus dem Auto und lief über die Straße auf Ina zu. „Ich freue mich so, dich zu sehen. Sag mal, ich habe Mittagspause. Hast du Lust auf einen Kaffee?" Er sah sich um. „Komm, die Bar dort drüben hat geöffnet. Schenk mir deine Zeit."

Ina hatte nichts dagegen, im Gegenteil. Sie war in einer Stimmung, in der sie das Leben einfach nur genießen wollte. Ihre merkwürdigen Gefühle, die neuerdings nicht mehr einschätzbar waren, würde sie künftig entschlossen beiseiteschieben und unter Kontrolle halten. Sie war eben eine starke Frau und würde sich neu justieren.

Sie holte ihre Handtasche aus dem Auto, wickelte sich den leichten Seidenschal um die Schultern, nahm Carlos an die Leine und ging neben Vicente durch den Ort.

„Ich bleibe übrigens", sagte sie und war gespannt auf seine Reaktion. Immerhin hatte er ihr ja genau das nahegelegt.

Vicente blieb abrupt stehen und strahlte sie an. „Wirklich? Du, das ist ganz wunderbar. Für deine Eltern ist das eine riesengroße Erleichterung." Er sah sie mit festem Blick an und räusperte sich kurz, bevor er weitersprach.

Seine Augen hatten einen ungewohnten Glanz und Ina glaubte, einen Tränenschimmer darin zu erkennen.

„Ich möchte, dass du das weißt; ich freue mich sehr, wenn du bleibst." Er atmete besonders tief durch, so als wollte er sich Mut machen. „Übrigens ist jeder Tag, den du länger in meiner Nähe bist, ein Geschenk."

„Weil du dann nicht so oft nach meinen Eltern gucken musst?", fragte Ina.

Vicente schüttelte den Kopf. „Nein, weil ich dann besonders oft nach deinen Eltern schaue und mit dir die tollsten Spaziergänge unternehme."

„Nachtspaziergänge, denn vor zweiundzwanzig Uhr bist du ja gar nicht zu Hause", rutschte Ina heraus und sie merkte zu spät, dass sie damit Vicentes wunden Punkt traf. Sie schämte sich, denn er wandte sich sofort von ihr ab, wirkte sichtbar getroffen und in sich gekehrt. Ina hätte sich am liebsten auf die Zunge gebissen, so sehr ärgerte sie sich über ihre unnötige Bemerkung und wechselte schnell das Thema.

„Ich brauche deinen Rat, Vicente."

Er fing sich sofort.

„Dann schieß mal los. Ich höre."

„Ich habe mich hinreißen lassen, mit einer Urlauberin zu wandern. Eine ganz reizende Dame. Aber Margarethe, die Bäuerin vom Obststand, meinte, ich könne ein Unternehmen als Wanderführerin gründen. Was meinst du dazu?"

„Das ist ja eine gute Idee", entgegnete Vicente, ohne zu zögern. „Du musst dich ein bisschen einarbeiten, weil die

Gegend neu für dich ist. Aber ich kenne sie und kann dir manchen guten Tipp geben."

Ina war unendlich froh, dass sie trotz des Zwischenfalls mit der jungen Frau mit Vicente so locker und unbekümmert sprechen konnte. Wenn sie ihn schon nicht als Mann haben konnte, dann wenigstens als Freund. „Zeigst du mir deine Geheimorte, damit ich sie später mit Touristen aus aller Welt teilen kann?"

„Na ja", meinte er lachend. „Nicht alle, damit noch ein paar für mich allein sind. Aber ganz ernst: Das ist wirklich eine gute Idee. Bei deinen Fähigkeiten, die Social-Media-Klaviatur zu bespielen, wird die Gegend um Gandía dann der Hotspot Europas. Ich glaube, ich möchte Teilhaber werden."

Ina hakte sich bei ihm ein. „Na, ich muss mal rechnen. Vielleicht ist eine klitzekleine Beteiligung drin. Bei einem Snack geben wir unseren Gedanken Flügel und erstellen gemeinsam einen Businessplan."

An einem kleinen Zweiertisch mit Straßenblick bestellte Vicente zwei Kaffee und zwei Stück Tortilla mit Auberginen.

„Du, ich möchte dir etwas sagen, etwas Persönliches", meinte er und rührte mit dem Teelöffel schon viel zu lange im Kaffee.

„Wohin wir wandern?", fragte Ina vorschnell.

„Das auch." Er räusperte sich. „Aber eher, als was wir wandern!"

„Als was? Wie meinst du das?" Ina sah Vicente fragend an und stach zwei Stückchen der Tortilla ab.

„Im Moment sind wir Freunde, ich denke, das kann ich so sagen." Er druckste herum. „Aber der Ausflug in die Berge und der Abend bei mir, ganz ehrlich. Diese gemeinsamen Stunden haben etwas in mir ausgelöst. Ich mag keine Unsicherheiten, besonders keine emotionalen, sondern möchte klare Verhältnisse und deshalb die Frage: Kannst du dir mehr vorstellen, ich meine, mit mir?"

Ina atmete tief durch. Wieder war hier ein Mann mit Doppelleben. Daran war ihre Ehe gescheitert, daran hatte sie ihre heile Familie verloren, und sie wollte alles, nur das nicht noch einmal erleben. Vicente gefiel ihr sehr, er war einfühlsam und emotional, dazu humorvoll und erfolgreich. Die Zeit an seiner Seite fühlte sich stimmig an. Aber er liebte zweigleisig, mindestens, und deshalb war es besser, wenn sie sich zurückziehen würde. Sie brauchte keinen Mann, der einmal sie und wenige Stunden später die nächste Frau auf seinem Anwesen umgarnte. Sie wollte keine halben Sachen mehr. Wenn es einen Mann in ihrem Leben geben sollte, dann einen, der ein klares Bekenntnis zu ihr abgab.

Sie nahm Vicentes Hand und hielt sie fest. Einen Moment lang blickte sie auf den Tisch, um ihre Gedanken zu sammeln. Dann sprach sie aus, was sie sich in ihrem Kopf zurechtgelegt hatte: „Weißt du, wir sind Freunde, das ist wirklich wahr. Und ich freue mich, dass ich deine Freundin sein darf. Aber nach allem anderen steht mir überhaupt nicht der Sinn." Sie ließ seine Hand los und griff stattdessen zum Kaffee. Hoffentlich schwappte die Tasse nicht über, so sehr zitterte sie innerlich. „Weißt du, ich muss lernen, mich selbst zu lieben", sprach sie weiter.

„Das hat mir kürzlich ein Mediziner geraten." Sie stellte den Kaffee schnell auf den Tisch zurück und knibbelte unruhig an ihren Fingern. „Ich muss das erst langsam lernen, das kostet Zeit, aber auch Kraft." Meine Güte, warum fiel es ihr bloß so schwer zu lügen? Sie hätte ihm so gern etwas ganz anderes gesagt, doch sie hatte kein Interesse, den Mann, auf den sie sich ohne Zögern einlassen würde, mit einer anderen zu teilen. Also musste sie weiter irgendwelchen Unsinn erzählen. „Ich brauche meine Zeit im Moment für mich. Ich schwebe irgendwie über allem und muss erst wissen, wo ich mich wieder erden will, denn dieses Mal soll es für immer sein."

Eine Sekunde lang wunderte sie sich selbst über ihre fantasievollen Ausführungen, wollte sich jedoch nicht mehr allzu viele Gedanken darüber machen. Sie brauchte ihre Energie wirklich für sich und liebend gern auch für den richtigen Mann, aber keinesfalls für einen, der gar nicht wusste, wohin sein Herz gehörte.

Vicente sah zur Uhr. „Es ist spät. Ich habe zu Hause jede Menge Unterlagen auf dem Schreibtisch und muss heute noch wichtige Gutachten schreiben." Er winkte die Bedienung herbei, um die Bestellung zu bezahlen. „Verzeih, dass ich losmuss. Ich bringe dich zu deinem Wagen."

Ina fühlte sich nicht wohl in ihrer Haut. Gut, sie hatte klare Kante gezeigt und war in diesem Punkt stolz auf sich. Aber die Aussicht, zu Vicente auf Distanz bleiben zu müssen, steckte wie ein Messer in ihrem Herzen. Sie nahm den letzten Schluck Kaffee, stand auf und griff nach ihrer Tasche.

„Hast du denn Zeit zum Wandern? Du weißt ja, ich brauche einen guten Guide." Es war ihr Versuch, den Kontakt zu ihm nicht abreißen zu lassen. „Morgen laufe ich nur eine angelesene Route, sozusagen zur Probe."

Vicente wirkte abwesend. „Einen Guide, ja, ich weiß, lass uns telefonieren. Wir finden die Zeit."

Als sie hinausgingen und sich trennten, um zu ihren Autos zu gehen, war ihr Miteinander bedrückt. Ina bemühte sich um ein Lächeln, aber sie war traurig. Sie war eine starke Frau, na gut, doch es tat furchtbar weh, Stärke zu zeigen.

„Bis bald", meinte Vicente und wirkte deutlich reservierter als sonst.

„Bis bald", antwortete sie ähnlich distanziert und akzeptierte, dass es keinen anderen Weg gab, als eine Grenze zu ziehen, aus Selbstliebe, und genau die hatte Vicente ihr nahegelegt.

Als sie ihre Autotür aufschloss, brauste Vicente schon an ihr vorbei und hob zum Abschiedsgruß nur kurz die Hand.

Ina blickte ihm nach, bis sie die Rücklichter seines Wagens nicht mehr sehen konnte. Es tat ihr körperlich weh, ihn wegfahren zu lassen, aber sie musste jetzt hart mit sich selbst sein. Und auf eine seltsame Art fühlte es sich trotzdem gut an.

KAPITEL 11

„Mütter sehen ins Herz und ins Glück kann man wandern"

Mama, deine Freundin Margarethe hat mich auf eine Idee gebracht: Ich könnte Wandertouren anbieten! Sie hat mir auch gleich eine Übungstour aufs Auge gedrückt."

Helga saß auf dem Sofa und schien nicht zu wissen, worum es ging, und Carlos wuselte schwanzwedelnd um Ina herum, während sie die Einkäufe auspackte.

„Muss ich das alles verstehen?", fragte Helga irritiert nach.

Ina lachte. „Nein, kannst du gar nicht, verzeih, dass ich so damit herausgeplatzt bin. Ich setze mich gleich zu dir und dann erzähle ich dir alles."

Ina legte ihre Tasche zur Seite, schlüpfte aus den Schuhen und rutschte zu Helga auf das Sofa. Sie lehnte sich mit dem Kopf an ihre Schulter und kuschelte sich eng an sie.

Helga umarmte sie innig, schloss die Augen und genoss es offensichtlich, Ina endlich wieder so nah zu haben.

Sanft löste sich Ina aus der Umarmung. „Warte mal, ich hole uns erst noch einen Kaffee. Ich brauche was zum Fitwerden."

„Du bist aber schon aufgedreht genug", warnte Helga.

„Nein, nur engagiert. Das ist etwas anderes." Sie hüpfte durch das Wohnzimmer in die Küche, ließ die Maschine an und trällerte dabei einen spanischen Sommerhit.

„Hui, du hast ja gute Laune", rief Helga ihr zu. „Da kann ich mir schon denken, was kommt."

Ina blinzelte durch den Türrahmen. „Kannst du nicht. Ich habe so geballte Neuigkeiten. Da kommst du nie drauf."

Mit zwei Tassen Kaffee kam sie zurück auf das Sofa, reichte eine Helga herüber und präsentierte ihr das brandneue Businesskonzept.

Helga hörte aufmerksam zu, hielt sich aber mit Bemerkungen zurück.

„Was meinst du?", wollte Ina schließlich wissen.

„Vicente ist hier aufgewachsen und kennt sich prima aus. Das ist eine gute Idee, dir bei ihm Hilfe zu suchen. Er ist wirklich der beste Wanderführer, den du finden kannst."

Helga nippte am Kaffee, wirkte aber nicht hundertprozentig überzeugt. „Hat er denn Zeit dazu, mit dir unterwegs zu sein? Vicente ist schließlich ein guter Arzt und sehr gefragt bei den Leuten hier. Und Zeit ist bei ihm immer Mangelware. Immerhin ist daran auch seine Ehe gescheitert."

„Wirklich nur an der Zeit?"

„Wie meinst du das?"

„Ich kann mir auch vorstellen, dass er, sagen wir mal, nicht immer treu ist. Ich kenne das nur zu gut, wenn man nach Hause kommt und schon eine andere Frau da ist."

„Du denkst an Christopher, ja klar, das war bitter."

„Meinst du denn, er hatte auch Affären? Kannst du dir vorstellen, dass die Ehe daran zerbrochen ist?"

„Wer jetzt? Vicente?" Helga schüttelte den Kopf. „Niemals, Vicente ist nicht der Typ dafür. Ich kenne ihn knapp zehn Jahre. Er ist viel zu gradlinig für ein Doppelleben. Nein, nein, dass Maria ausgezogen ist, lag ausschließlich daran, dass sie immer allein war."

„Weil er so lange gearbeitet hat?"

„Ja klar, er ist ein sehr engagierter Arzt, kümmert sich wirklich rührend um jeden Patienten. Vergiss nicht, dass Praxen bei uns häufig bis halb zehn abends geöffnet sind. Du kannst dir ausrechnen, wann er dann zu Hause war. Obwohl er sich heute nicht mehr so übernimmt wie früher, einen freien Nachmittag in der Woche hat und auch öfter zeitig die Praxis schließt." Seufzend legte sie ihr Bein auf ein kleines Hockerchen und massierte es mit beiden Händen.

„Hast du Schmerzen?", fragte Ina.

Helga verneinte. „Alles gut, es ist eher so ein taubes Gefühl, auf jeden Fall nicht schlimm. Zurück zu Vicente: Vielleicht wäre es besser gewesen, wenn sie in die Nähe der Praxis nach Gandía gezogen wären, aber Vicente liebt die Natur, das Alleinsein. Er wollte nie in die Stadt."

Ina drehte den Kaffeebecher in den Händen. „Für mich ist das unwichtig. Er wandert genauso gern wie ich und wir vertragen uns gut und ich werde sein Angebot annehmen." Und dann log sie. „Mit wem er sonst noch irgendwie liiert ist, kann mir ja egal sein."

„Ich glaube nicht, dass er wieder jemanden hat." Helga schüttelte den Kopf. „Nein, das kann ich mir nicht vorstellen. Er hätte mir davon erzählt. Aber die Frau, die ihn bekommt, ist ein Glückskind. Es würde mich freuen, wenn er nicht mehr allein ist. Hast du denn jemanden an seiner Seite gesehen?"

„Ja, in der Stadt", log Ina erneut und wollte nicht zugeben, dass sie bei ihm zu Hause gewesen war. „Dem Aussehen nach eine typische Spanierin, sehr schlank, mit schwarzen Locken und wesentlich jünger."

„Das klingt aber nicht nach einer neuen Frau, sondern eher nach Juana, seiner Schwester. Die hat so eine Prachtmähne. Ich kenne sie gut, denn sie arbeitet bei ihm als Sprechstundenhilfe. Im Moment ist sie etwas angeschlagen. Sie hat einen Sohn, der eine chronische Krankheit hat, ich weiß aber nicht welche."

Ina spürte einen Stich in die Magengegend. „Schwester", wiederholte sie ungläubig. „Vicente hat eine Schwester?"

„Ja, sie fährt übrigens ein auffälliges Cabrio, einen Beetle. Daran erkennt man sie leicht."

Ina stellte mit Wucht den Kaffeebecher auf den Tisch und schlug sich die Hände vor das Gesicht.

„Oh nein, nein, nein, ich bin so eine verdammt dumme Kuh", schimpfte sie und schüttelte dabei heftig den Kopf. Dann nahm sie Hände herunter und sah Helga an. „Weißt du, dass deine Tochter superlange auf der Leitung steht?"

„Keine Ahnung, was du meinst."

„Kannst du auch nicht, Mama." Ina legte der Mutter den Arm um die Schulter und sah sie lächelnd an. „Ich erkläre dir alles, nur später, denn ich muss noch mal los."

„Wie los? Bist du verabredet?"

„Nein, absolut nicht. Aber ich muss etwas klären."

„Inalein, du bist ja erwachsen, ich weiß, und du kannst hingehen, wohin du willst. Sag wenigstens, wo du bist. Sonst mache ich mir Sorgen. Bist du auf dem Handy erreichbar?"

„Immer, egal wann." Ina gab ihrer Mutter einen Kuss auf die Wange. „Aber warte nicht auf mich. Es kann spät werden und spätestens morgen erzähle ich dir alles. Unser Essen holen wir nach, ja?"

Ina zog ihren Schal von der Stuhllehne, lief mit der Handtasche ins Bad, um die Schminktasche herauszunehmen und sich die Lippen nachzuziehen. Sie legte Rouge auf, korrigierte Lidstrich und Wimperntusche und fuhr sich mit der Bürste durch das Haar. Was sie sah, gefiel ihr. Die leichte Betonung ihrer Augen stand ihr gut. Sie hatte eine zarte Bräune, das Haar fiel sanft und akzentuierte die Konturen. In ihrem schlichten schwarzen Shirt mit dem tiefen Ausschnitt konnte sie sich sehen lassen.

Als sie hinaus zur Tür wollte, stand Helga vor ihr. „Sag mal mein Kind, was ist hier eigentlich los? Da steckt doch ein Mann dahinter?"

„Mama", sagte Ina lachend. „Ich bin so froh, dass wir wieder zusammen sind, aber ich bin, wie du ja schon gesagt hast, erwachsen."

„Das weiß ich, doch auch Erwachsene machen Fehler und rennen in die falsche Richtung."

„Stimmt, aber ich renne in die richtige." Sie tätschelte Helga die Wange. „Du hast gesagt, ich soll mich selbst lieben und auf meine innere Stimme hören. Genau das mache ich jetzt. Also, bis später. Ich muss los."

Ina schnappte sich im Hinausgehen die Leine und pfiff Carlos herbei, drehte sich aber noch mal zu Helga um und zwinkerte ihr zu. „Ich bin übrigens ganz in der Nähe."

Helga schien nachzudenken, bevor sie lächelte. „Ah, jetzt verstehe ich! Na dann, viel Spaß mein Kind."

„Das wusste ich doch. Mütter sehen immer ins Herz!" Sie warf ihr eine Kusshand zu und mit Carlos an der Seite nahm sie nicht den Wagen, sondern ging zu Fuß durch die Olivenbäume, an den Pferdeweiden vorbei und schließlich den Schotterweg entlang, auf dem sie Vicente kürzlich „erwischt" hatte. Ihre Beine liefen beschwingt wie von selbst und Carlos trottete so fröhlich nebenher, als wüsste er genau, dass sein Frauchen auf dem Weg ins Glück war. An der Abzweigung war sie atemlos und musste kurz stehen bleiben, um nach Luft zu schnappen. „Carlos, wir packen das", japste sie, holte tief Luft und setzte an zum Endspurt.

Endlich stand sie vor Vicentes Haus. Der Beetle parkte davor. Aber diesmal würde Ina nicht kneifen. Mutig ging sie auf die Terrasse und klopfte an die halb geöffnete Schiebetür, um sich bemerkbar zu machen.

Vicente war nicht zu sehen, nur die dunkelhaarige junge Frau saß am Laptop.

„Entschuldigen Sie die Störung, aber ist Ihr Bruder da?"

„Mein Bruder?" Irritiert blickte die Frau zu Ina, fing sich jedoch sofort wieder. „Sind Sie eine Patientin?"

„Nein, verzeihen Sie, ich bin eine Freundin, Nachbarin, und … noch viel mehr." Ina erschrak über ihre Formulierung, aber sie war aus dem Herzen gekommen.

„Ach, Sie ‚so viel mehr', haben Sie auch einen Namen?"

„Oh verzeihen Sie, ich heiße Ina."

„Ina!" Ihr Gesicht erhellte sich. „Ich heiße Juana."

Sie stellte den Laptop aus, klappte den Deckel zu und ging freundlich strahlend auf Ina zu. „Ich bin Vicentes Schwester und ich freue mich, dass du da bist." Sie blickte zu Carlos, der sie schwanzwedelnd begrüßte. „Und der süße Vierbeiner ist auch dabei." Liebevoll strich sie ihm über den Kopf. „Ich muss übrigens los, aber ich sage meinem Bruder noch, dass er Besuch hat."

Sie zog den lindgrünen Blazer an, der über der Stuhllehne hing, nahm den Laptop und ihre Handtasche vom Tisch und holte die Autoschlüssel heraus. „Weißt du, ich habe ein paar Tage hier geschlafen. Mein Sohn war in einer Klinik und ich mochte nicht allein zu Hause sein. Jetzt ist er wieder bei mir und ich wollte nur meine Sachen holen, aber dann hatte mich Vicente gebeten, noch ein paar Abrechnungen zu machen." Sie kramte einige Papiere zusammen. „Vicente ist übrigens der beste Bruder der Welt. Ich gehe dann mal und ihr könnt euch ungestört fühlen, also … ganz allein."

Fast schon hektisch lief Juana ein paar Treppenstufen nach oben und rief Vicentes Namen, um ihn über Inas Besuch zu informieren.

Nach seinem „ich komme" machte sie sofort kehrt und ging lächelnd an Ina vorbei ins Freie.

Komisch, dachte Ina. Ihr kam die Schwester ungewöhnlich nervös vor. Und dann sah Ina Vicente die Treppe herunterkommen. Er wirkte unausgeschlafen. Seine Brille war ins Haar geschoben, er trug ein lässiges weites Shirt, Jeans und war barfuß. Offenbar hatte er keinen Besuch erwartet.

„Ina, schön, dass du vorbeikommst", sagte er und blickte sie freundlich, aber auch etwas verunsichert an. „Was kann ich für dich tun?"

„Ich muss mit dir sprechen, es ist dringend." Ina hörte ihr wild klopfendes Herz. Schmerzlich fiel ihr auf, dass Vicente sie nur mit einem Lächeln begrüßte, aber auf die üblichen Wangenküsschen verzichtete. So wie bei der Verabschiedung nach ihrem Mittagessen.

Stattdessen zog er einen Stuhl vom Tisch. „Magst du dich setzen? Möchtest du etwas trinken?"

Ina schüttelte den Kopf, murmelte „nein danke" und blieb wie angewurzelt stehen. „Du hast mich etwas gefragt, also, als wir spazieren gegangen sind, erinnerst du dich?"

„Ich weiß nicht wirklich, was du meinst, aber setz dich doch bitte."

„Nein, jetzt nicht", sagte sie mit zitternder Stimme. „Ich möchte dir erst etwas sagen." Dann sah sie ihn fast schon flehend an. „Meine Güte, nun hilf mir doch mal. Du weißt doch, worum es geht."

Vicente hatte sich zwischenzeitlich an den Tisch gesetzt und beobachtete sie genau. „Nein, nein, ich weiß gar nichts."

„Ich … ich möchte alles für dich sein, also deine Freundin, deine Partnerin, deine Nachbarin, deine Wanderfreundin". Sie schluckte. „Und … deine Geliebte."

Jetzt war es heraus. Sie hatte ausgesprochen, was sie all die Tage schon gespürt hatte. Vicente war der Mann, der zu ihr gehörte, und endlich hatte sie sich ihm offenbart. Viel zu spät, wie sie fand. Aber sie hatte eben einmal zu lange auf der Leitung gestanden. Hoffentlich ließ sich das korrigieren. Mit schwitzigen Fingern umkrallte sie die Stuhllehne.

„Du hast mich das vorhin gefragt und ich konnte nicht darauf antworten." Ihre Stimme überschlug sich fast vor Aufregung. „Ich hatte gedacht, du wärst nicht allein."

Vicente schien plötzlich hellwach. „Wie? Was meinst du?"

„Ich war bei dir, denn ich hatte an dem Abend mein Handy vergessen und dann habe ich durch das Fenster geschaut und Juana gesehen, in deinem Bademantel, halb nackt. Was sollte ich denn da denken?"

„Dass ich meine Schwester zu Besuch hatte, vielleicht. Mensch Ina, wie schätzt du mich denn ein", meinte er kopfschüttelnd und seine Augen blitzten verständnislos. „Meine Schwester, ja, sie hatte hier gar nicht schlafen wollen, aber dann haben wir etwas getrunken und sie hat sich ins Gästezimmer gelegt. Es ging ihr nicht so gut."

„Ich weiß, dein Neffe ist krank."

„Bestimmt hat es Helga erzählt, ja, eine chronische Erkrankung und er war ein paar Tage in der Klinik, ist aber seit heute früh wieder zurück und munter. Juana kommt immer schlecht damit zurecht, wenn etwas mit Mateo ist. Dabei ist er längst kein kleines Kind mehr. Du musst wissen, mein Neffe ist achtzehn und plant sein Studium in Valencia. Sie hat Mühe, ihn loszulassen. Sie wird sich noch wundern, wenn er demnächst ganz fort sein wird."

„Ich verstehe sie gut, als meine Tochter ausgezogen ist, habe ich nur geheult. Es war schlimm."

„Ja, und Juana heult immer bei mir. Ich habe mich daran gewöhnt. Hast du wirklich gedacht, ich hätte hier eine Geliebte übernachten lassen?"

Ina zuckte mit den Schultern. „Ja, schon."

„Nach diesen wunderbaren Stunden mit dir lasse ich mich mit einer anderen Frau ein? Etwas enttäuscht bin ich schon, dass du mir das zutraust." Er stand auf und ging um den Tisch herum auf Ina zu.

Ihr kam es so vor, als würde er damit auch seine innere Festung verlassen.

Er fuhr mit dem Zeigefinger über die Tischplatte und blieb einen Moment lang stehen.

Ina nutzte die Zeit, um weiterzusprechen.

„Verzeih, ich kann es dir auch nicht erklären. Ich wollte nur nicht wieder mein Herz verlieren und enttäuscht werden. Ich habe es einfach festgehalten, verstehst du?"

Vicente stand jetzt vor ihr. Sie roch seine Haut, spürte immer intensiver seinen Atem.

„Sehr gut, ich verstehe dich sehr gut", sagte er und seine Stimme vibrierte zunehmend. „Aber jetzt kannst du es laufen lassen, dorthin, wo es hingehört."

Er nahm ihre Hand, zog sie an seine Lippen und küsste ihre Fingerspitzen.

Dann spürte sie seine starken Arme, die sie fest umschlangen. Eine Mischung aus Aufregung und Begierde erfasste Ina. Während sie sich an seine muskulöse Brust schmiegte, öffnete sie ihre Lippen, damit sich ihre Zungen finden konnten.

„Ist Juana gegangen?", fragte er zwischen zwei Küssen und Ina nickte nur ganz kurz, weil sie seine heißen Lippen nicht missen wollte. „Ja, ich glaube, sie wollte, dass wir uns allein fühlen können."

„Sie ist eben eine gute Schwester", flüsterte er Ina ins Ohr. Vicente schloss die Augen und schob mit einer Hand Inas Kopf an seine Brust, streichelte ihr liebevoll über das Haar. „Ich habe ihr gestern Abend erst gebeichtet, dass ich mich verliebt habe, und sie hat mir geraten, meiner Traumfrau meine Gefühle zu offenbaren."

„Oh", seufzte Ina. „Dann habe ich euer Vorhaben aber kräftig torpediert."

„Das kann man so sagen. Als ich heute wie ein geprügelter Hund nach Hause kam, hat Juana das auch gemeint. Sie hatte sich Vorwürfe gemacht, weil sie mich in ihren Augen so schlecht beraten hatte."

„Jetzt schäme ich mich, dass ich so doof reagiert habe. Ich hatte einfach nur Angst vor einem gebrochenen Herzen."

„Und ich erst. Weißt du, wenn man fünf Jahre Single ist, verlernt man zu flirten. Ich bin nämlich alles andere als ein Draufgänger."

„Vielleicht hast du das Flirten verlernt", flüsterte Ina. „Aber Küssen kannst du großartig."

„Aber alles andere ist auch aus der Übung."

„Stimmt nicht, ich spüre sehr gut, dass alles noch intakt ist", hauchte sie und schmiegte sich mit ihrem Schenkel näher an seine Hüfte.

„Wenn du mir so Hoffnungen machst, glaube ich, ich sollte dir mal das Obergeschoß zeigen", sagte Vicente mit rauer Stimme.

„Und die Patienten, warten die nicht?"

„Mittwochnachmittags hat der Doktor frei. Das sollte die Geliebte aber wissen." Er nahm ihre Hand und zog sie hinter sich her Richtung Treppe. „Und künftig hat er auch noch einen weiteren Tag frei. Er muss nämlich einer ambitionierten Deutschen seine Heimat zeigen." Oben angekommen stieß er mit seinem Fuß die Schlafzimmertür auf. „Ich möchte, dass du mein Haus und mich, dass du uns beide ganz gut kennenlernst."

Carlos schlängelte sich zwischen ihren Beinen hindurch ins Zimmer und legte sich still auf einen der Bettvorleger.

„Sieh mal, der Kleine hat seinen Platz schon gefunden!" Ina lächelte. „Und ich auch!"

***

„Mama, was brauchen wir denn noch? Der Tisch biegt sich doch schon unter der Last der vielen Köstlichkeiten." Ina stand überrascht vor dem Esstisch ihrer Mutter. Helga hatte Vicente zum Mittagessen eingeladen und bereits zahllose Speisen zubereitet und liebevoll dekoriert auf den Tisch gestellt.

„Spanier lieben es zu essen, und es gibt immer reichlich Auswahl."

„Aber auf dem Tisch stehen eins, zwei, drei …" Sie zählte genau durch. „Insgesamt neun verschiedene Gerichte."

„Wenn man sonntags zum Essen einlädt, muss man etwas bieten. Draußen köchelt noch eine Gemüse-Paella in der großen Pfanne." Helga wirkte konzentriert. Sie stand an der Küchenanrichte, nahm das Besteck aus der Schublade und sortierte es auf Servietten.

„Und wann hast du das alles gemacht? Ich dachte, du hättest Probleme mit deinem Bein." Ina stand in der Tür und überlegte, was sie der Mutter jetzt abnehmen konnte.

„Ach was, das ist vorbei. Es wird täglich besser."

Sie legte die Krücke zur Seite und zeigte voller Stolz, dass sie schon ein paar Schritte ohne schaffen konnte.

„Siehst du, ich bin auf einem perfekten Weg."

„Der wird aber perfekter, wenn du es langsam angehst."

Helga schüttelte genervt den Kopf und füllte zwei Schälchen mit Oliven und eins mit Artischocken, schob sich das Haar hinter das Ohr und zupfte sich den Pony zurecht. „Wie sehe ich aus? Bist du zufrieden?"

„Mama, du siehst großartig aus, wie immer. Und das türkisfarbene Kleid habe ich schon bei unserem ersten Video-Call an dir geliebt."

„Das ist erst wenige Tage her und es kommt mir vor, als lägen Jahrzehnte dazwischen."

„Auf eine Art stimmt das auch", sagte Ina und wunderte sich, dass Helga sie an ihre Seite zog.

„Du, bevor gleich unsere Gäste kommen, möchte ich dir noch etwas sagen."

„Gäste? Ich denke nur Vicente?"

„Juana habe ich ebenfalls eingeladen, das ist dir doch recht, oder?"

„Natürlich. Aber können wir nicht ein anderes Mal reden? Mein Kopf ist voll, auch mit der Wandertour morgen. Da bin ich so gespannt, wie es wird. Neben meiner Initiatorin Christa haben sich noch drei weitere Damen angemeldet."

„Das freut mich Ina, wirklich", versicherte Helga. „Aber ich möchte jetzt gern mit dir sprechen, bevor die anderen hier sind. Es ist wichtig, glaube mir."

„Ist etwas mit Bernd?"

„Nein, nein, dem geht es supergut. Der kommt nächste Woche und fühlt sich in Bestform. Es geht um dich, genauer um uns."

„Aber Mama, wir haben uns doch längst wieder vertragen." Sie kniff ihrer Mutter liebevoll in die Wange. „Wir sind wieder ein Team."

„Genau deshalb muss ich dir etwas sagen. Komm, wir setzen uns." Sie reichte ihr eines der Olivenschälchen, stützte sich mit der einen Hand auf die Krücke und mit der anderen hakte sie sich bei Ina unter.

Am Sofa angekommen, setzten sie sich und Helga zog ihr Handy heraus, scrollte ihre Dateien durch und hielt Ina den Bildschirm hin. „Hier, sieh mal, dieses Video habe ich mir kurz vor Weihnachten angesehen."

„Huch, das bin ich ja. Ich entsinne mich, es ist das Video mit den Backstage-Modellen. Da war viel Schwarz-Weiß dabei. Das magst du doch gar nicht."

Helga hielt das Handy in der Hand und räusperte sich. „Du hast recht, ich bin nicht der Typ für Schwarz-Weiß.

Aber es geht nicht um die Mode. Es geht um dich. Bitte sieh dich mal an."

Ina beugte sich über das Display. „Ich sehe müde aus."

„Müde? Du siehst komplett erschöpft aus." Helga legte das Handy auf den Wohnzimmertisch. „Weißt du, nach diesem Video habe ich keine Ruhe mehr gefunden. Ich habe mit Leonie telefoniert und sie hat mir gesagt, wie viel du immer arbeitest und dass sie sich auch Sorgen macht."

„Ach Leo, die ist immer besorgt", winkte Ina ab.

„Aber berechtigt. Du warst damals in einer wirklich besorgniserregenden Verfassung, glaub mir."

„Ach Mama, so schlimm war es nun auch wieder nicht", versuchte Ina, das Thema abzuwimmeln. Sie wippte lässig mit dem Fuß, zog sich das Schälchen herüber und nahm eine Olive heraus, die sie entspannt zwischen zwei Fingern drehte. „Die hat ja eine ganz ungewöhnliche Farbe, mehr blau als schwarz, interessant", murmelte sie.

„Ina, hör doch mal bitte zu", bat Helga und zupfte sie am Ärmel ihres leichten Pullis. „Es ist wichtig. Mit dir konnte ich damals ja nicht sprechen und dann, ja, dann kam die Sache mit Bernd. Meine Güte, das war plötzlich alles so hektisch und zu guter Letzt, passierte mein Unfall. Danach war ich komplett erledigt."

Ina sah ihre Mutter fragend an. Sie verstand nicht, worauf sie hinauswollte. „Und du bist Gott sei Dank über die Sorge über mich hinweggekommen", sagte sie, in der Vermutung, das Thema damit getroffen zu haben.

„Nein, überhaupt nicht, im Gegenteil. Es brach gerade alles um mich herum zusammen und da habe ich gedacht, dass dir nicht auch noch etwas passieren darf und ich mich dringend um dich kümmern muss."

„Du um mich?" Ina schüttelte ungläubig den Kopf. „Das war aber eher umgekehrt", meinte sie lachend und steckte sich jetzt bereits die zweite Olive in den Mund. „Du wolltest doch, dass ich komme, und ich habe es auch gern gemacht."

Helga strich unruhig mit der Hand über den Knauf ihrer Krücke, die sie die ganze Zeit mit einer Hand umschlossen gehalten hatte. Dabei sah sie zu Boden. „Ich muss dir etwas beichten."

„Beichten? Was denn?" Ina setzte sich bewusst aufrecht hin. „Jetzt wird es aber wirklich spannend."

Helga druckste weiter herum. „Nun ja, Aaron hatte eigentlich Zeit und wollte einspringen. Wir hatten uns auch schon auf die Bezahlung geeinigt. Er hätte ein paar Touren der Konkurrenz überlassen müssen und ich wollte für den finanziellen Schaden aufkommen."

„Ich verstehe das nicht. Was meinst du?"

„Nun ja, ich hatte ja keinen Kontakt zu dir und wenn ich angerufen hatte, hattest du meistens den Hörer aufgelegt. Ich hätte also niemals in Ruhe mit der sprechen können. Herkommen wolltest du auch nicht, weil du immer abgelehnt hast, mit Bernd zusammenzutreffen. Ich hätte mich unter normalen Umständen nie mit dir aussprechen können."

„Mama, worauf willst du eigentlich hinaus. Ich verstehe nichts mehr." Ina war ungeduldig. Gleich würden die Gäste kommen und ihre Mutter erzählte von vergangenen Zeiten.

„Also gut", seufzte Helga. „Bernd war in der Klinik, ich gehandicapt und allein, alles Bedingungen, dich um Hilfe zu bitten, die du eigentlich nicht ablehnen konntest."

Ina sah sie nachdenklich an und in ihrem Kopf begann es zu rattern.

„Mama?" Ina sprang auf, lief um den Tisch herum. „Moment mal, verstehe ich dich gerade richtig? Du hättest mich nicht gebraucht? Du hast mich einfach hierhergelockt, unter Vortäuschung einer Notlage? Das ist …, das ist … ich finde gar keine Bezeichnung für so ein infames Verhalten. Die eigene Mutter legt einen aufs Kreuz, täuscht eine Notlage vor und appelliert an den Familienzusammenhalt."

Helga seufzte und sah Ina verzweifelt an. „Ina, Liebes, ich wusste doch nicht, wie ich dich anders hätte erreichen können."

„Mama, nur weil du geglaubt hast, es ginge mir schlecht?"

„Es war offensichtlich, so wie du ausgesehen hast, und das weißt du auch. Ich hatte Angst, dass du irgendwann umfällst. Ich wollte dich aus deinem Hamsterrad holen und nirgends geht es so gut wie hier."

Ina atmete schnell, sehr schnell und fürchtete fast schon, wieder eine Attacke zu bekommen. Aufgebracht lief sie weiterhin vor dem Tisch auf und ab. „Sag mal, du hast doch Aaron bestimmt eingeweiht."

„Ja klar, er wusste, dass du kommst, weil du dich erholen solltest. Er wusste nicht, dass du so eine ‚klasse Frau' bist, wie er mir erzählt hat."

Ina setzte sich zurück zu Helga auf das Sofa, hielt sie an der Schulter fest und sah ihr in die Augen. „So, und jetzt versprichst du mir, nicht zu lügen, okay. Wer wusste noch von deinem Plan? Vicente?"

Helga blickte unsicher zu Ina und nickte dann vorsichtig. „Ja, er war eingeweiht."

Geschockt schüttelte Ina den Kopf. „Weißt du, was du bist? Du … du bist … eine ganz wunderbare Mutter!" Sie drückte Helga fest an sich. „Deiner mütterlichen Fürsorge verdanke ich, dass es mir heute so gut geht, ich mir sogar eine Zukunft hier aufbauen könnte und einen Mann gefunden habe, der zu mir passt."

Sie schmiegte sich an Helgas Brust und schloss selig die Augen. „Mütter sehen direkt ins Herz, Mama. Es stimmt wirklich. Du hast meine Not gesehen, sogar im Video, und das zu einem Zeitpunkt, als ich noch nicht mal realisiert hatte, wie schlimm es um mich stand. Du hast einen Röntgenblick."

Helga atmete sichtlich erleichtert durch und streichelte Ina über den Kopf. „Ich bin so froh, dass du nicht böse mit mir bist."

„Ach was, ich bin dankbar, weil du mir meine Bockigkeit verziehen hast. Du hast eine Kraft und Ausdauer bewiesen, die nur eine liebende Mutter aufbringen kann. Das ist ein ganz wunderbares Verhalten. Ach Mama, du weißt gar nicht, wie gut mir das tut."

Helga liefen die Tränen und sie griff nach einer Papierserviette und schnäuzte hinein. „Meine Güte, ich werde eine Heulsuse", scherzte sie. „Doch es ist so schön, dass du gekommen bist und, ganz ehrlich, ein bisschen habe ich immer gehofft, es werden mehr als die paar Tage. Aber dass du dich hier sogar heimisch fühlen könntest, nein, das hätte ich mir nie träumen lassen."

„Sag mal, Aaron? Kommt der auch?"

„Der ist mit einer Gruppe Engländerinnen auf dem Meer." Helga zwinkerte. „Warte mal, bis der Gute nach Hause kommt, der kann etwas erleben. Er sollte meiner Tochter helfen, ihr aber nun wirklich nicht den Kopf verdrehen."

„Hat er nicht, er ist unschuldig. Den habe ich mir brav selbst verdreht. Ich glaube, ich hätte jeden angehimmelt, zu dem du mich ins Auto gesetzt hättest. Das nennt man emotional unterversorgt." Sie schnippte mit den Fingern. „Doch … zack, hat meine Mutter den nächsten Freund aus dem Ärmel gezaubert und der ist ein Volltreffer."

„Das war aber auch nicht geplant, jedenfalls nicht so direkt."

„Mama!", rief Ina entrüstet und sprang mit einem Satz auf. „Du hast dich doch wohl nicht noch als Kupplerin betätigt."

Helga schüttelte den Kopf und streckte drei Finger hoch. „Ich schwöre meine Unschuld! Obwohl, ganz ehrlich, vorgestellt habe ich mir das schon. Ich hätte mir keinen besseren Partner für dich erträumen können als Vicente."

Helga griff nach ihrem Handy, das auf dem Tisch lag, aber offenbar auf lautlos gestellt war. Sie sah die Nummer im Display und stand auf. „Entschuldige mich, Bernd ist am Telefon. Ich gehe kurz auf die Terrasse und spreche mit ihm."

„Warte mal", warf Ina ein. „Gib mir bitte zuerst das Telefon oder besser, stelle doch auf Video-Call, dann können wir zusammen sprechen."

Bernd saß umgeben von in Weiß gekleidetem Klinikpersonal im Krankenhausrestaurant. Er sah etwas blass aus, wirkte ansonsten aber kräftig und stabil. Sein kurzes graues Haar war akkurat geschnitten, dazu trug er einen Dreitagebart, der ihm richtig gut stand. Besonders gefiel Ina die auffällige schwarze Brille, die ihn sehr stylisch wirken ließ.

„Bernd, ich freue mich, wenn du nächste Woche kommst", sagte Ina und hatte dabei einen Kloß im Hals, denn es war das erste Mal nach vielen Jahren, dass sie ein Wort mit ihm wechselte.

„Ich freue mich auch und gut siehst du übrigens aus."

„Danke Bernd, du auch, wieder. Aber ich habe etwas Wichtiges auf dem Herzen." Sie brauchte einen Moment, um die richtigen Worte zu finden, dann sprach sie weiter: „Ich habe dir Unrecht getan, dafür werde ich mich noch in aller Form entschuldigen, wenn du hier bist. Aber ich möchte, dass du jetzt schon weißt, wie sehr ich mein Verhalten der letzten Jahre bereue. Kannst du mir verzeihen?"

Bernd lächelte. „Ach Ina, ich hatte dich schon als kleines Mädchen auf dem Schoß und dich seitdem immer in meinem Herzen. Natürlich verzeihe ich dir."

Ina schluckte. Sie fühlte sich erleichtert. Sie brauchte es, alle Missverständnisse aus dem Weg geräumt zu haben. Sie wollte nur noch nach vorn sehen, in eine wunderschöne Zukunft. „Ist es dir eigentlich recht, wenn ich eine Zeit lang bei euch wohne?", fragte sie.

„Eine Zeit lang? Du kannst immer bleiben. Wir sind doch Familie."

„Danke, Bernd, danke für alles, besonders für deine offenen Arme." Sie winkte Helga zu, die auf das Telefon wartete. „Du, ich übergebe jetzt schnell an deine Frau. Ich muss noch ein bisschen in die Küche und Mama helfen. Wir bekommen nämlich gleich einen Schwung Gäste."

„Ina, warte noch mal bitte" bat Bernd.

„Ja?"

„Ich freue mich sehr, dich zu sehen. Du hast keine Vorstellung, welche Last von mir abfällt. Ich wollte dir deine Mutter nicht nehmen. Und sei Helga bitte nicht für ihre kleine, sagen wir mal, Märchenstunde, böse. Sie hat mir gesagt, dass sie dir heute alles beichtet."

„Bin ich nicht, Bernd. Es ist gut, dass Mama mich, sagen wir mal, hierhergelockt hat und wir uns aussprechen konnten. Sonst wären wir noch immer im Schweigemodus und die riesengroße Mauer zwischen uns wäre weiter gewachsen."

„Ich hatte übrigens keine Ahnung, wie pfiffig deine Mutter ist. Das hat sie alles allein eingefädelt. Du kannst stolz auf sie sein."

„Das bin ich auch, ganz sicher."

„Ina, es hat geklingelt. Ich denke, Vicente steht vor der Tür!", meinte Helga.

„Ich komme!" Ina reichte ihrer Mutter das Telefon. „Bis später, Bernd", rief sie noch, lief eilig zum Eingang und öffnete die Tür. Vicente sah großartig aus. Er hatte zu seiner schwarzen Hose und passendem Shirt ein beigefarbenes Sakko kombiniert und wirkte mit der Sonnenbrille wie der Hauptdarsteller aus einem Rosamunde-Pilcher-Film. Ihre Gefühle überrannten sie. „Ich liebe dich", hauchte sie, während sie ihm um den Hals fiel und sich an ihn schmiegte.

„Und ich liebe dich" flüsterte ihr Vicente ins Ohr.

„Juana kommt etwas später, sie lässt sich entschuldigen", sagte Vicente und winkte Helga zu, die telefonierend auf der Terrasse stand und mit einer großen Kunststoffgabel in der Paella-Pfanne rührte.

Kurz senkte Helga das Handy. „Geturtelt wird später, jetzt müsst ihr mir beim Brunch helfen", rief sie ihnen fröhlich zu.

Ina zog Vicente in die Küche und drückte ihm einen Stapel Teller in die Hand, die er auf dem Tisch verteilte, während Ina sich um das Besteck und die Gläser kümmerte.

„Sagtest du nicht, dass auch Margarethe und Alexandra kommen?", fragte er Helga.

„Ja, die verspäten sich kurz. Sie hatten noch etwas zu erledigen."

„Wie? Wer ist denn noch alles heute auf der Einladungsliste?", staunte Ina.

Helga blieb ihr die Antwort schuldig. Sie verabschiedete sich von Bernd und kümmerte sich wieder um die Paella.

„Komm, gönnen wir drei uns einen Drink und warten noch einen Moment." Vicente ging in den Garten und zupfte ein paar Zitronen vom Baum. „Ich mache uns einen gesunden Saft, mit einem Schuss Weißwein und dann genießen wir den Tag beim Schlemmen und später im Liegestuhl. Es ist doch herrlich heute."

„Hey, ihr beiden! Das ist ja mal ein schönes Bild." Margarethe stand lachend im Türrahmen. „Helga hat alles erzählt und ich sage nur eins: Ich freue mich riesig für euch."

Sie trug ihr magentafarbenes Lieblingskleid und hatte einen farblich darauf abgestimmten Blumenstrauß in der Hand. „Der ist für Helga, die beste Gastgeberin von Gandía und Umgebung." Sie hielt Ina die Blumen hin, damit sie sie in eine Vase stellen konnte.

„Ich schließe mich den Wünschen an, genießt euch, die Liebe, das Leben." Alexandra, die ein senfgelbes, bodenlanges Leinenkleid trug, hatte ein kleines rotes Steinherz dabei und drückte es Ina mit einem Kuss auf die Wange in die Hand. „Schön aufbewahren, meine Liebe. Es bringt dir Glück."

Gerührt umarmte Ina sie. „Danke dafür, ich werde immer ein Auge darauf haben." Und leise, für alle anderen unhörbar flüsterte sie ihr ins Ohr: „Und wir sehen uns in den nächsten Tagen. Ich möchte deine Expertise für meine vielen neuen Pläne." Sie zwinkerte ihr zu. „Es ist ganz gut, wenn jemand einem beim Neustart hilft."

Alexandra drückte sie fest und meinte dann, zu Vicente gewandt: „Wir hatten ja mit allem gerechnet und ein minutiöses Drehbuch geschrieben, aber mit diesen Gefühlen, nein, darauf waren wir nicht vorbereitet gewesen", flötete sie fröhlich. „Gratuliere, du Glückspilz. Schön, dass jemand dein einsames Herz geknackt hat."

„Welches Drehbuch?" Ina sah sich irritiert um. „Gibt es etwas, dass ich wissen sollte?"

Helga, die die beiden Freundinnen von hinten umarmte, blieb ihr erneut die Antwort schuldig.

„Ich denke, du hast alles gebeichtet?", fragte Margarethe unsicher.

„Habe ich auch, aber das mit euch nicht." Helga zuckte gespielt hilflos mit den Schultern. „Das schien mir zu viel auf einmal zu sein."

„Wie?" Ina sah abwechselnd die beiden Frauen an. „Ihr habt doch nicht, nein, ich glaube es nicht. Ihr habt alle mitgemacht?"

„Ich auch Mama", hörte Ina plötzlich eine vertraute Stimme.

Sie blickte sich um und glaubte, dass ihr Herz stehen blieb.

„Leonie! Wie geht das denn jetzt?"

Ihre Tochter stand in Jeans und Shirt vor ihr und hatte gerade den Reiserucksack abgestellt. Sie war wie immer komplett ungeschminkt und trug ihre langen blonden Haare lässig hochgesteckt.

„Es gibt Flieger, Mama!", sagte sie betont locker. „Maggi und Alex haben mich abgeholt. Ich wollte schon dabei sein, wenn sich meine krabetzige Mama endlich mit meiner Oma Helli versöhnt. Und Opa Bernd ist auch bald da. Ich möchte die Familienzusammenführung nicht verpassen."

„Vicente!" Ina sah hilfesuchend zu ihm. „Hat sich das ganze Land überlegt, wie es mich überzeugen kann, dass meine Mutter eigentlich eine tolle Frau ist."

„Nun ja, achtundvierzig Millionen haben wir dafür nicht gebraucht, aber schon uns fünf hier, plus Aaron, den harten Kern."

Ina nahm Leonie fest in den Arm. „Das hast du gut gemacht!" Und dann umarmte sie die beiden Freundinnen. „Und ihr auch. Ihr seid klasse, danke."

„Jetzt genug mit den rührseligen Sätzen. Jetzt wird gegessen", unterbrach Helga. „Wir haben doch etwas Wunderbares zu feiern."

„Allerdings! Ich habe erfahren, dass man sich durchaus finden lassen kann. Sofern man die beste Mutter der Welt, eine tolle Familie und supergute Freunde hat."

Wenn Sie das Buch jetzt weglegen, genießt Ina den sonnigen Sonntag weiter auf ihrer Finca-Terrasse, mit der Familie, den Freunden und einem Mann, den sie liebt und der ihr guttut. Sie hat sich „finden lassen", oder war es umgekehrt? Aber das ist auch nicht wichtig. Hauptsache, sie fühlt sich prima und kann ihr Leben genießen.

Tun Sie das auch! Und verwöhnen Sie sich, wie Ina, mit ein paar leckeren Tapas aus dem sonnenverwöhnten Valencia.

Anbei habe ich Ihnen zwei typische Rezepte aus der Region aufgeschrieben, zusammengestellt von meinen zauberhaften Nachbarinnen Carmen und Consuelo. Lassen Sie es sich schmecken!

„Coca de Verdura – die spanische Antwort auf Pizza"

Für den Teig:
- 750 g Roggen- oder Weizenmehl
- 250 ml Olivenöl
- 250 ml Bier (richtig gelesen, das macht den Unterschied)
- Salz

Alles in einer großen Schüssel verrühren, ruhen lassen.

Für den Belag:
(hier ist nahezu alles erlaubt, aber Carmen liebt es so)
- 2 rote Paprika
- 5 Knoblauchzehen
- 1 kg Cherrytomaten
- 2 gekochte Eier (zerdrückt)
- frische Petersilie

Zutaten klein schneiden, vermischen, in einer Pfanne in Olivenöl andünsten.
Den Teig dünn ausrollen, das gedünstete Gemüse darauf geben, zum Schluss die zerkleinerten Eier darüber geben, circa 15 bis 20 Minuten bei 180 Grad backen, fertig!

„Tortilla Española – der Dauerbrenner in jeder spanischen Bar

Zutaten:

- 4 Kartoffeln
- 4 Eier
- 1 Zwiebel
- ¼ l Olivenöl
- Salz

Zubereitung:

Kartoffeln schälen, waschen, in feine Scheiben schneiden und in einer tiefen Pfanne im Olivenöl garen. Die Kartoffeln sollten dabei übrigens vom Öl bedeckt sein. Zwiebeln dazugeben und alles verrühren.

In einer Schüssel Eier und Salz verquirlen.

Nach circa zehn Minuten die Kartoffelmasse aus der Pfanne in die Eimasse geben, alles verrühren und die ganze Mischung erneut in die Pfanne gleiten lassen. Zudecken und fünf Minuten bei kleiner Flamme stocken lassen. Die Tortilla auf einen großen Teller geben und mit der anderen Seite erneut in die Pfanne schieben. Zwei Minuten garen lassen. Fertig!

Consuelo gibt zu der Kartoffelmasse noch Auberginen, Carmen liebt die Tortilla mit Kürbis-Stückchen. Ich liebe sie mit Spinat! Sie sehen, man kann ganz viel variieren.
Die Tortilla wird in kleine Tortenstückchen geschnitten und kalt oder warm gegessen.

Dazu passt übrigens ein „Tinto de Verano", eines der wohl beliebtesten Sommergetränke in der Region:
* *¼ Liter Rotwein*
* *¼ Liter Zitronenlimonade*
* *Eiswürfel und Orangenscheiben*

Fertig!

Und wer zudem noch den Süden „schnuppern" möchte, sollte einmal ein ätherisches Orangenöl versuchen. Es wirkt entspannend und stimmungsaufhellend und steigert garantiert das Wohlbefinden. Spanier sprechen von Freudensprüngen und Sonne im Herzen. Na, was will man mehr!

Holen Sie sich Inas gute Laune einfach ins Haus!

Die Autorin

A ndrea Micus ist überzeugt, das fünfzig das Alter ist, in dem es erst richtig spannend wird. Man kennt das Leben mit allen Aufs und Abs, hat erfolgreich gelernt, Krisen ins Glück zu drehen und besitzt ausreichend Mut, sich ganz neu auszuprobieren. Sie selbst hat in diesem Alter das Schreiben von Liebesromanen entdeckt, als Ergänzung zu ihren einfühlsamen Biografien und informativen Ratgebern.

Die Autorin ist in dritter Ehe verheiratet, hat zwei wunderbare, mittlerweile erwachsene Kinder, ist leidenschaftliche Neu-Oma und kümmert sich um einen Beagle aus dem Tierschutz. Sie lebt in Deutschland und Spanien, was sie dazu inspiriert hat, die zauberhafte Mittelmeerküste südlich von Valencia zum Schauplatz ihrer Romane zu machen.

Hat Ihnen das
Buch gefallen?

I ch freue mich sehr, dass Sie mein Buch bis zu dieser Stelle gelesen haben. Wenn es Ihnen gefallen hat, schreiben Sie mir doch eine Bewertung bei dem Online-Portal, bei dem Sie es bestellt haben. Oder eine Rezension bei einem Ihrer Lieblings-Portale.

Ich möchte Ihre Meinung wissen. Denn das bringt Sie mir näher und genau das ist mir wichtig.

KAMPENWAND
VERLAG

Wenn du vor der Liebe flüchtest und mitten hineinstürmst

Roman
ISBN: 978-3947738922

www.kampenwand-verlag.de